D1831361

समय सृजन

समकालीन
रचनात्मक स्वर

केन्द्रीय हिन्दी निदेशालय के आर्थिक सहयोग से प्रकाशित

समय सृजन

समकालीन रचनात्मक स्वर

वंदना सिंह

वाणी प्रकाशन

वाणी प्रकाशन

4695, 21-ए, दरियागंज, नयी दिल्ली 110 002

फ़ोन : +91 11 23273167 फ़ैक्स : +91 11 23275710

शाखाएँ

अशोक राजपथ, पटना 800 004, बिहार

कॉफ़ी हाउस कैम्पस, महात्मा गांधी मार्ग, इलाहाबाद 211 001, उत्तर प्रदेश

महात्मा गांधी अन्तरराष्ट्रीय हिन्दी विश्वविद्यालय, वर्धा 442 001, महाराष्ट्र

सुल्तानिया रोड, मोतिया पार्क, भोपाल 462 001, मध्य प्रदेश

www.vaniprakashan.com
marketing@vaniprakashan.in
sales@vaniprakashan.in

SAMAY SRIJAN
by Vandna Singh

ISBN : 978-93-89012-51-4
Criticism

© लेखिकाधीन

प्रथम संस्करण 2020

मूल्य : ₹ 395

इस पुस्तक के किसी भी अंश को किसी भी माध्यम में प्रयोग करने के लिए प्रकाशक से लिखित अनुमति लेना अनिवार्य है।

सिटी प्रेस, दिल्ली-110 095 में मुद्रित

वाणी प्रकाशन का लोगो मक़बूल फ़िदा हुसेन की कूची से

मम्मी–पापा को,
जो मेरी पहली किताब को
प्रकाशित देखकर
बहुत ख़ुश होते।

मेरी बात

समकालीन हिन्दी साहित्य में ये बात बहुधा सुनाई देती है कि पाठक कम होते जा रहे हैं। पातकों की कमी के साथ–साथ अब इसमें एक और पदावली जुड़ गयी है वो यह है कि इन दिनों जो लेखक हैं वही पाठक भी हैं। लेखकों के ही पाठक होने की बात को इस बात से भी बल मिल रहा है कि इस वक़्त हिन्दी साहित्य में दस–बारह हज़ार से अधिक कवि एक साथ रचनाकर्म में लगे हैं। सोशल मीडिया के विस्तार ने भी लेखकों की संख्या बढ़ाने में योगदान किया है। इसके साथ एक प्रवृत्ति और भी रेखांकित करने योग्य सामने आ रही है कि हिन्दी में गद्य से ज़्यादा पद्य लिखा जा रहा है। गद्य अपेक्षाकृत अधिक श्रम की माँग करता है और उसके लेखक को सोशल मीडिया पर पद्य की तुलना में प्रसिद्धि कम मिलती है। तुरत–फुरत प्रसिद्धि की चाह में ढेर सारे लोग कविता की ओर उन्मुख हो जाते हैं। यह अकारण नहीं है कि अब हिन्दी में बृहदाकार उपन्यास नहीं के बराबर लिखे जा रहे हैं। अब सबको सब कुछ इंस्टैंट चाहिए चाहे वो कॉफ़ी हो, नूडल्स हो या फिर लेखक होने की यश अभिलाषा। अपनी इस पुस्तक में मैंने हिन्दी साहित्य की इसी प्रवृत्ति को रेखांकित करने की कोशिश की है। यह हिन्दी साहित्य के लिए सौभाग्य की बात है कि इस वक़्त हिन्दी में सात से आठ पीढ़ियाँ एक साथ सक्रिय हैं। इन सभी पीढ़ी के लेखकों की सोच, उनकी रचनाभूमि और सृजन प्रविधि अलग–अलग है, भाषा तो अलग है ही। हिन्दी में सक्रिय सभी पीढ़ी के लेखकों से बातचीत के आधार पर इस पुस्तक को तैयार किया गया है।

इस पुस्तक को तैयार करने की पृष्ठभूमि हिन्दी 'दैनिक ट्रिब्यून' के सम्पादक स्वर्गीय सन्तोष तिवारी से हुई बातचीत के बाद बनी थी। मैं स्वर्गीय सन्तोष तिवारी की स्मृति को नमन करती हूँ। बाद में इस आइडिया के साथ 'दैनिक ट्रिब्यून' के ही अरुण नैथानी जी भी जुड़े

और उन्होंने भी सहयोग किया। उनका भी आभार। वाणी प्रकाशन के अरुण माहेश्वरी जी हमारे पारिवारिक मित्र हैं, उनका आभार क्योंकि इतने प्रतिष्ठित प्रकाशन गृह से पहली पुस्तक का प्रकाशन एक सपने के पूरा होने जैसा है। अदिति ने भी लगातार दबाव बनाकर इस पुस्तक को पूरा करवाया, उसको भी धन्यवाद। केन्द्रीय हिन्दी निदेशालय ने इस पुस्तक के प्रकाशन में सहयोग किया, इसके लिए संस्थान के निदेशक का आभार। अब पुस्तक पाठकों के हाथ में है, और इस पुस्तक से अगर हिन्दी साहित्य में व्याप्त लेखक और पाठक की प्रवृत्ति या कवियों की संख्या को लेकर होने वाले उपहास का कुहासा छँट सका तो मैं अपने श्रम को सार्थक मानूँगी।

वंदना सिंह

अनुक्रम

स्थिरता की शिकार हो गयी है कविता

–अखिलेश

अखिलेश हिन्दी कथा साहित्य का ऐसा सितारा जिसने अपेक्षाकृत कम उम्र में कथा साहित्य को अपनी लेखनी से जगमगा दिया। उनके उपन्यास 'निर्वासन', जिसे समय, समाज और भावनाओं की बेदख़ली का आख्यान कहा गया है, प्रकाशित होकर ख़ासा चर्चित हुआ था। अखिलेश हिन्दी की प्रतिष्ठित पत्रिका 'तद्भव' का सम्पादन करते हैं। 'तद्भव' के सम्पादन के मारफ़त अखिलेश ने समकालीन साहित्यिक परिदृश्य में सार्थक हस्तक्षेप किया है। उनके चार कहानी संग्रह–'आदमी नहीं टूटता', 'मुक्ति', 'शापग्रस्त' और 'अँधेरा' प्रकाशित हो चुके हैं। इसके अलावा दो उपन्यास–'अन्वेषण' और 'निर्वासन' भी प्रकाशित हैं। अखिलेश की एक किताब 'वह जो यथार्थ था' अपने मोहक गद्य की वजह से हिन्दी साहित्य में ख़ासा पसन्द किया गया था। अखिलेश ने 'वर्तमान साहित्य' और 'अतएव' नामक साहित्यिक पत्रिकाओं का सम्पादन भी किया है। उन्हें श्रीकान्त वर्मा सम्मान, इन्दु शर्मा कथा सम्मान, परिमल सम्मान, वनमाली सम्मान, अयोध्या प्रसाद खत्री सम्मान, स्पन्दन पुररकार, बालकृष्ण शर्मा 'नवीन' पुरस्कार और कथा अवॉर्ड मिल चुके हैं। अखिलेश की रचनाओं का कई भाषाओं में अनुवाद हो चुका है।

समकालीन साहित्यिक परिदृश्य को अखिलेश मिला–जुला मानते हैं। उनका कहना है कि कभी–कभी कोई बहुत अच्छी कृति आकर पूरे साहित्य जगत को चौंका जाती है। संख्या के हिसाब से देखें तो साहित्य में काफ़ी चहल–पहल नज़र आती है, लेकिन रचनात्मकता के स्तर पर अपेक्षित चहल–पहल हासिल नहीं होती है। हालाँकि साहित्य का समकालीन परिदृश्य उन्हें निराशाजनक नहीं लगता है। अखिलेश के मुताबिक़ आन्दोलनधर्मिता के साथ लेखन का माहौल हिन्दी साहित्य में इन दिनों

कम है। साहित्यिक कृतियों पर चर्चा भी कम होती है। पिछले दशकों में अगर हम देखें तो जिस तरह से एक के बाद एक लेखकों की पीढ़ी आयी या फिर पिछले दशक में ही जिस तरह से एक पूरी युवा पीढ़ी उभरकर आयी वो वातावरण इस वक़्त नज़र नहीं आ रहा है। साहित्यिक पत्रकारिता में भी वह ऊर्जा या ऊष्मा दिखायी नहीं देती है जो पहले दिखा करती थी। एक ज़माने में जो पत्रिकाएँ, चाहे वे मासिक हों, त्रैमासिक हों या फिर अनियतकालीन हों, अपनी ऊर्जा के दम पर साहित्य जगत में धमक दिखाती थीं, वे इन दिनों ढलान पर हैं। अखिलेश माँग के आधार पर कहानी लेखन को बुरा नहीं मानते हैं। उनका मानना है कि सम्पादक का धर्म ही है कहानी की माँग करना। इस बारे में वह 'कहानी' पत्रिका के यशस्वी सम्पादक भैरव प्रसाद गुप्त का उदाहरण देते हैं और बताते हैं कि उनके सम्पादकत्व में 'कहानी' पत्रिका का साल में एक विशेषांक निकला करता था। भैरव जी उस विशेषांक के लिए कहानियाँ लिखवाते थे और उसका ही नतीजा था कि उस दौर में कई उत्कृष्ट कहानियाँ लिखी गयीं। उनका कहना है कि यह ज़रूरी नहीं है कि बग़ैर किसी माँग पर, स्वतःस्फूर्त लिखी गयी कहानियाँ ही श्रेष्ठ होती हैं। सम्पादक का दबाव, अनुरोध, निर्देश और माँग आदि रचनाकारों को एक गतिशीलता प्रदान करता है। सम्पादकों की माँग की वजह से लेखकों की स्थगित योजनाएँ कई बार परवान चढ़ती हैं। हाँ, वे यह ज़रूर कहते हैं कि अगर सम्पादक विषय डिक्टेट करता है या रोचक, सुन्दर, कलापूर्ण आदि कहानियों की माँग करता है तो यह ग़लत है। अखिलेश साथ ही यह जोड़ना भी नहीं भूलते हैं कि रचनाकार को भी कई बार डिक्टेट नहीं होना चाहिए। उसे भी पत्र–पत्रिकाओं की प्रकृति के हिसाब से लेखन नहीं करना चाहिए। इससे रचनात्मकता पर नकारात्मक प्रभाव पड़ता है। अख़बारों और व्यावसायिक पत्रिकाओं की एक सीमा होती है उसके बारे में लेखक को स्वयं सोच समझकर निर्णय लेना चाहिए। उन्होंने ज़ोर देकर कहा कि कभी किसी सम्पादक ने उन्हें न तो शब्द संख्या और न ही विषय के बारे में डिक्टेट करने की कोशिश की। बहुतायत में लिखी जा रही कविता को अखिलेश उस विधा की समस्या नहीं मानते हैं। उनके मुताबिक़ कविता की सबसे बड़ी समस्या यह है कि वहाँ नवोन्मेष कम है। एक ही तरह की कविता लगातार लिखी जा रही है जिसमें पुराने और स्थापित कवियों की शैली का अनुसरण किया जा रहा है।

उनके मुताबिक़ रघुवीर सहाय और केदारनाथ सिंह या इन्हीं के तरह के प्रतिष्ठित कवि की शैली दुहराना ही कविता की समस्या है। कवियों में अपनी पूर्ववर्ती पीढ़ी के कवियों की शैली से टकराने की जद्दोजहद कम दिखायी देती है। उनके मुताबिक़ कविता स्थिरता की शिकार हो गयी है। यही हिन्दी कविता की कमज़ोरी है।

हिन्दी का वर्तमान परिदृश्य उज्ज्वल

–अलका सरावगी

अलका सरावगी हिन्दी की समादृत लेखिका हैं। देश की सांस्कृतिक राजधानी कहे जाने वाले शहर कोलकाता में रहती हैं। अलका सरावगी बेहद संजीदगी से साहित्य की राजनीति से दूर रहकर रचना कर्म में लगी हैं और नियमित अन्तराल पर उनकी कृतियाँ पाठकों के सामने आती रहती हैं। अलका सरावगी हिन्दी की सम्भवतः अकेली लेखिका हैं जिनको उनके पहले ही उपन्यास पर साहित्य अकादमी पुरस्कार मिला। जब 1998 में उनको उनके 'कलिकथा वाया बाइपास' पर साहित्य अकादमी पुरस्कार मिला तो हिन्दी साहित्य जगत चौंका अवश्य था, लेकिन उनके चयन पर कोई विवाद नहीं हुआ जबकि आमतौर पर अकादमी पुरस्कार विवादित ही रहते हैं। उनके उपन्यास 'जानकीदास तेजपाल मैनशन' प्रकाशित हुआ है और साहित्य जगत में उसकी कथावस्तु को लेकर ख़ासी चर्चा हुई। उसके अलावा अलका सरावगी का उपन्यास 'शेष कादम्बरी', 'कोई बात नहीं' और 'एक ब्रेक के बाद' प्रकाशित हो चुका है। उनके दो कहानी–संग्रह 'कहानी की तलाश में' और 'दूसरी कहानी' के नाम से प्रकाशित है। इन दोनों संग्रहों के नाम दिलचस्प हैं। अलका सरावगी को साहित्य अकादमी पुरस्कार के अलावा बिहारी पुरस्कार भी मिल चुका है। उनकी रचनाओं का जर्मन, फ़्रेंच, इटालियन, स्पेनिश के अलावा कई भारतीय भाषाओं में अनुवाद हो चुका है।

अलका सरावगी मानती हैं कि हिन्दी का वर्तमान परिदृश्य उज्ज्वल और उम्मीदों से भरा है। उनका मानना है कि इस वक़्त काफ़ी लिखा जा रहा है और आलोचना शायद उसकी संगति नहीं कर पा रही है। आज के समय की नब्ज़ को पुराने प्रतिमानों से पकड़ना नामुमकिन है। अलका सरावगी

को कविता की विधा पर भरोसा थोड़ा कम है। शब्द, अक्षर अपने आप कुछ बना लेते हैं। कहते हैं कि कविता से कविता निकलती है। कविता पर कम भरोसे की बात वो कहती अवश्य हैं पर यह भी मानती हैं कि इधर उन्होंने कविताएँ लिखी हैं। अलका सरावगी कहती हैं कि उन्होंने रघुवीर सहाय की कविता पर ही शोध कार्य किया है। वे यह भी मानती हैं कि रघुवीर सहाय की रचनाओं से उनकी राजनीतिक समझ बनी जो उनके लेखन में मौजूद है। दरअसल कविता एक क्षण में किसी भी सोच तक पहुँच सकती है। उनका मानना है कि यह लिखने और पढ़ने वाले के लिए सुगम्य देश है लिहाज़ा यहाँ कविता की जगह बनी रहती है। उनका मानना है कि उपन्यास और कहानी उसकी तुलना में बड़े प्रोजेक्ट हैं, लिखने में भी और पढ़ने में भी।

अलका सरावगी सोशल मीडिया को लेकर उत्साहित रहती हैं और कहती हैं उनका अनुभव इसको लेकर अच्छा रहा है। वह बताती हैं कि पहले वह फ़ेसबुक से दूर ही रहना उचित समझती थी, उसे लगता था कि लोग अपनी भड़ास निकालने के लिए इसका उपयोग करते हैं। जब उनका नया उपन्यास 'जानकीदास तेजपाल मैनशन' छपकर आया तो एक मित्र की सलाह पर उन्होंने फ़ेसबुक पर अपना अकाउंट खोला। वहाँ उन्हें अद्‌भुत अनुभव हुआ। फ़ेसबुक पर अनेक जगह के लोगों ने उनको उनकी रचनाओं के बारे में बताया और नये प्रकाशन की जानकारी देने के लिए आभार जताया। अलका को फ़ेसबुक पर आने के बाद यह भी जानकारी मिली कि उनके पाठकों को न तो किताबों की दुकान से और न ही ऑनलाइन किताब मिल रही तो उन्होंने फ़ेसबुक पर अपने पाठकों को वी.पी.पी. से किताब भिजवाने में मदद की। अलका के मुताबिक़ उनके इस क़दम को कई लोगों ने सेल्समैनशिप क़रार देना शुरू किया। अलका कहती हैं कि कुछ निकृष्ट कोटि के लोगों को उनके लेखन पर सवाल उठाने का मौक़ा मिला। इसके बाद अलका ने हिन्दी का छिपा स्त्री–विमर्श उर्फ़ दुशासन पर्व पोस्ट किया। अलका के मुताबिक़ उनके पति समेत कई लोगों ने कहा कि चुप रहने में ही गरिमा है पर उनको महिषासुर मर्दिनी की भूमिका ज़्यादा पसन्द आयी। बहरहाल उनका मानना है कि फ़ेसबुक पर ज़्यादातर पाठक संवेदनशील और गम्भीर हैं और वो उनका आभार भी प्रकट करती हैं कि इससे लिखने की ऊर्जा मिलती रहती है।

आलोचना का छद्म विभाजन

–आलोक धन्वा

आलोक धन्वा, हिन्दी कविता का एक ऐसा नाम जिस पर पूरे हिन्दी साहित्य जगत को गर्व होता है। आलोक धन्वा की ओजस्वी कविताएँ पाठकों की ज़ुबाँ पर होती हैं। साठ और सत्तर के दशक में देश में नक्सलवादी आन्दोलन अपने उफ़ान पर था और उस दौर में आलोक धन्वा की दो कविताएँ–'गोली दागो पोस्टर' और 'जनता का आदमी' बेहद लोकप्रिय था। आलोक धन्वा काफ़ी सालों तक ख़ुद को नक्सलवादी की देन मानते थे। आलोक धन्वा ने दर्जनों कविताएँ लिखीं, उनकी कविताएँ उनके संग्रह 'दुनिया रोज़ बनती है' में संगृहीत हैं। बाज़ारवाद के इस दौर में आलोक धन्वा सम्भवतः हिन्दी के इकलौते कवि हैं जो अब तक एक संग्रह के बूते साहित्य में अपनी धमक बरक़रार रखे हुए हैं। आलोक धन्वा अपनी जब अपना काव्य पाठ करते हैं तो श्रोता मन्त्रमुग्ध होकर उनकी कविताओं का आनन्द उठाते हैं। एक लम्बी ख़ामोशी के बाद आलोक धन्वा ने पिछले सालों में फिर से कविताएँ लिखनी शुरू की हैं। आलोक धन्वा को पहल सम्मान, नागार्जुन सम्मान, फ़िराक़ गोरखपुरी सम्मान, गिरिजा कुमार माथुर सम्मान समेत कई पुरस्कार और सम्मान मिल चुके हैं। वे महात्मा गाँधी अन्तरराष्ट्रीय हिन्दी विश्वविद्यालय में 'राइटर इन रेज़ीडेंस भी' रह चुके हैं।

आलोक धन्वा पिछले कई सालों की साहित्य आलोचना से सन्तुष्ट नज़र नहीं आते हैं। आलोक धन्वा का कहना है कि हिन्दी आलोचना में एक क़िस्म का छद्म विभाजन दिखायी देता है जिसकी वजह से लेखकों के साथ न्याय नहीं हो पाया है। उनका मानना है कि दिनकर और बच्चन के बीच का विभाजन या फिर निराला और पन्त के बीच का विभाजन व्यर्थ है। आलोक धन्वा का साफ़तौर पर मानना है कि हिन्दी आलोचना बहुधा

सरलीकरण या सामान्यीकरण का शिकार हो गयी है। जो कठिन कवि हैं या फिर जिनकी कविताएँ दुरूह हैं, उसमें घुसने में आलोचक परहेज़ करते हैं और वैसे कवि से किनारा कर लेते हैं। इसके अलावा वे कहते हैं कि आलोचना में एक ख़ास क़िस्म की तात्कालिकता भी दिखायी देती है और आपकी आँखों का आलोचक भी कविता में काल के प्रवाह को पकड़ नहीं पाता है । यहाँ ये इस बात से खिन्न नज़र आते हैं कि कुछ कम्युनिस्ट आलोचकों ने दिनकर को सत्ता का कवि क़रार दिया था। उस तरह की आलोचना को आलोक धन्वा ग़ैर–ज़रूरी मानते हैं और कहते हैं कि दिनकर ने 1952 में कहा था–सिंहासन ख़ाली करो कि जनता आती है। दिनकर ने जब ये पंक्तियाँ लिखी थी तब उन्होंने आज़ादी की अवधारणा को जनता की मुक्ति से जोड़ा था। आज की कविता की बात करने पर वे हिन्दी कविता के दिनकर काल में चले जाते हैं। वे कहते हैं कि पहले के लगभग सभी कवि जनान्दोलनों से निकले थे। दिनकर की पीढ़ी तो स्वाधीनता आन्दोलन के दौर की पीढ़ी थी। वे कहते हैं कि यह अकारण नहीं था कि दिनकर को पण्डित जवाहरलाल नेहरू और जयप्रकाश नारायण दोनों पसन्द करते थे। वे यह भी बताते हैं कि लेखक के तौर पर दिनकर का व्यक्तित्व इतना विराट था, लेकिन आलोचना ने उनके साथ न्याय नहीं किया। दिनकर ने अपनी कविताओं में दलित विमर्श को उठाया जब वो कहते हैं–जाति–जाति रटते जिनकी पूँजी केवल पाखण्ड, मैं क्या जानूँ जाति, जाति हैं ये मेरे भुजदण्ड। अपनी अमर कृति 'रश्मिरथी' में वे कहते हैं–शरमाते नहीं जगत में जाति पूछने वाले। उस वक़्त समाज के जो अनुत्तरित प्रश्न थे उनका उत्तर दिनकर ने खोजने की कोशिश की थी।

आलोक धन्वा कम्युनिस्ट आलोचना के उस पक्ष से भी क्षुब्ध नज़र आते हैं जहाँ कि हरिवंश राय बच्चन के साथ न्याय नहीं हुआ और उनको 'मधुशाला' के आधार पर ख़ारिज करने या कमतर आँकने की कोशिश हुई । आलोक धन्वा के मुताबिक़ इसका नुक़सान यह हुआ कि कविता का जो आवेग था या यों कहें कि कविता का जो इन्द्रधनुष था वो टूटकर ख़त्म हो गया। वे कहते हैं कि आज की पीढ़ी के कवियों को इन कवियों से सीख लेना चाहिए।

जटिलताओं से भरा समय

–अल्पना मिश्र

दिल्ली विश्वविद्यालय के हिन्दी विभाग में शिक्षक अल्पना मिश्र को उपन्यास 'अन्हियारे तलछट में चमका' की समकालीन हिन्दी जगत में ख़ासी चर्चा हुई थी। अल्पना मिश्र के तीन कहानी–संग्रह 'भीतर का वक़्त', 'छावनी में बेघर', 'क़ब्र भी क़ैद औ' ज़ंजीरें भी' प्रकाशित हो चुके हैं। उन्होंने कई किताबों का सम्पादन भी किया है। उनकी कहानियों का अनुवाद पंजाबी, बांग्ला, कन्नड़ समेत कई भारतीय भाषाओं में हो चुका है। अल्पना मिश्र को शैलेश मटियानी स्मृति सम्मान, परिवेश सम्मान, रचनाकार सम्मान और शक्ति सम्मान से सम्मानित किया जा चुका है। अल्पना मिश्र समकालीन हिन्दी साहित्य में एक प्रतिष्ठित नाम हैं। अल्पना मिश्र का मानना है कि किसी भी समय का साहित्य अपने समय और समाज से अलग होकर नहीं लिखा जाता। उनके मुताबिक़ आज का समय बहुत–सी जटिलताओं से भरा हुआ है। ऊपर से दिखता हुआ यथार्थ कई भ्रम पैदा करता है। भीतरी यथार्थ कुछ और है। इसलिए आज के रचनाकार के सामने यह बड़ी चुनौती है कि वह इस ऊपरी यथार्थ को भेदकर भीतरी यथार्थ से साक्षात्कार कराये। अल्पना मानती हैं कि आज का रचनाकार इस चुनौती से टकरा रहा है, जबकि परिस्थितियाँ उसके अनुकूल नहीं हैं। उसकी रचनाओं का आम पाठक तक पहुँचना कठिन होता जा रहा है। दरअसल इस नये समय में लेखक और पाठक के बीच के सारे चैनल ध्वस्त हुए हैं। साहित्य की किताबें अब आसानी से किसी भी शहर, क़स्बे की किसी भी दुकान पर उपलब्ध नहीं हो पातीं। पहले किताबों का दुकानदार पाठक के माँगने पर साहित्य की किताबें मँगा देता था, अब उसके लिए ऐसा कर पाना मुश्किल हुआ है। आजकल एक दूसरी ही तरह के हल्के मनोरंजक

साहित्य का बाज़ार हिन्दी में बनाने को तत्पर है। यह पहले भी था, परन्तु गम्भीर साहित्य का पाठक और लुगदी साहित्य का पाठक वर्ग अलग–अलग था। दोनों की उपलब्धता थी पर आज सिर्फ़ मनोरंजक साहित्य को ही मुख्यधारा का साहित्य मनवाने की कोशिश की जा रही है। और भी दूसरे कारण हैं जिनसे रचनाकार के हालात पहले जैसे नहीं रहे। आजीविका का संकट है, समय की कमी है, जीवन की तमाम जद्दोजहद है। आज गहरे सामाजिक सरोकार रखने वाले जनपक्षधर रचनाकार हाशियाकृत हुए हैं। फिर भी अच्छा साहित्य लिखा जा रहा है। इसलिए रोशनी की किरण अभी बची है।

अल्पना मिश्र का कहना है कि हिन्दी कविता में आज भी जो कवि वर्तमान समय की जटिलताओं को अभिव्यक्त कर पा रहे हैं वे पिछली पीढ़ी के ही हैं। पिछले कुछ वर्षों में राजेश जोशी, अरुण कमल, विनोद कुमार शुक्ल आदि ने ही हमारे समय की नब्ज़ को पहचाना है और आज की समस्याओं को उठाया है। राजेश जोशी की कविता 'क़िस्सा उस तालाब का', 'अतिरिक्त चीज़ों की माया' आदि आज के पानी, बाज़ार और पूँजी के वर्चस्व के कारण मुश्किल में पड़े आम आदमी की कविता है। नये लोग भी लिख रहे हैं पर आज की मुख्य विधा गद्य है। उसमें भी कथा है। आज कथा ने साहित्य की सारी विधाओं को अपने में समाहित कर लिया है। अल्पना मिश्र मानती हैं कि सोशल मीडिया सबके लिए एक स्पेस रचता है। उनके लिए भी, जो मुख्यधारा के साहित्य में शामिल नहीं होते या नहीं हो पाते। अभिव्यक्ति की स्वतन्त्रता की दृष्टि से यह मुझे ठीक लगता है। हालाँकि तात्कालिक प्रतिक्रियाओं की जगह होने के कारण यहाँ बहुत ज़्यादा क्रिएटीविटी सम्भव नहीं हो पाती है, फिर भी एक जगह तो है। कई बार कुछ नयी प्रतिभाओं की पहचान भी यहाँ से हो जाती है। वे आगे चलकर बहुत अच्छा लिखने लगते हैं। एक वैकल्पिक माध्यम बहुत महत्त्व रखता है। ख़ासकर ब्लॉग तो एक महत्त्वपूर्ण विधा है, जिसका अभी हिन्दी में और विकास होना है।

आलोचना के औज़ार पुराने

–अनामिका

हिन्दी कविता को जिन कुछ संजीदा कवियों ने अपनी सृजनात्मकता से समृद्ध किया उनमें अनामिका का नाम बेहद सम्मान से लिया जाता है। अंग्रेज़ी साहित्य में पीएच.डी. अनामिका दोनों भाषाओं में समान अधिकार के साथ लिखती हैं। दिल्ली विश्वविद्यालय में अंग्रेज़ी पढ़ाने वाली अनामिका को हिन्दी जगत एक बेहतरीन कवि और गद्यकार के रूप में जानता है। इनकी प्रमुख आलोचनात्मक कृतियाँ 'पोस्ट एलियट पोएट्री इन क्रिटिसिज़्म डाउन द एज़ेस, स्त्रित्व का मानचित्र है। इनके कविता संग्रहों में 'बीजाक्षर', समय के शहर में, 'खुरदरी हथेलियाँ' काफ़ी चर्चित रहे हैं। उनका एक कहानी संकलन 'प्रतिनायक' और उपन्यास 'अवांतर कथा' को भी पाठकों ने ख़ूब पसन्द किया था। अनामिका को अबतक राजभाषा परिषद् सम्मान, भारतभूषण अग्रवाल सम्मान, साहित्यकार सम्मान, साहित्य सेतु सम्मान और ऋतुराज सम्मान से सम्मानित किया जा चुका है।

अनामिका का मानना है कि किरदार और कथा परिदृश्य भी किसी एक वर्ग और वर्ण विशेष की भौगोलिक और राजनीतिक परिवेश तक सीमित नहीं है। अनामिका के मुताबिक़ अगर देखें तो हर जगह परम्परा की दीवार ढहती हुई नज़र आती है। वे ज़ोर देकर कहती हैं कि क्लासिकल और पॉपुलर के बीच की दीवार को ढाहने के लिए प्रत्यारोपण या अन्तःपठनीय उड़ानों का खिलकर उपयोग किया जा रहा है। साहित्य में विचारधारा के ज़ोर के मुद्दे पर अनामिका का मानना है कि ईश्वर और मार्क्सवाद जो बड़ी विचारधाराएँ थीं वो आज भी अन्तःसलिला की तरह मिट्टी के भीतर बह रही है। अनामिका का मानना है कि सामाजिक क्रान्ति की आधारभूमि है वैयक्तिक जीवन में क्रान्ति जिसे जापानी बौद्धों का इकेदा प्रेरित दर्शन

कहता है–'द ह्यूमन रिवोल्यूशन'। हो सकता है कि एशिया से ही ये नयी विचारधारा जगे–'ग्रॉस डेवलपमेंट कोशेंट' के समकक्ष 'ग्रॉस हैपिनेस कोशेंट' और ज्ञानकोश के समान्तर प्रज्ञाकोश में विकसित करने की बात एक बड़ी सम्भावना के रूप में उभरकर आये। अनामिका के मुताबिक़ जीवन की विडम्बनाओं को उजागर करना साहित्य की मूल वृत्ति है और यह वृत्ति प्रतिरोध के गर्भ से ही पैदा होती है। 'जो है' और 'जो होना चाहिए' इसके बीच का फासला उजागर करने की प्रवृत्ति तभी जगती है जब यथास्थिति से मन उबने लगता है। अनामिका का कहना है कि अखिलेश, उदय प्रकाश, प्रियंवद आदि के बाद के कहानीकारों की जो पीढ़ी है उनकी जो संवाद योजना में मौखिक कथावाचन शैली में विकसित लंतरानियाँ, गपाष्टकों और चुहलबाज़ियों और चुटकुलों का जो सुखद प्रत्यारोपण है वो सहसा अपनी ओर ध्यान खींचता है जिसको रेखांकित किया जाना ज़रूरी है। कहानियों में संवेदना को लेकर अनामिका बेहद सजग नज़र आती हैं। उनका मानना है कि जिन घटकों की वजह से संवेदना में बदलाव लक्षित किया जा सकता है वह है उत्पादन के साधनों में बदलाव। वे कहती हैं कि कृषक समाज की संवेदना औद्योगिक समाज की संवेदना से अलग होती है, लेकिन हाल के दिनों में संवेदना में आधारभूत बदलाव आया है। अनामिका कहती हैं कि इन दिनों 'टू मिनट्स प्लीज़' हमारी संवेदना को नियमित करने का आधार वाक्य बन गया है। उपन्यासों के शिल्प पर बात करते हुए अनामिका बताती हैं कि जब समकालीन उपन्यासों के शिल्प बतियाने पर आते हैं तो वो लोक से, शास्त्र से, जंगल से, इतिहास से, पुराण और मिथक से या जो भी रास्ते में आता है उससे बतियाते चलते हैं।

साहित्य में आलोचना की मौजूद स्थिति पर अनामिका कहती हैं कि–आलोचना के औज़ार तो लगभग वही है बस सैद्धान्तिकी थोड़ी–सी बदल गयी है। वो कहती हैं कि जनतन्त्र गहराने से बाक़ी पदानुक्रमों के साथ लेखक पाठक का पदानुक्रम भी थोड़ा टूटा है और अर्थ के सह प्रस्तोता के रूप में पाठकों से यह उम्मीद की जाने लगी है कि अपने अनुभवों के आले में वो पाठ में पुनर्सृजना करें जिससे कोने अन्तरे में फँसे अर्थ नयी व्याप्तियों में फले फूलें।

पक्षपातपूर्ण आलोचना प्रतिभा की क़ातिल

–अनिल विभाकर

रचनात्मक रूप से उपजाऊ बिहार की धरती पर कई बेहतरीन कवि हुए जो निरन्तर रचनाकर्म में लगे रहे लेकिन अपनी कविताओं को छपवाने को लेकर बहुत उत्साह उनमें नहीं दिखा। कई दशकों से कविता–कर्म में लगे ऐसे ही एक कवि हैं–अनिल विभाकर। इतने सालों से कविता लिखते हुए अनिल विभाकर के अब तक दो कविता संग्रह 'शिखर में आग' और 'सच कहने के लिए' प्रकाशित होकर पाठकों द्वारा सराहे जा चुके हैं। अनिल विभाकर को प्रतिष्ठित बिहारी सम्मान भी मिल चुका है। अनिल विभाकर साहित्य के मौजूदा हालात को देखकर खिन्न नज़र आते हैं। उनका कहना है कि वर्तमान साहित्य लेखन रचनात्नक दृष्टि से यथार्थ से दूर हो रहा है। लेखकीय विश्वसनीयता लगातार छीजती जा रही है। हिन्दी में प्रभावी लेखन की जो समृद्ध परम्परा रही है वो लेखकों के निष्पक्ष आचरण की कमी की वजह से ख़त्म होती जा रही है। अनिल विभाकर का कहना है कि जब पाठक, लेखकों का आचरण देखता है और उनके लेखन को देखता है तो उसका विश्वास दरक जाता है। पाठकों को साफ़ तौर पर दिखायी लगता है कि लेखक राजनीति कर रहा है। एक ज़माने में कहा जाता था कि साहित्य एक मशाल है जो राजनीति और समाज के आगे–आगे चलता है, लेकिन इस वक़्त साहित्य के मशालची न सिर्फ़ समाज बल्कि राजनीति के भी पीछे–पीछे चल रहे हैं और उसी के अनुरूप अपना आचरण भी कर रहे हैं। अनिल विभाकर के मुताबिक़ राजनीति बेइमानी से भरी होती है और सच को झूठ और झूठ को सच करने की कलाबाज़ी में जब लेखक शामिल हो जाता है तो वो ख़ुद को एक्सपोज़ कर लेता है। बजाय राजनीति के विरोध में खड़े होने के लेखक उसका

पिछलग्गू बनता चला जा रहा है इसका नतीजा यह होता है कि वो बौद्धिक बेइमानी करने लग जाता है। लेखकों की इस बौद्धिक बेइमानी को आलोचकों का भी साथ मिलता है जिससे स्थिति और विकट हो जाती है।

खुद एक बेहतरीन कवि अनिल विभाकर समकालीन कविता के परिदृश्य को लेकर भी क्षुब्ध हैं। उनका कहना है कि राजनीतिक प्रलोभन की वजह से नारेबाज़ी की शक्ल में कविताएँ गढ़ी जा रही हैं। राजनीतिक नारेबाज़ी की इन कविताओं को आलोचक भी सर माथे लगाकर शोर मचाने लग जाते हैं इसकी वजह से अच्छी कविताएँ दब जाती हैं। कवियों के एक गुट विशेष को चर्चा में बनाये रखने के लिए एक ख़ास गुट सक्रिय है। तुम हमारी तारीफ़ करो और हम तुम्हारी तारीफ़ करेंगे यानी 'तू पन्त और मैं निराला' की तर्ज पर कोलाहल मचने लग जाता है। इसकी वजह से जो बेहतर कवि प्रतिभाएँ हैं वो कुण्ठित होने लगती हैं। कवियों के इन ख़ास गुटों को कुछ आलोचकों का भी समर्थन हासिल है। ये बेइमान आलोचक अपने गुट के बाहर के कवियों की प्रतिभा की हत्या के लिए ज़िम्मेदार हैं। वो किसी का नाम नहीं लेते हैं, लेकिन सारे नाम साफ़ तौर पर पहचाने जा सकते हैं। वे ज़ोर देकर कहते हैं कि इस वजह से भी समाज में लेखकों की प्रतिष्ठा कम हो रही है जो बेहद दुखदायी और पीड़ादायक है। उससे भी ज़्यादा अफ़सोस की बात है कि कोई भी इस स्थिति को रोकने के लिए आगे नहीं आ रहा है।

सोशल मीडिया पर कविताओं की आयी बाढ़ के लिए अनिल विभाकर उपरोक्त स्थितियों को भी ज़िम्मेदार मानते हैं। इसके अलावा उनका कहना है कि प्रकाशन के क्षेत्र में जो पक्षपातपूर्ण वातावरण तैयार हुआ है उसने भी सोशल मीडिया को बढ़ावा दिया है। उनका कहना है कि अगर आप गुट विशेष में नहीं हैं तो आपके संग्रह तो नहीं ही प्रकाशित होंगे आपकी रचनाएँ भी पत्र–पत्रिकाओं में स्थान नहीं पा सकेंगी। सोशल मीडिया पर किसी नियन्त्रक के नहीं होने की ओर भी अनिल विभाकर इशारा करते हैं। वो कहते हैं कि पत्र–पत्रिकाओं में रचनाओं के प्रकाशन के पहले वो लेखक के अलावा किसी और की आँख से गुज़रता है जबकि सोशल मीडिया पर इस तरह की कोई व्यवस्था नहीं है। अनिल विभाकर सोशल मीडिया के विस्तार को बेहतर तो मानते हैं लेकिन साथ ही यह जोड़ना भी नहीं भूलते हैं कि फ़ेसबुक आदि छपे हुए का स्थान नहीं ले सकता।

छन्दों की वापसी की अगुवाई करती ग़ज़ल

–अनिरुद्ध सिन्हा

अर्थशास्त्र में स्नातकोत्तर अनिरुद्ध सिन्हा का नाम आज हिन्दी ग़ज़ल की दुनिया में बेहद आदर के साथ लिया जाता है। अनिरुद्ध सिन्हा ने कहानी के बाद ग़ज़ल की दुनिया में प्रवेश किया। पहले ये कहानीकार के रूप में मशहूर हुए और उसके बाद उन्होंने ग़ज़ल में हाथ आज़माया और अब तक इनके पाँच ग़ज़ल संग्रह और ग़ज़लों पर आलोचना की पाँच किताबें प्रकाशित हुई हैं। इसके अलावा अनिरुद्ध सिन्हा का एक कविता–संग्रह और एक कहानी–संग्रह भी प्रकाशित हो चुका है। अनिरुद्ध सिन्हा को बिहार उर्दू अकादमी, बिहार राजभाषा विभाग द्वारा सम्मानित किया जा चुका है। उनको विद्या वाचस्पति सम्मान भी मिल चुका है।

अनिरुद्ध सिन्हा का मानना है कि साहित्य का विकास व्यक्तिगत विचारधारा के नियमों से शासित नहीं होता बल्कि अपने नियमों और धाराओं से होता है। वे कहते हैं कि प्रत्येक रचनाकार का अपना–अपना दृष्टिकोण होता है, अपनी–अपनी संवेदनशीलता होती है। उनके मुताबिक़ सामाजिक दायित्व के लिए जो लेखन होता है, उसका कथ्य और तथ्य भले ही रचनाकार से तटस्थ प्रतीत होते हैं, किन्तु रचनाकार का चिन्तन, उसकी दृष्टि और लक्ष्य की प्रस्तुति में अन्तःसलिला की तरह पाठक की निजता बनी रहती है। अनिरुद्ध सिन्हा कहते हैं कि लेखन का उद्देश्य सामाजिक प्रतिबद्धता के इर्द–गिर्द घूमता है, लेकिन आज चिन्ता की बात है कि अधिकांश लेखक सिर्फ़ अपने लिए लिख रहे हैं। पुरस्कार के लिए लिख रहे हैं। अपाहिज किताबों की आबादी बढ़ा रहे हैं। कहानी के नाम पर ललित निबन्ध और रपट तथा कविता के नाम पर शब्दकोश के कठिन और मुलायम शब्दों का संयोजन–इस पर वे खिन्न नज़र आते हैं और

तल्ख़ अन्दाज़ में कहते हैं कि आज ख़ासकर हिन्दी में मुक्त छन्द कविता में ऐसा प्रतीत होता है। एक भी पाठक नहीं है।

अनिरुद्ध सिन्हा कहते हैं कि कविता के विगत पाँच सौ वर्षों को देख लें समय–समय पर इसने अपने रूप और स्वभाव को बदला है। मुक्त छन्द कविता उसी परिवर्तन का एक रूप है। उनके मुताबिक़ हिन्दी में ग़ज़ल के आगमन के ढेर सारे कारण हैं। भारत विविधताओं का देश है। यहाँ छन्दों की संस्कृति है। जन्म से लेकर मृत्यु तक छन्दों की आहट सुनाई पड़ती है। यहाँ रिश्तों में भी छन्द है। वे कहते हैं कि ग़ज़ल हिन्दी में छन्दों की वापसी का नेतृत्व कर रही है। गीत, दोहा आदि विधाएँ इसके नेतृत्व को विस्तार दे रही हैं। कविता के स्वभाव के अनुरूप ग़ज़ल को हिन्दी में स्थापित होना है।

दुष्यन्त कुमार का यह शेर आपको याद होगा 'सिर्फ़ हंगामा खड़ा करना मेरा मक़सद नहीं/मेरी कोशिश है कि अब सूरत बदलनी चाहिए' लिखने से कोई फ़र्क़ नहीं पड़ता है। सवाल है लिखा क्या जा रहा है? क्यों लिखा जा रहा है और किसके लिए लिखा जा रहा है? अगर इस प्रश्न की अवहेलना कर लिखा जा रहा है तो उसको अनिरुद्ध सिन्हा मानसिक विलासिता मानते हैं। कविता की जब यह विरासत युवा पीढ़ी को सौंपी जायेगी तो वह भ्रम में पड़कर मूल्यांकन में अपेक्षित सहायक नहीं होगी।

सोशल मीडिया को सिन्हा अभिव्यक्ति का स्वतन्त्र माध्यम मानते हुए कहते हैं कि इसमें अपनी व्यापक भावनाओं को यथार्थ की परिधि में रखकर विस्तार देने की गुंजाइश बनी रहती है। इस भाग–दौड़ के जीवन में यह मनोरंजन और संवाद प्रेषण का महत्त्वपूर्ण ज़रिया है। लेकिन कुछ बुराइयाँ भी हैं। अभिव्यक्ति के नाम पर कुछ अनापेक्षित संवाद भी देखने को मिल जाते हैं जो समाज हित में नहीं होते। इसलिए ज़रूरी है कुछ नीति–निर्धारण भी तय होने चाहिए।

सिर्फ़ आत्मा का दबाव

–अरुण कमल

मुझ पर दबाव केवल मेरी आत्मा का होता है। मैं केवल लिखता नहीं हूँ वक़्त पर आन्दोलन भी करता हूँ, जुलूस में भी भाग लेता हूँ और जेल भी जाता हूँ। यह जो समय है उसमें लेखकों को ग़रीब, बेरोज़गार, सताये हुए लोगों के पक्ष में मिलकर सत्ता और समाज को बदलने के लिए संघर्ष करना चाहिए; जैसे–लातिन अमेरिका, यूरोप के कई देशों में पूँजीवाद विरोधी शक्तियाँ संघर्ष कर रही हैं। वैसे ही भारत में भी पूँजीवाद का विरोध हो। उस पूँजीवाद का जो सम्प्रदायवाद और जातिवाद समेत सभी विसंगतियों का पोषक है, उसका विरोध करें। यह कहना है साहित्य अकादमी सम्मान से सम्मानित लेखक अरुण कमल का। अरुण कमल को उनके कविता संग्रह 'नये इलाक़े में' के लिए उन्नीस सौ अट्ठानवे में साहित्य अकादमी पुरस्कार मिल चुका है। इसके पहले उनको अस्सी में भारतभूषण अग्रवाल पुरस्कार, श्रीकान्त वर्मा पुरस्कार, रघुवीर सहाय स्मृति पुरस्कार, शमसेर सम्मान आदि भी मिल चुका है। उन्नीस सौ अस्सी में प्रकाशित उनका काव्य–संग्रह 'अपनी केवल धार' की हिन्दी साहित्य में खूब चर्चा हुई थी। 'अपना क्या है इस जीवन में, सब तो लिया उधार, सारा लोहा उन लोगों का, अपनी केवल धार' उस वक़्त पाठकों की जुबाँ पर थे। अब तक उनके कई काव्य–संग्रह प्रकाशित हो चुके हैं 'सबूत', 'नये इलाक़े में', 'पुतली में संसार' प्रमुख हैं। अरुण कमल लम्बे समय तक प्रगतिशील लेखक संघ में भी सक्रिय रहे हैं। अरुण कमल साहित्य अकादमी की सामान्य सभा के भी सदस्य रहे हैं।

दो हज़ार पन्द्रह में साहित्यकारों की पुरस्कार वापसी पर बेहद तल्ख़ अन्दाज़ में वे कहते हैं कि अशोक वाजपेयी जैसे लेखक जो लगातार सत्ता विरोधी लेखकों को कमतर आँकते रहे हैं उनकी दृष्टि भी खुल रही

है यह देखना प्रीतिकर है। अरुण कमल का मानना है कि साहित्य सभी तरह के पुरस्कारों, सम्मानों, प्रलोभनों और सुविधाओं का प्रतिकार करता है। कविता के वर्तमान परिदृश्य पर टिप्पणी करते हुए अरुण कमल कहते हैं कि हमेशा से ऐसा होता रहा है कि साहित्य में कवियों की संख्या बहुत ज़्यादा रहती है। एक अच्छे कवि के लिए दस हज़ार ख़राब कवियों का होना भी ज़रूरी है क्योंकि अगर पूरा समाज नहीं होगा तो कवि भी नहीं होगा। समाज में करोड़ों लोग हो सकते हैं। एक बहुत मशहूर कहावत है कि सिंह भेड़ों से ही बनते हैं। यह साहित्य के लिए अच्छा है कि जितने अधिक लोग लिखें। इसका कोई असर साहित्य की गुणवत्ता पर नहीं पड़ता है। सोशल मीडिया को अरुण कमल साहित्य के ज़्यादा जनतान्त्रिकीकरण के तौर पर देखते हैं। वे कहते हैं कि इस माध्यम को इस तरह देखा जाना चाहिए—पहले छापाख़ाना नहीं था, बाद में वो बना, लेटर प्रेस से लेकर कम्प्यूटरीकरण का दौर हमारी आँखों के सामने से गुज़रा। कालान्तर में किताब छपने के साथ–साथ छपने की प्रक्रिया का भी विकास होता चला गया। इससे ज्ञान का जनतान्त्रिकीकरण हुआ। किताबें ज़्यादा लोगों तक पहुँची। यही काम अब इंटरनेट और सोशल मीडिया कर रहे हैं। वे कहते हैं कि उनकी इच्छा थी कि पाब्लो नेरुदा को कुछ पढ़ते हुए सुनूँ। मैंने अभी हाल ही में मोबाइल पर उनको पढ़ते हुए देखा और सुना। वाई.वी. यीट्स को भी देखा और सुना। यह इंटरनेट और सोशल मीडिया की वजह से ही सम्भव हुआ। अरुण कमल कहते हैं कि किसी भी रचना का या वस्तु का एक प्रभामण्डल होता है जो उसके छिपे होने तक या कम उपलब्ध होने तक बना रहता है, लेकिन अब वह सम्भव नहीं है। साहित्य में सार्वजनिक बुद्धिजीवी के नहीं होने के सवाल पर वे चिन्तित नज़र आते हैं। उनका कहना है कि आज़ादी के आन्दोलन के दौरान समाज में लेखकों और विचारकों के लिए जगह थी, समाजवादी और कम्युनिस्ट आन्दोलनों के दौरान भी लेखकों का स्थान था, लेकिन अब वह नहीं रहा। अब हर आदमी जाति, धर्म, क्षेत्र और भाषा के खाँचे में बँट गया है। वे कहते हैं कि इस तरह के माहौल में सार्वजनिक बुद्धिजीवी की कल्पना करना बेमानी है।

साहित्य और कला संकीर्णता ख़त्म करते हैं

–असग़र वजाहत

असग़र वजाहत को दिल्ली की हिन्दी अकादेमी का शलाका सम्मान मिल चुका है। सालों बाद ऐसा हुआ है कि किसी पुरस्कार के चयन को लेकर कोई बखेड़ा खड़ा नहीं हुआ। असग़र वजाहत ख़ामोशी से अपने रचना–कर्म में लगे हैं। असग़र वजाहत ने इतना उत्कृष्ट लेखन किया है कि अब तक उनको साहित्य अकादमी का पुरस्कार मिल जाना चाहिए था लेकिन साहित्य अकादमी के कर्ता–धर्ताओं की नज़रों से वे ओझल रहे। असग़र वजाहत के अब तक आधा दर्जन से ज़्यादा उपन्यास छप चुके हैं, लगभग इतने ही कहानी–संग्रह और छह नाटक प्रकाशित हो चुके हैं। उन्होंने एक नुक्कड़ नाटक का संग्रह भी हिन्दी साहित्य को दिया है। उनके उपन्यासों में 'कैसी आगी लगाई', 'पहर दोपहर' आदि ख़ासे चर्चित रहे हैं। उनका कहानी–संग्रह 'मैं हिन्दू हूँ' भी पाठकों के बीच ख़ासा लोकप्रिय रहा है। उनके लिखे नाटक–'जिस लाहौर नहीं वेख्या ओ जम्याइ नइ' के सैकड़ों मंचन हो चुके हैं। असग़र वजाहत की रुचि लेखन के अलावा चित्रकला और फ़ोटोग्राफ़ी में भी है। उनके चित्रों की प्रदर्शनी बुडापेस्ट और दिल्ली में हो चुकी है। उन्होंने कई फ़िल्मों की पटकथा भी लिखी है जिनमें 'गमन' और 'आगमन' प्रमुख हैं।

असग़र वजाहत हिन्दी के उन लेखकों में हैं जो अपने लेखन के वक़्त किसी वाद को प्रमुखता नहीं देते हैं। वे अपनी बात बेबाक़ी से कहते हैं। वे बेहिचक कहते हैं कि आज़ादी के बाद प्रगतिशीलता सिमटती चली गयी है। वे यह बात स्वीकार करते हैं कि बड़ी ताक़तों से ही ताक़त मिलती है। असग़र के मुताबिक़ नेहरू युग तक पढ़े–लिखे लोगों का, रचनाकारों का सम्मान होता था। उस वक़्त की राजनीति के कुछ आदर्श भी हुआ करते

थे। प्रधानमन्त्री नेहरू ख़ुद साहित्यिक कार्यक्रमों में शिरकत करते थे और नाटक आदि देखने के लिए पूरे वक़्त तक मौजूद रहते थे। असग़र वजाहत सवाल उठाते हैं कि क्या आज यह सम्भव है। वे सामन्ती ढंग से चलने वाली डेमोक्रेसी को उसका पतन मानते हैं। असग़र वजाहत साम्प्रदायिकता को लेकर भी क्षुब्ध नज़र आते हैं। उनका मानना है कि साम्प्रदायिकता को ख़त्म करने के लिए समाज का चौतरफ़ा विकास ज़रूरी है। वे कहते हैं कि जब तक शिक्षा और जागरूकता के साथ सांस्कृतिक चेतना नहीं आयेगी तब तक साम्प्रदायिकता से टक्कर लेना मुमकिन नहीं है। वे कहते हैं कि साहित्य और कला मनुष्य को संकीर्ण सोच से ऊपर उठाते हैं। असग़र वजाहत इस बात से खिन्न नज़र आते हैं जब वे कहते हैं कि दुर्भाग्य से हमारे देश में शिक्षा और जागरूकता के लिए कोई ठोस क़दम नहीं उठाया जा रहा है और न ही सांस्कृतिक विकास की दिशा में ठोस पहल हो रही है। उनका मानना है कि समाज की जो व्यवस्था है उसमें वह अपने हित में साम्प्रदायिकता का पोषण कर रही है। असग़र वजाहत का मानना है कि हमारे सेकुलर डेमोक्रेटिक, बुद्धिजीवी बहुत सही तरीक़े से साम्प्रदायिकता का विरोध करते हैं और वे जीवन के अलग–अलग क्षेत्रों में फैली साम्प्रदायिकता को चुनौती नहीं दे पाते हैं जबकि अगर इसके बरक्श देखा जाये तो साम्प्रदायिकता फैलाने वाले लोग बहुत लगन से काफ़ी पैसे आदि ख़र्च करके समाज में साम्प्रदायिक द्वेष और घृणा फैलाने का काम करते हैं।

असग़र वजाहत हिन्दी और उर्दू के अलगाव को हिन्दी के नुक़सान के तौर पर देखते हैं। उनका मानना है कि उर्दू से जो ताक़त हिन्दी को मिलती थी उसको उसने खो दिया है। उनका मानना है कि हिन्दी अगर उर्दू की ताक़त का इस्तेमाल करती तो वह और भी सम्पन्न भाषा होती। उनका मानना है कि उर्दू को भाषा और काव्य भाषा के रूप में विकसित करने की कोशिश चार सौ साल तक हुई। असग़र के मुताबिक़ चार सौ साल की अर्जित सम्पदा को हिन्दी ने अस्वीकार कर दिया। उनका कहना है कि भारत में अंग्रेज़ों की नीतियों ने ऐसी व्यवस्था पैदा की कि हिन्दू और मुसलमान के हित टकराने लगे थे। उनका कहना है कि हिन्दी और उर्दू का विवाद भी इसी सन्दर्भ में देखा जाना चाहिए।

अन्दर के सौन्दर्य से बनती कविता

–अशोक चक्रधर

मेरे पाठकों, ट्रिब्यून के मेरे प्यारे पाठकों
होली को विराट बनाना, न कि भावनाओं को न्यून
यही चक्रधर कहता है कि जियो ट्रिब्यून

रंगों के त्योहार होली के ठीक पहले कवि अशोक चक्रधर ने अपने ख़ास अन्दाज़ में बातचीत की शुरुआत की। हिन्दी के इस बेहद लोकप्रिय कवि को उत्तर प्रदेश सरकार ने यश भारती से सम्मानित किया। अशोक चक्रधर हिन्दी के पाठकों के लिए बेहद जाना–पहचाना नाम है और कविता और दोहों में अपने नित नये प्रयोगों से वे पाठकों के चहेते भी हैं। वे किसी परिचय के मोहताज नहीं हैं। वे मंचों की शान तो हैं ही हर तरह की साहित्यिक गोष्ठियों को अपनी मौजूदगी से चमका भी देते हैं।

समकालीन साहित्यिक माहौल पर टिप्पणी करते हुए अशोक चक्रधर कहते हैं कि जो भी हमारे समाज का माहौल होता है वह साहित्य के माध्यम से दिखायी देता है। अशोक चक्रधर के मुताबिक़ समाज में जिस तरह का उत्पादन हो रहा है या जीवन में जिस तरह का बदलाव दिखायी देता है उसका ही साहित्य में प्रकटीकरण होता है। बाढ़ के पानी में जिस तरह से गन्दगी और बीमारी साथ आती है और उसके बाद उसको साफ़ किया जाता है उसी तरह साहित्य का भी दायित्व है कि समाज में आयी गन्दगी को या वहाँ फैल रही बीमारी को साफ़ करे और वहाँ अपनी रचनात्मकता से नया जल भरे। अशोक चक्रधर कविता को लेकर बेहद संजीदा नज़र आते हैं जब वे कहते हैं कि कविता का बहुत ज़्यादा विस्तार हुआ है, अभिव्यक्ति के अवसर लगातार बढ़ रहे हैं, सोशल मीडिया के फैलाव ने इन अवसरों को विस्तार दिया है। मोबाइल के ज़्यादा हाथों में

पहुँचने और उसमें इंटरनेट की मौजूदगी ने भी अभिव्यक्ति के अवसर का नया आकाश खोल दिया है। अशोक चक्रधर कहते हैं कि दरअसल दिल और दिमाग़ में जो कल्पनाएँ हैं या फिर जीने का जो मक़सद है, वही तो आपको कविताएँ लिखने का मक़सद प्रदान करता है। अगर ज़िन्दगी में वह मक़सद नहीं होगा तो रचनात्मकता कहाँ से आयेगी और वह मक़सद ही तो आपको दूसरों से अलग करता है। वह मक़सद ही आपको अपने उद्देश्यों की तरफ़ खींचकर ले जाता है। वे कहते हैं कि अगर आपके अन्दर राष्ट्रवाद की कल्पना ही नहीं होगी तो आप राष्ट्रवादी रचनाएँ कैसे लिख सकते हैं, इसलिए बेहतर रचना के लिए बेहतर कल्पना का होना आवश्यक है। अशोक चक्रधर कहते हैं कि हमारे यहाँ नकारात्मकता सर्वाधिक आकर्षित करती है जबकि सकारात्मकता शान्ति बोध और आक्रामकता उत्तेजना पैदा करती है। वे कहते हैं कि हमारे पास शत्रु के नाम पर एक सिर्फ़ पाकिस्तान है लिहाज़ा उसके बारे में ही सोचते रहते हैं।

बग़ैर छन्द या गद्यनुमा कविता बहुतायत में लिखे जाने का सवाल पूछे जाने पर अशोक चक्रधर कहते हैं कि यह हमारे शिक्षण का अभाव है। वे बताते हैं कि उनके ज़माने में पाँचवीं कक्षा से ही छात्रों को छन्द की शिक्षा दी जाती थी। छन्द की सारे शब्दावलियों से और उसके व्याकरण से छात्र परिचित हो जाते थे और वे आठवीं और नवीं कक्षा तक पहुँचते–पहुँचते छन्द के लघु रूप का गणित जान जाते थे। कोई भी अपनी माँ की कोख से दोहा रचने या छन्द वाली कविता करने की प्रतिभा लेकर पैदा नहीं होता है। शिशु जब जन्म लेता है तो उसको गढ़ना पड़ता है, यह भी सही है कि शिशु प्रतिभा के साथ पैदा होता है, लेकिन बाहर की दुनिया उसको दोहे का गणित सिखा देती है। वे कहते हैं कि उनको तेरह–ग्यारह का बहुत ज़्यादा नहीं पता लेकिन इस तेरह–ग्यारह के फॉर्मेट में लिखी गयी कविता की जाँच तो वे कर ही सकते हैं। छोटी लाइन और बड़ी लाइन की फ़ैशनेबल कविताओं पर अशोक चक्रधर अपने ही अन्दाज़ में चुटकी लेते हैं और कहते हैं जो पहले से पंगु हो उससे चक्रधर क्यों पंगा ले। अशोक चक्रधर कहते हैं कि रस, छन्द अलंकार आदि में जब कविता अभिव्यक्त होती तो वह अपने बेहतर रूप में होती है। लेखक के अन्दर का सौन्दर्य कविता बनाता है। दरअसल कविता के लिए आवश्यक है कि हमें अपनी परम्परा का भी ज्ञानबोध हो। किसी भी प्रकार का उद्गार या

उच्छवास कविता नहीं हो सकती। बीस हज़ार कवियों के बीच कई कवि अच्छे भी हैं जो सिर्फ़ भावनाओं के उच्छवास को नहीं लिखते हैं।

इस सन्दर्भ में वे नरेश सक्सेना का उदाहरण देते हैं और कहते हैं कि वे कविता में लय के हामी हैं, वे छन्द के मर्मज्ञ हैं। इसी तरह से नागार्जुन और त्रिलोचन भी अपनी कविताओं को गेय बनाते हैं।

कविता की हालत चिन्ताजनक

–अशोक मिज़ाज

अशोक मिज़ाज ग़ज़ल की दुनिया का जाना माना नाम है। उर्दू और हिन्दी के अग्रणी शायर अशोक मिज़ाज के अब तक पाँच ग़ज़ल–संग्रह प्रकाशित हो चुके हैं जिनमें 'समन्दरों का मिज़ाज', 'ग़ज़लनामा', 'सिग्नेचर', आवाज़ आदि प्रमुख हैं। अशोक मिज़ाज को कई पुरस्कार आदि भी मिल चुके हैं। अशोक मिज़ाज को मध्य प्रदेश उर्दू अकादमी का शिफ़ा ग्वालियरी अवॉर्ड, नयी ग़ज़ल अवॉर्ड, निश्तर ख़ानक़ाही अवॉर्ड, अम्बिका प्रसाद दिव्य पुरस्कार, दुष्यन्त पुरस्कार मिल चुके हैं।

अशोक मिज़ाज के मुताबिक़ वर्तमान साहित्य के मौजूदा दौर में ग़ज़ल के रूप को देखा जाये तो इसमें कोई शक नहीं कि वह एक लोकप्रिय विधा के रूप में स्थापित हैं। पहले बहुत कम महिला ग़ज़लकार हुआ करती थीं पर अब हज़ारों की तादाद में हैं। उनमें से कुछ तो कामयाब भी हैं, बाक़ी कई ग़ज़लकार तो ग़ज़ल के नियम–क़ानून का पालन करते हुए कोशिश में लगी हैं। वे कहते हैं कि लेखकों ने शायद ग़ज़ल विधा को बहुत आसान समझ लिया है जबकि ऐसा है नहीं। दशकों के बाद कोई एकाध नाम ही उभरकर शायर के रूप में स्थापित होता है। अशोक मिज़ाज का मानना है कि वर्तमान में जहाँ ज़दीद शायरी का प्रचलन बढ़ा है वहीं हिन्दी ग़ज़ल भी बहुत प्रचलित हो रही है। दुष्यन्त के बाद तो जैसे ग़ज़लकारों की बाढ़–सी आयी हुई है। वैसे तो ग़ज़ल में किसी भी प्रकार का समझौता इसकी बुनियादी ज़रूरतों के साथ नहीं किया जा सकता है। फिर भी हिन्दी के लेखकों ने इसे हिन्दी ग़ज़ल के रूप में अपनाया है और उसे अपने–अपने हिसाब से परिभाषित भी किया है। कई लोग सिर्फ़ हिन्दी में लिखी ग़ज़ल को ही हिन्दी ग़ज़ल मानते हैं, जबकि

बाक़ी लोग हिन्दुस्तानी में लिखी ग़ज़ल को हिन्दी ग़ज़ल मानते हैं जिसमें हिन्दी के मिथक, मुहावरे वग़ैरह भी लिखे जाते हैं। अशोक मिज़ाज कहते हैं कि कुछ ऐसे भी हैं जो इसे घर की खेती मानते हैं।

अशोक मिज़ाज ज़ोर देकर कहते हैं कि मौजूदा समय में साहित्यिक पत्रिकाओं की बाढ़–सी आयी हुई है। इनमें कुछ प्रमुख पत्रिकाओं को छोड़कर बाक़ी पत्रिकाएँ, व्यक्तिगत सम्बन्धों, सिफ़ारिशों और आर्थिक सहयोग के चलते न छपने योग्य एवं स्तरहीन रचनाएँ भी प्रकाशित कर रही हैं, जिससे कई अयोग्य व्यक्ति छद्म कामयाबी हासिल कर चुके हैं और अत्यधिक प्रकाशित होने के कारण अपना नाम पाठकों को याद करवाने में कामयाब हो चुके हैं जबकि असल ग़ज़लकार पीछे रह गये हैं। यह स्थिति भयावह है, लेकिन वक़्त इसका फ़ैसला करेगा, और नये ग़ज़लकारों के साथ न्याय करेगा।

अशोक मिज़ाज कहते हैं कि वे एक शायर हैं और आज की कविता की समझ उनमें नहीं है, लेकिन एक पाठक होने के नाते वे मानते हैं कि कविता शब्द सुनते ही उनके दिल–दिमाग़ में छन्द और लय की अनुभूति होने लगती है जो आज की कविता में नदारद है। छन्द मुक्त कविता को भी लोगों ने घर की खेती समझ रखा है, और अभिव्यक्ति के नाम पर कहीं की ईंट कहीं का रोड़ा वाली कहावत चरितार्थ करते हुए कुछ भी परोसा जा रहा है और जो बड़ी पत्रिकाओं में छप जाये वे बड़े कवि कहलाने लगते हैं। छन्द मुक्त कविता के मानदण्ड ही तय नहीं हैं। वे इस बात पर खुश भी नज़र आते हैं कि कई बार कुछ मर्मस्पर्शी रचनाएँ पढ़ने को मिल जाती हैं, लेकिन अशोक का मानना है कि कुल मिलाकर कविता की स्थिति वर्तमान में भी सन्तोषजनक नहीं है और भविष्य में भी उम्मीद नज़र नहीं आ रही है।

अशोक मिज़ाज सोशल मीडिया को संवाद क्रान्ति के रूप में देखते हैं। एक ऐसा माध्यम जिसने सारी दुनिया को अपने जज़्बात का इज़हार करने का सम्पूर्ण अवसर प्रदान किया है। इसका उपयोग साहित्य के क्षेत्र में सर्वाधिक हो रहा है। फ़ेसबुक, ब्लॉग और वाट्सएप पर नयी और पुरानी दोनों पीढ़ियाँ विद्यमान हैं। जो लोग पत्र–पत्रिकाओं में छप नहीं पा रहे हैं, वे भी यहाँ आकर अपनी रचनाएँ पोस्ट कर रहे हैं। यह एक आभाषी दुनिया है, इसका कोई प्रमाणीकरण भी नहीं है। वे मानते हैं कि कमियाँ तो सभी माध्यमों में हैं, इसमें भी है लेकिन यह अपने–अपने विवेक पर निर्भर है कि हम इसका इस्तेमाल कैसे करें?

ख़त्म नहीं होती कविता

–अशोक वाजपेयी

अशोक वाजपेयी हिन्दी के इस वक़्त के सबसे बड़े सेलिब्रिटी लेखक हैं। अशोक वाजपेयी हिन्दी के सम्भवतः इस वक़्त के इकलौते लेखक हैं जो साहित्य और कला की दुनिया में समान रूप से आवाजाही करते हैं। बहुमुखी प्रतिभा के धनी अशोक वाजपेयी कवि के रूप में हिन्दी साहित्य में समादृत हैं तो आलोचक के रूप में भी उन्होंने साहित्य में अपना परचम लहराया हुआ है। अशोक वाजपेयी को साहित्यिक संस्थाओं के निर्माता के रूप में भी जाना जाता है। भोपाल के सांस्कृतिक केन्द्र, भारत भवन को स्थापित करने में उनकी केन्द्रीय भूमिका रही है। उन्होंने बहुवचन, समास, पूर्वग्रह समेत कई पत्रिकाओं का सम्पादन भी किया। भारतीय प्रशासनिक सेवा के अफ़सर रहे अशोक वाजपेयी ललित कला अकादमी के चेयरमैन के अलावा महात्मा गाँधी अन्तरर्राष्ट्रीय हिन्दी विश्वविद्यालय वर्धा के संस्थापक कुलपति रहे हैं। अशोक वाजपेयी इन्दिरा गाँधी राष्ट्रीय कला केन्द्र के ट्रस्टी भी रह चुके हैं। उनकी क़रीब दो दर्जन से ज़्यादा किताबें प्रकाशित हो चुकी हैं जिनमें जो नहीं है, 'आविन्यों', 'पुरखों की परछी में धूप', 'शहर अब भी सम्भावना है', 'उम्मीद का दूसरा नाम', 'कुछ रफू कुछ थिगड़े' और 'कहीं नहीं वहीं' प्रमुख हैं। 'समय से बाहर', 'कविता का गल्प' और 'पाव भर जीरे में ब्रह्मभोज' उनकी आलोचनात्मक कृतियाँ हैं। अशोक वाजपेयी को प्रतिष्ठित साहित्य अकादमी पुरस्कार मिल चुका है। इसके अलावा उनको दयावती मोदी कवि शिखर सम्मान, कबीर सम्मान, भारत भारती सम्मान से भी नवाज़ा जा चुका है। उनको फ्रांस और पोलिश सरकार ने भी सम्मानित किया है।

अशोक वाजपेयी का मानना है कि कविता ख़त्म नहीं होती है वह

गुम होती ज़रूर लग सकती है। वे कहते हैं कि कविता गुम नहीं होती है बल्कि वह समय के साथ कई बार हाशिये पर चली जाती है। उनका कहना है कि तमाम तरह के जोख़िमों के बावजूद कविता बची रही है और आगे भी वह बची रहेगी। वे इस बात को स्वीकार करते हैं कि हिन्दी में इन दिनों कविता प्रेमियों की संख्या कम हुई है, लेकिन वे कहते हैं कि ऐसा सिर्फ़ हिन्दी में नहीं हुआ है कई अन्य भारतीय भाषाओं में भी यह स्थिति देखी जा सकती है। अशोक वाजपेयी के मुताबिक़ कविता अपने समय से तो संवाद करती ही है उसको दर्ज भी करती चलती है। कविता उससे भी बात करती है जो आदि से अनन्त तक फैला है और शाश्वत है। अशोक वाजपेयी के मुताबिक़ कविता सभी तरह की कल्पनाओं को जागृत और सम्भव करती है। वह ध्वनि के कल्पनालोक को भी सामने लाती है जिसको अक्सर नज़रअन्दाज़ कर दिया जाता है। अशोक वाजपेयी ने अपने लम्बे साहित्यिक करियर में मार्क्सवादी लेखकों को कई बार कठघरे में खड़ा किया है, लेकिन उन्होंने कई मार्क्सवादी कवियों की तारीफ़ भी की। मुक्तिबोध पर उनका काम बेहद अहम है उन्होंने 'मुक्तिबोध' के अलावा 'शमशेर बहादुर सिंह' पर भी गम्भीरता से लिखा और उनकी कविताओं की प्रशंसा की। लेकिन मार्क्सवादी आलोचकों ने अशोक वाजपेयी को तवाज़ो नहीं दी थी। एक आलोचक ने तो यहाँ तक लिख दिया था कि अशोक वाजपेयी की कविताओं में पहुँचकर नयी कविता दम तोड़ देती है। अशोक वाजपेयी का मानना है कि कविता एक शाब्दिक संरचना है, पर उसकी एक आवाज़ भी होती है। साहित्य में विचारधारा के दख़ल के सवाल पर अशोक वाजपेयी कहते हैं कि हर विचारधारा रचनात्मकता और कल्पनाशीलता के पर कतरने में लगी रहती है। वे सत्य को अनुभव और अभिव्यक्ति से तलाशे जाने की इजाज़त नहीं देती हैं, बल्कि तयशुदा ढाँचों को जबरन लादकर साहित्य में प्रवेश करने, अर्थ खोजने और कल्पना करने का रोमांच छीनती है। वे ज़ोर देकर कहते हैं कि अन्त में वही लेखक साहित्य की दुनिया में बचा रहता है जो विचारधारा की बाढ़ को लाँघकर आगे बढ़ जाता है।

समय के संकट से मुठभेड़ नहीं कर पा रही कविता

–अवधेश प्रीत

समकालीन कथाकारों में अवधेश प्रीत का नाम बेहद सम्मान के साथ लिया जाता है। अवधेश प्रीत हिन्दी के उन गिने–चुने कथाकारों में से हैं जो वैचारिक रूप से प्रगतिशील होते हुए भी साहित्य की राजनीति से अलग रहते हुए रचना–कर्म में जुटे रहते हैं। पटना में रहते हुए अवधेश प्रीत ने हिन्दी कथा जगत को अपनी शैली और विषयगत विविधता से झकझोरा था। अवधेश प्रीत के अब तक पाँच कहानी–संग्रह प्रकाशित हो चुके हैं। उनका पहला संग्रह 'हस्तक्षेप' ख़ासा चर्चित रहा था। उसके बाद 'नृशंस', 'हमज़मीन' और 'कोहरे में कन्दील' नाम से संग्रह प्रकाशित हुए। अब उनका छठा कहानी संग्रह–'चाँद के पार चाभी' हुआ है। इसके अलावा अवधेश प्रीत ने हाल ही में अपना पहला उपन्यास 'अशोक राजपथ' पूरा किया है। यह पूरा उपन्यास जयप्रकाश नारायण के आन्दोलन के इर्द–गिर्द है। हिन्दी के लेखक राजनीति को विषय बनाकर कम लिखते हैं, लेकिन अवधेश ने यह साहस दिखाया है। हिन्दी के पाठकों को उनके इस उपन्यास का शिद्दत से इन्तज़ार है। अवधेश प्रीत को अब तक कई सम्मान मिल चुके हैं जिनमें बनारसी प्रसाद भोजपुरी सम्मान, अखिल भारतीय विजय वर्मा कथा सम्मान और सुरेन्द्र चौधरी कथा पुरस्कार प्रमुख हैं।

अवधेश प्रीत को समकालीन सृजन परिदृश्य अच्छा लगता है। उनका मानना है कि मौजूदा समय में तमाम तरह की अच्छी चीज़े कथा साहित्य में हुई हैं। कथा साहित्य का कैनवस बढ़ा हुआ है। कहानियों का कथ्य, उनका ट्रीटमेंट और विषय में एक ख़ास क़िस्म की सकारात्मकता को रेखांकित किया जा सकता है। उनका मानना है कि कथ्य में बदलाव कहानी के परिदृश्य पर साफ़ दिखायी देता है। इस सन्दर्भ में वे गीत चतुर्वेदी

की कई कहानियों का उदाहरण देते हैं, जिनमें उनको एक नया समाज दिखायी देता है। मनोज पाण्डे की कहानियों का जो ग्रामीण परिवेश है वह उनको परम्परागत परिवेश से इतर दिखायी देता है। उनका मानना है कि महेश कटारे और काशीनाथ सिंह जैसे कथाकारों की कहानियों में एक नये प्रकार की ग्रामीण संवेदना, नये अर्थबोध और नये गाँव में राजनीतिक और सामाजिक बदलाव उभरकर आता है। हालाँकि वे यह अवश्य मानते हैं कि कई कहानीकारों की कहानियों में दृष्टिहीनता भी है, उन्हें उस क्षेत्र में विज़न की भी कमी नज़र आती है। अवधेश प्रीत कथा को लेकर जितने आश्वस्त दिखायी देते हैं उतने कविता को लेकर नहीं। उनको कविता में जो सबसे बड़ी कमी दिखायी देती है वह यह है कि वे समय के संकट से सीधी मुठभेड़ नहीं करती है। कविता में कई बार भाषा के गुंजलके दिखायी देते हैं, लेकिन जो मुठभेड़ दिखायी देनी चाहिए उसका सर्वथा अभाव नज़र आता है। उनका मानना है कि इस वक़्त कम–से–कम दस हज़ार कवि एक साथ सक्रिय हैं। अवधेश प्रीत इसमें उन कवियों को भी जोड़ लेते हैं जो सोशल साइट्स पर लिख रहे हैं। वे इस बात को ज़ोर देकर कहते हैं कि कविता अपने दौर के संकट को बेहतर तरीक़े से अभिव्यक्त नहीं कर पा रही है। सोशल मीडिया के फैलाव को अवधेश साहित्य के हित में मानते हैं। उनका मानना है कि सोशल मीडिया की वजह से साहित्य लगातार लोगों के बीच पहुँच रहा है। उनके मुताबिक़ कई ब्लॉग पर भी गम्भीर साहित्य सृजन हो रहा है जो कि साहित्य के लिए शुभ संकेत है। अवेधश प्रीत को इस बात की तकलीफ़ भी है कि सोशल मीडिया पर जिस तरह से वाहवाही का दौर चलता है उससे रचनाओं पर विमर्श नहीं हो पाता है। अच्छा, बहुत अच्छा, कमाल, वाह, शानदार, छा गये जैसी टिप्पणियों से साहित्य का भला नहीं होता है। फ़ेसबुक जैसी साइट्स पर मौजूद कई लेखकों को अपनी तारीफ़ सुनने के व्यामोह से उबरना होगा। इसके अलावा फ़ेसबुक आदि पर जिस तरह से आलोचना की आड़ में कैंपेन चलाकर किसी का चरित्र हनन जैसा होता है उसको अवधेश चिन्ताजनक मानते हैं।

साहित्य का जनतन्त्र कमज़ोर हुआ

-बद्री नारायण

प्रेत आयेगा,
किताब से निकाल ले जायेगा प्रेमपत्र,
गिद्ध उसे पहाड़ पर नोच–नोच खायेगा,

चोर आयेगा तो प्रेमपत्र ही चुरायेगा,
जुआरी प्रेमपत्र ही दाँव लगायेगा,
ऋषि आयेंगे तो दान में माँगेंगे प्रेमपत्र।

ये चन्द पक्तियाँ हैं बद्री नारायण की कविता 'प्रेमपत्र' की। यह कविता हिन्दी जगत में ख़ासी लोकप्रिय हुई थी। बद्री नारायण अपनी पीढ़ी के बेहद समर्थ कवि हैं और मशहूर भी। उनके तीन कविता–संग्रह 'सच सुने कई दिन हुए', 'शब्दपदीयम', 'खुदाई में हिंसा' प्रकाशित हो चुके हैं। इसके अलावा बद्री नारायण समान अधिकार से सामाजिक विषयों पर भी अंग्रेज़ी–हिन्दी दोनों भाषाओं में लिखते हैं। लोक संस्कृति में राष्ट्रवाद, उपेक्षित समुदायों का आत्म–इतिहास आदि किताबें ख़ासी चर्चित हो चुकी हैं। बिहार के रहने वाले बद्री नारायण को कविता के लिए प्रतिष्ठित भारत भूषण पुरस्कार के अलावा बनारसी प्रसाद भोजपुरी सम्मान, शमशेर सम्मान, राष्ट्रकवि दिनकर सम्मान, स्पन्दन सम्मान और केदार सम्मान मिल चुके हैं।

बद्री नारायण का मानना है कि साहित्य का वर्तमान परिदृश्य विविधताओं से भरा है। एक साथ कई पीढ़ियाँ सक्रिय हैं। सोशल साइट्स के साथ–साथ लघु पत्रिकाओं की संख्या बढ़ी है। पुरानी कुछ महत्त्वपूर्ण लघु पत्रिकाएँ या तो बन्द हुई हैं या तो अप्रासंगिक हो गयी हैं। 'पहल' जैसी पुरानी साहित्यिक पत्रिकाओं ने नया स्वरूप ग्रहण करने की कोशिश

की है। 'तद्भव' जैसी साहित्यिक पत्रिका लम्बे समय से अपने को प्रासंगिक बनाये हुए हैं। साहित्यिक आयोजन पहले जहाँ लेखक संगठन आयोजित करते थे, वही अब सरकारी संस्थानों के आयोजन ही शेष रह गये हैं। एक तो साहित्यिक आयोजनों की संख्या घटी है, दूसरा वे महानगर केन्द्रित हो गये हैं। पहले जहाँ छोटे–छोटे शहरों में साहित्यिक आयोजन हुआ करते थे लेकिन अब साहित्य अकादमी एवं राज्यों के साहित्य संस्थान बड़े शहरों यथा दिल्ली, भोपाल, पटना, मणिपुर, बनारस, शिमला जैसी जगहों पर आयोजन कराते हैं। इससे साहित्यिक विमर्श का जनतन्त्र कमज़ोर हुआ है। दूसरा प्रिंट जगत में बड़े अख़बारों एवं बड़ी पत्रिकाओं में साहित्य का स्पेस न के बराबर रह गया है। इलेक्ट्रॉनिक मीडिया में तो साहित्य का स्थान लगभग नहीं ही है। कुल मिलाकर साहित्य की दुनिया में एक नया आधिपत्य विकसित हुआ है। साहित्य का जनतन्त्र कमज़ोर हुआ है।

बद्री नारायण को इस बात का सन्तोष है कि इस वक़्त हिन्दी साहित्यिक परिदृश्य में रचनाकारों की सात–आठ पीढ़ियाँ एक साथ सक्रिय हैं। वे कहते हैं कि इन पीढ़ियों के बीच सतत् संवाद भी जारी है, लेकिन बद्री नारायण के मुताबिक़ यह संवाद रचनात्मक कम प्रसिद्धि की चाह से भरा हुआ ज़्यादा है। उदाहरण के तौर पर, वे कहते हैं कि जैसे एक कन्टेन्ट के स्तर पर एक–दूसरे से रचनात्मक आदान–प्रदान की जगह या तो अनभिज्ञता है या अनुकृति। इसने साहित्यिक संसार में रचनात्मक जगत को छोटा किया है।

बद्री नारायण सोशल साइट्स को साहित्य के लिए बेहतर मानते हैं और कहते हैं कि इसने पाठकीयता के क्षेत्र में एक महत्त्वपूर्ण परिवर्तन किया है। लिखना और पढ़ना ज़्यादा जनतान्त्रिक लगने लगा है, लेकिन वे इसके नकारात्मक पहलू पर चिन्ता भी जताते हैं। वे कहते हैं कि इसके दो नकारात्मक प्रभाव साफ़ दिख रहे हैं। पहला आज कोई भी सोशल साइट्स पर कुछ भी लिख सकता है न क्वालिटी का कोई मतलब है न सेंस ऑफ़ एडीटिंग का। दूसरा सोशल साइट्स उसी के लिए सम्भव है जिसके पास लैपटॉप, कम्प्यूटर, स्मार्ट फ़ोन, टैबलेट जैसे साधन उपलब्ध हैं जो भारतीय समाज के एक छोटे तबके के पास ही उपलब्ध है। उच्च वर्ग एवं मध्य वर्ग का यह तबक़ा सोशल साइट्स पर बहुत सक्रिय है। आम जनता का इससे कोई संवाद नहीं है। बद्री का मानना है कि यह दुनिया अभी छोटी है और इसका विकास जब तक समाज के हर तबक़े तक नहीं हो जायेगा तब तक इसका लाभ साफ़–साफ़ नहीं दिखेगा।

प्रभावी हो रहा युवा लेखन

-भगवानदास मोरवाल

हरियाणा के मेवात इलाके के छोटे से कस्बे नगीना के अत्यन्त पिछड़े मज़दूर परिवार में पैदा हुए भगवानदास मोरवाल का उपन्यास 'नरक मसीहा' काफ़ी चर्चित रहा। देश में पिछले एक दशक में पनपे एन.जी.ओ. संस्कृति को केन्द्र में रखकर लिखे गये इस उपन्यास की साहित्य जगत में जमकर चर्चा हुई। अपने लेखन के माध्यम से लोकमानस की अनुकृतियों को उकेरने वाले कथाकार भगवानदास मोरवाल के उपन्यासों ने उन्हें साहित्य में अलग पहचान दी है। मोरवाल अपने उपन्यासों में लगभग अछूते विषय को उठाते हैं और फिर गहन शोध के बाद उसको साहित्य के पाठकों के सामने पेश करते हैं। अब तक भगवानदास मोरवाल के चार उपन्यास–'काला पहाड़', 'बाबल तेरा देस में', 'रेत' और 'नरक मसीहा' प्रकाशित हो चुके हैं। 1999 में प्रकाशित अपने पहले उपन्यास 'काला पहाड़' के अलावा 'बाबल तेरा देस में' भी मोरवाल ने मेवात की सामाजिक स्थितियों को केन्द्र में रखा है। उनके उपन्यास 'रेत' पर तो काफ़ी विवाद हुआ था और मामला कोर्ट–कचहरी तक भी गया था। अस्सी के दशक में लगभग सात–आठ साल तक पत्रकारिता करने के बाद भगवानदास मोरवाल भारत सरकार की नौकरी में आये। उपन्यासों के अलावा मोरवाल के छह कहानी संग्रह और एक कविता संग्रह भी प्रकाशित हो चुका है। शुरुआती दिनों में मोरवाल ने व्यंग्य और बाल साहित्य भी लिखा। भगवानदास मोरवाल दिल्ली की हिन्दी अकादमी और हरियाणा साहित्य अकादमी के सदस्य रह चुके हैं। उन्हें दर्जनों पुरस्कार और सम्मान भी मिले हैं जिनमें अन्तरराष्ट्रीय इन्दु शर्मा कथा सम्मान, कथाक्रम सम्मान, हिन्दी अकादमी, दिल्ली का साहित्यकार सम्मान और दो बार साहित्यिक

कृति सम्मान प्रमुख हैं। उन्हें मद्रास का प्रतिष्ठित राजाजी सम्मान और डॉ. अम्बेडकर सम्मान से भी नवाज़ा जा चुका है।

भगवानदास मोरवाल कहते हैं कि 'पिछले दिनों में मैंने कई किताबें पढ़ी, लेकिन इनमें से कुछ ने मुझे ख़ासा प्रभावित किया। सुजीत कुमार सिंह के सम्पादन में आयी किताब राष्ट्रवादयुगीन दलित समाज की कहानियों का संकलन 'अछूत' और डॉ. नैया की किताब 'अबलाओं का इन्साफ़' एक अलग तरह की किताब बन पड़ी है। मेरी नज़र में 'अछूत' एक बेहद अहम किताब है। दलित साहित्य में जिस तरह का गम्भीर काम होना चाहिए, यह पुस्तक उसकी शुरुआत है। अभी तक दलित लेखन के नाम पर हमारे यहाँ ज़्यादातर आत्मकथाएँ ही आ पायी हैं और इन आत्मकथाओं की एकरूपता इनकी सबसे बड़ी कमज़ोरी भी है। दलित साहित्य के ऐतिहासिक परिदृश्य को समग्रता में देखने की आवश्यकता है। यह पुस्तक उसी समग्र दृष्टि के साथ और गहन शोध का नतीजा है। इस किताब में सुजीत कुमार सिंह ने छब्बीस पृष्ठों की लम्बी भूमिका लिखी है जिसमें उन्होंने 1920–40 के दौरान की दुर्लभ सामग्री का सन्दर्भ के रूप में उपयोग किया है वह चकित करने वाला है।' मोरवाल अपनी बात को आगे बढ़ाते हैं–'मेरा मानना है कि 'अछूत' जैसी पुस्तक का असर पाठक, समाज और साहित्य से ज़्यादा शोध प्रविधि पर पड़ेगा। हरि भटनागर और हरे प्रकाश उपाध्याय के उपन्यासों में भी एक अलग तरह की खुशबू महसूस की जा सकती है। हरे प्रकाश अभी युवा हैं और उनका यह उपन्यास काफ़ी उम्मीदें जगाता है। इसके अलावा मैंने अनन्त विजय की किताब 'विधाओं का विन्यास' पढ़ा। हिन्दी में यह अपनी तरह की अकेली पुस्तक है जिसमें लेखक ने चर्चित, कुचर्चित और विवादित पुस्तकों के अलावा सम्पादकों की किताबों को कसौटी पर कसा है। इसके अलावा दो अन्य अहम पुस्तकों ने मेरा ध्यान खींचा वे हैं–पहली है 'एक पाकिस्तानी स्त्री की संघर्ष यात्रा' और दूसरी है साहित्यिक पत्रिका 'तद्‌भव' की विशेष प्रस्तुति 'लोकगीत और स्त्री'। मेरे लिए यह आश्चर्य की बात है कि हिन्दी में हमारे युवा लेखक बेहतरीन शोध कर साहित्य को समृद्ध कर रहे हैं। यह हिन्दी साहित्य के लिए एक अच्छा संकेत है। हिन्दी साहित्य पर हमेशा से यह आरोप लगता है कि वहाँ डिटेलिंग की कमी होती है, लेकिन इन तीनों किताबों में जिस सघनता और सूक्ष्मता से साहित्यिक प्रवृत्तियों को इन युवा लेखकों ने पकड़ा है वह साहित्य जगत को एक भरोसा देता है।

पाठकों को विवेक पर भरोसा

–भारत भारद्वाज

पिछले लगभग ढाई दशक से हिन्दी के वर्तमान परिदृश्य पर अपने स्तम्भ के माध्यम से नज़र रखने वाले भारत भारद्वाज इन दिनों साहित्य की लगभग विस्मृत विधा पत्रों पर अपनी किताब पूरी करने में जुटे हुए हैं। भारत भारद्वाज के पास हिन्दी के मूर्धन्य लेखकों के पत्रों का ख़ज़ाना है। उन्होंने इक्कीस वर्षों तक हिन्दी साहित्य की मशहूर पत्रिका 'हंस' में 'समकालीन सृजन सन्दर्भ' के नाम से स्तम्भ लेखन किया। राजेन्द्र यादव के साथ इतने लम्बे वक़्त तक बने रहने वाले भारत भारद्वाज ने यादव जी के जीवनकाल में ही पहले 'नया ज्ञानोदय' और फिर 'पाखी' में स्तम्भ लेखन किया। उनके स्तम्भ में हिन्दी की साहित्यिक पत्र–पत्रिकाओं की जानकारी के अलावा कई लगभग विस्मृत जानकारियों का ज़खीरा होता था। उनके स्तम्भों का संकलन पुस्तकाकार 'वाणी प्रकाशन' से दो खण्डों में छपा भी है। भारत भारद्वाज समकालीन हिन्दी साहित्य के सजग आलोचकों में गिने जाते हैं।

भारत भारद्वाज का मानना है कि समकालीन हिन्दी साहित्य का परिदृश्य एक साथ आशाजनक और निराशाजनक दोनों है। उनके मुताबिक हाल के वर्षों में कविता कहानी और आलोचना की दुनिया में भाषा और शिल्प के स्तर पर काफ़ी तोड़–फोड़ हुई है। भारत जी ज़ोर देकर कहते हैं कि हाल के दिनों में कुछ युवा साहित्यकारों में शॉर्ट–कट से सफल और मशहूर होने की प्रवृत्ति उभरी है। इसी के चलते कई साहित्यकार अपनी दिनचर्या से लेकर अपने लेखन को फ़ेसबुक पर प्रक्षेपित करते हैं। यह प्रक्षेपण बहुधा आत्ममुग्धता की शिकार हो जाती है। इसका नतीजा यह होता है कि वहाँ अच्छे और बुरे का भेद मिट जाता है। हिन्दी साहित्य की छवि को ध्वस्त करने में पुरस्कारों का बड़ा योगदान देखते हैं–भारत

भारद्वाज। इसके अलावा भारत भारद्वाज साहित्य पत्रिकाओं के लेखकों पर प्रायोजित विशेषांकों से भी खिन्न हैं। उन्हें लगता है कि इन पत्रिकाओं के सम्पादकों ने अपने ऊपर विशेषांक केन्द्रित कर साहित्य का बड़ा अहित किया है। उनका मानना है कि इससे इतर हटकर कई युवा लेखक प्रतिभा सम्पन्न हैं। वे कहते हैं कि जिस तरह से इस वक़्त हिन्दी साहित्य में एक तरह से लेखकों की पाँच पीढ़ियाँ सक्रिय हैं वह बेहद सन्तोष की बात है। कुँवर नारायण और केदारनाथ सिंह के बाद की पीढ़ी के एकान्त श्रीवास्तव, बोधिसत्व, बद्री नारायण, अनामिका, संजय कुन्दन से लेकर शिरीष कुमार मौर्य तक की कविताओं को पढ़ने के बाद उन्हें लगता है कि हिन्दी कविता सही दिशा में जा रही है। आलोचना के वर्तमान परिदृश्य को लेकर भारत जी आशावादी तो हैं लेकिन वे यह कहने से नहीं चूकते हैं कि आलोचकों को रचनाओं के टेक्स्ट से गुज़रना चाहिए बजाय इसके कि वे रचनाओं को विचारधारा की कसौटी पर कसें। उनका मानना है कि प्रगतिशील आलोचना ने जिस तरह से रचनाओं में वामपन्थी विचारधारा को स्थापित किया वह ग़लत हुआ है। प्रगतिशीलता, रचना के भीतर से आनी चाहिए न कि उसको बाहर से विचारधारा के आधार पर थोपा जाये, लेकिन भारत भारद्वाज को हिन्दी पाठकों के विवेक पर पूरा भरोसा है। उनका मानना है कि जिस तरह से भारत की जनता ने नरेन्द्र मोदी को चुना और फिर उसी विवेक ने दिल्ली में आम आदमी पार्टी की सरकार बनायी, उसी तरह से साहित्य के पाठक का भी अपना विवेक है जो लगातार परिष्कृत होता रहता है। उनका मानना है कि आलोचना किसी भी कृति को स्थापित नहीं कर सकती उसको फ़ौरी तौर पर चर्चित अवश्य कर सकती है। यहाँ पर वे रेणु के 'मैला आँचल' से लेकर श्रीलाल शुक्ल के 'रागदरबारी' तक का उदाहरण देते हैं। 'रागदरबारी' जब 1968 में प्रकाशित हुआ था तब श्रीपत राय ने इसको महाऊब उबाऊ का ग्रन्थ क़रार दिया था, लेकिन कालान्तर में पाठकों के विवेक ने उसको स्थापित कर दिया। भारत भारद्वाज को नये लेखकों से काफ़ी उम्मीदें हैं, लेकिन वे उनको सलाह देते हैं कि आत्ममुग्धता से बचें।

लाइक्स और कमेंट्स की फ़ंतासी

-भावना शेखर

मूल रूप से हिमाचल प्रदेश की रहने वाली भावना शेखर हिन्दी की उन रचनाकारों में से हैं, जिनकी लेखनी बाल साहित्य का सृजन भी करती है। हिन्दी और संस्कृत भाषा में शिक्षित भावना शेखर पेशे से शिक्षिका हैं और उनकी भाषा में हिन्दी की शुद्धता अविरल प्रवाहित होती है। पेशे से शिक्षिका होने के बावजूद भावना का मन साहित्य में रमता है। उनके अब तक दो कविता संग्रह, दो कहानी संग्रह और दो बालगीत संग्रह प्रकाशित हो चुके हैं। इनमें से 'सत्तावन पँखुड़ियाँ', 'साँझ का नीला किवाड़', 'जुगनी', 'खुली छतरी' और 'जीतो सबका मन' आदि शामिल हैं। भावना शेखर की कहानी को 2011 में अखिल भारतीय कहानी प्रतियोगिता में सर्वश्रेष्ठ कहानीकार का पुरस्कार मिल चुका है।

भावना शेखर का मानना है कि पहले साहित्य शान्त पवित्र तपोवन में रहने वाले तपस्वी की तरह सात्त्विक था आज वह छद्म वेश धारण कर बाज़ार में बिकाऊ वस्तु बन बैठा है। पहले क़लम के सिपाही सच्चाई और सत्त्व की स्याही में डुबोकर अपनी क़लम से युगों की धारा मोड़ते थे। आज साहित्यकार राजनीतिक लाभ और पुरस्कार पाने के लिए चाटुकारिता, छद्म नीति और तामसिकता से लबरेज़ दिखायी देते हैं। 2015 में साहित्यकारों की पुरस्कार वापसी की ओर इशारा करते हुए वे साफ़ तौर पर कहती हैं कि हालिया घटनाओं ने साहित्य की साख को बट्टा लगाया है। कविताएँ रचने वाली भावना शेखर कहती हैं कि कविता का प्रस्फुटन मन में साहित्य का प्रथमांकुरण है। बहुधा अन्य विधाओं के बड़े साहित्यकारों ने पहले पहल कविता में ही हाथ आज़माया। आज कविता लिखने वाले सचमुच बहुसंख्यक हैं। सबसे ज़्यादा कविता की पुस्तकें छपती भी हैं। भावना के मुताबिक़ कविता

की स्थिति बहुत अच्छी नहीं है और वे इसके लिए वजहें भी गिनाती हैं। उनके मुताबिक़ छन्दबद्ध कविता आज हाशिये पर चली गयी है। समकालीन कविता के नाम पर आज सीधे–सादे गद्य को भी कविता कहकर साहित्य में धकेल दिया जा रहा है। इससे तथाकथित कवियों की केवल संख्या बढ़ी है। कविता का स्तर बेहतर नहीं हुआ। आज अंग्रेज़ी भाषा में नाम कमाने वाले युवा लेखकों की देखा–देखी हिन्दी में भी तेज़ी से ऐसे कवि कथाकार उग रहे हैं जो केवल पैसे और प्रसिद्धि के लिए क़लम लेकर उतरे हैं। गोया यह क़लम का मैदान नहीं कोई मल्लयुद्ध का अखाड़ा हो और धड़ल्ले से वे यह घोषणा करते हैं कि सफलता ही उनका ध्येय है। वे कोई समाजसेवा करने नहीं आये हैं। बेहद साफ़गोई से भावना कहती हैं कि आज नित नयी चुनौतियों से रूबरू होते विश्व में केवल स्वान्तः सुखाय कविता लिखने वाले कवि साहित्य में विशेष योगदान नहीं दे सकते। जब तक किसी सरोकार और लोकतत्त्व को लेकर समष्टि की बात कहने वाले कवि नहीं होंगे, साहित्य में हिन्दी कविता के लिए सुखद स्थिति पैदा नहीं होगी।

भावना शेखर मानती हैं कि आज के युग में सोशल मीडिया सम्प्रेषण का सबसे सशक्त माध्यम बनकर उभरी है। इसकी उपादेयता को नकारना सच्चाई से मुँह मोड़ने जैसा होगा। सोशल मीडिया का विस्तार साहित्य के लिए सकारात्मक तो है ही पर इसके कुछ नकारात्मक पहलू भी हैं। सैकड़ों ई–पत्रिकाएँ और वेबसाइट्स हैं, जो पोर्टेबल साहित्य का पर्याय बन चुकी हैं। जो लाखों लोगों को बिना धन ख़र्च किये ही असंख्य विषयों की अनगिनत पाठ्यसामग्री मुहैया कराती हैं, किन्तु खुलेआम प्राप्त अश्लील सामग्री अपसंस्कृति को बढ़ावा दे रही है। किशोरों–युवाओं में कुत्सित विचार भरकर समाज और साहित्य का अपकार कर रही हैं। कितने ही नवोदित लेखक फ़ेसबुक, ट्विटर, ब्लॉग के ज़रिये अपनी बात पाठकों तक सहज सुलभ तरीक़े से पहुँचा रहे हैं। पर सोशल साइट की आभासी दुनिया के झूठ–मूठ के लाइक्स और कमेंट्स की फ़ंतासी उनकी लेखनी को तराशने की प्रक्रिया में बाधक सिद्ध हो सकती है। ऐसे में आत्मश्लाघा के शिकार बेचारे लेखकों के आत्मवंचित होने का पूरा अवकाश है। भावना साफ़गोई के साथ कहती हैं कि उनकी पक्की धारणा है कि सोशल साइट कभी भी पुस्तकों का स्थायी विकल्प नहीं बन सकती, किन्तु फ़िलहाल पेड़ों पर तो यह उपकार कर ही रही है।

जटिलता काटती और सहजता जोड़ती है

-चित्रा देसाई

चित्रा देसाई हिन्दी पट्टी से दूर महाराष्ट्र में रहकर कविता कर्म में लगी है। पेशे से वकील चित्रा देसाई की कविता की भावभूमि इस दौर में लिखी जा रही फ़ैशन की कविताओं से अलग है। चित्रा देसाई का एक कविता–संग्रह 'सरसों से अमलतास' प्रकाशित है। इस संग्रह के नाम से ही पाठकों को उनकी कविताओं में आने वाली संवेदना का पता चल सकता है। इनकी कविताओं में भूमि का सौन्दर्य बेहतर तरीक़े से प्रकट होता है। अभी चित्रा देसाई को इलाहाबाद का प्रतिष्ठित सुभद्रा कुमारी चौहान सम्मान मिला है।

समकालीन साहित्य परिदृश्य पर बात करते हुए कवयित्री चित्रा देसाई कहती हैं कि एक शिकायत जो हमेशा सुनती हूँ, कि देखिये आजकल क्या लिखा जा रहा है? पर मुझे कभी चिन्ता नहीं हुई। वे यह कहती हैं कि यह एक शाश्वत सत्य है कि समय छाछ लेकर बैठा रहता है। गेहूँ सा जो ठोस है, सार्थक है, वही रहेगा। बेकार और निरर्थक हवा में भूसा बन उड़ जायेगा। हर दौर में हर तरह का लेखन रहता है। कहानी, उपन्यास, संस्मरण वग़ैरह की विधा ज़्यादा सहज और समझ में आती है। कविता का संसार अत्यन्त व्यक्तिगत होता है। वह एक क्षण की अभिव्यक्ति है। या तो आप उसे पकड़ लेते हैं या चूक जाते हैं। जो भी साहित्य पाठक के मन से जुड़ जाता है, वही रहता है। वरना पुस्तकालयों, गोष्ठियों में कितना भी परचम फहरायें, वह समय की कसौटी पर खरा नहीं उतरेगा। चित्रा देसाई स्वभाव से ही आशावादी लगती हैं जब वे कहती हैं कि उनको घने अँधेरे में भी दिये की रोशनी पर ज़्यादा विश्वास है। इसलिए वर्तमान का साहित्य कोई चिन्ता का विषय नहीं है। बहुतायत में कविता लिखे जाने को चित्रा देसाई साहित्य के

लिए शुभ संकेत मानती हैं। वे कहती हैं कि हमारा सवा सौ करोड़ का देश है और अगर दस हज़ार के क़रीब कवि हैं तो बहुत कम लोग लिख रहे हैं। चित्रा देसाई के मुताबिक़ अपनी भावनाओं को अभिव्यक्त करना बेहतर है। पर साथ ही वे सवाल उठाती हैं कि अभिव्यक्ति कैसी है और किस तरह से हो इस पर विचार करना चाहिए। चित्रा देसाई आलोचक शब्द को नकारात्मक मानती हैं, लिहाज़ा वे कहती हैं कि समीक्षकों की दृष्टि में यह साहित्य के मापदण्डों पर खरी उतरती है या नहीं? इसका जवाब सिर्फ़ और सिर्फ़ पाठक देता है। चित्रा देसाई के मुताबिक़ आज आम आदमी कविता से कट गया है तो दोष निश्चित रूप से कवियों का ही है। सिर्फ़ शब्दजाल या लम्बे–लम्बे रिपोर्ताज़ को कविता कहकर पाठक को भरमाया नहीं जा सकता। उसकी अपनी बिरादरी में वह अपनी जगह बना सकता है। वे मानती हैं कि सरल और सच्चा लेखन हमेशा रहा है और रहेगा।

चित्रा देसाई के मुताबिक़ जटिलता काटती है और सहजता जोड़ती है। साहित्यिक मठाधीशों की दृष्टि में कविता अगर लोकप्रिय है, तो वह साहित्य नहीं है। शाब्दिक कलाबाज़ी को मुख्य धारा की कविता के रूप में स्थापित करने की हमेशा कोशिश रहती है। आम पाठक की समझ में आ रही कविताओं को दरकिनार किया जाता है तो सवाल यह उठता है कि हम किसके लिए लिखते हैं। स्वान्तः सुखाय है तो फिर डायरी में ही रह सकती है। उसे अगर हम बाहर लेकर आते हैं, तो ज़ाहिर है पाठक से जुड़ना चाहते हैं। जो कविता सहज, सरल रहेगी वही पाठक तक पहुँचेगी।

चित्रा देसाई कहती हैं कि सोशल मीडिया आधुनिक युग की देन है और उसके माध्यम से दूरियाँ कम हुई हैं। इंटरनेट व मोबाइल से आज तकनीकी क्रान्ति आयी है। एक कविता जो इस समय पन्नों पर है, वह बिना किसी विशेष कोशिश के क्षणभर में पूरी दुनिया के सामने आ जाती है। यह वैश्विक मंच है। इसमें लेखक/कवि और पाठक का सीधा रिश्ता है। कुछ लोगों का मत है कि इसका दुरुपयोग हो रहा है। सब अपना महिमा गान गा रहे हैं, लेकिन यह समस्या तो हर तकनीकी यन्त्र के साथ रहती है। उसका सदुपयोग एवं दुरुपयोग दोनों होते हैं। यह चुनाव हमेशा हमारा होता है, लेकिन यह तकनीक आ गयी है और रहने वाली है। इससे साहित्य की पहुँच बहुत बढ़ेगी और उसका विस्तार होगा। चित्रा देसाई को इसमें कोई बुराई नज़र नहीं आती।

नयी पीढ़ी के लेखकों से उम्मीदें

-चित्रा मुद्गल

पचहत्तर साल पूरा कर चुकी चित्रा मुद्गल हिन्दी की वरिष्ठ और प्रतिष्ठित कथाकार हैं। चित्रा जी कथा साहित्य के सृजन के साथ–साथ सामाजिक मुद्दों को भी बेहद गम्भीरता से उठाती हैं। सृजनात्मक लेखन और सामाजिक कार्यों का सामंजस्य बिठाकर वे हिन्दी का परचम लहरा रही हैं। बाल्यकाल से ही चित्रा मुद्गल सामाजिक कार्यों से जुड़ी रहीं। चेन्नई में जन्मी चित्रा मुद्गल का कार्यक्षेत्र पुणे और मुम्बई रहा। मुम्बई आने के बाद उनका सामाजिक कामकाज बढ़ गया। चित्रा मुद्गल ने एडवरटाइजिंग एजेंसी लिंटास में भी डेढ़ साल तक काम किया। लेकिन अपने मन मिज़ाज की वजह से नौकरी उनको बाँध नहीं पायी। सत्तर और अस्सी के दशक में उनकी कहानियाँ धूम मचा रही थीं। अब तक चित्रा मुद्गल के चौदह कहानी–संग्रह, तीन उपन्यास, चार बालकथा संग्रह, पाँच सम्पादित पुस्तकें और कई वैचारिक संकलन प्रकाशित हो चुके हैं। चित्रा जी की कहानियों का संग्रह तीन खण्डों में आदि–अनादि के नाम से प्रकाशित हो चुका है। चित्रा जी की अनेक कहानियों पर टेलीफ़िल्मों का भी निर्माण हो चुका है। चित्रा मुद्गल ने कुछ टेलीफ़िल्मों का भी निर्माण किया है। चित्रा मुद्गल अपनी रचनाओं में समकालीन यथार्थ को जिस अद्भुत भाषिक संवेदना के साथ परत–दर–परत अनेक अर्थछवियों में अन्वेषित करती हैं वह चकित कर देने वाला है। चित्रा मुद्गल प्रसार भारती की सदस्य रह चुकी हैं और उन्हें देश–विदेश के अनेक सम्मानों और पुरस्कारों से नवाज़ा जा चुका है। उनके उपन्यास 'आंवा' के दर्जनों संस्करण प्रकाशित हो चुके हैं। इस उपन्यास पर उनको बिड़ला फ़ाउंडेशन का मशहूर व्यास सम्मान और अन्तरराष्ट्रीय इन्दु शर्मा कथा पुरस्कार भी मिल चुका है।

चित्रा मुद्‌गल को दिल्ली हिन्दी अकादमी का साहित्यकार सम्मान और उत्तर प्रदेश हिन्दी संस्थान का साहित्य भूषण सम्मान भी मिल चुका है। उनको साहित्य अकादमी पुरस्कार भी मिल चुका है। वे दिल्ली में रहती हैं और अपनी लेखनी और सामाजिक कामों से सार्थक हस्तक्षेप कर रही हैं।

मैंने क्या पढ़ा

अखिलेश का उपन्यास 'निर्वासन', तरुण भटनागर का उपन्यास 'लौटती नहीं जो हँसी, पढे। ये दोनों उपन्यास बहुत अच्छे हैं। अखिलेश ने अपने उपन्यास में क़स्बाई जीवन से निकले युवक के दर्द को बेहतर तरीक़े से उकेरा है। अखिलेश के उपन्यास में जिस तरह से ग्रामीण यौन सम्बन्धों का चित्रण है वह थोड़ा खटकता है, क्योंकि मेरा मानना है कि इस तरह के प्रसंगों का उल्लेख एकाध दृष्टान्त से ही होना चाहिए। चौबीसों घण्टे यौन सुख की बात करना बेमानी लगता है। परस्परता के लिए यौन सम्बन्ध आवश्यक है, लेकिन उसका आधिक्य नहीं होना चाहिए। इस उपन्यास में थोड़ा विस्तार भी हो गया है जिसकी आवश्यकता नहीं थी। इसी तरह से तरुण भटनागर का उपन्यास 'लौटती नहीं जो हँसी' आदिवासियों की जल, ज़मीन और जंगल के छीने जाने की समस्या को सर्जनात्मक तरीक़े से उभारता है। यह उपन्यास सरकार और कारोबारियों की महत्त्वाकांक्षाओं का कच्चा चिट्ठा है। इसी तरह से मैंने रणेन्द्र का नया उपन्यास 'ग़ायब होता देश' भी पढ़ा, जो कि आदिवासियों की समस्याओं को केन्द्र में रखकर लिखा गया है। उस उपन्यास में सृजनात्मक स्पर्श तो है लेकिन उसमें आँकड़ों की बहुलता उसको शोध प्रबन्ध की श्रेणी की ओर ले जाती है। इसके पहले भी रणेन्द्र ने अपने उपन्यास 'ग्लोबल गाँव का देवता' में भी इस पक्ष को उभारा था। रणेन्द्र अपने उपन्यासों में आदिवासियों के विस्थापन को भी शिद्दत से उठाते हैं, लेकिन आँकड़े और उद्धरणों से वह थोड़ा नीरस हो जाता है। इन उपन्यासों के अलावा मैंने अल्पना मिश्र का उपन्यास–'अनिहारे तलछट में चमका' भी पढ़ा। इस उपन्यास में क़िस्से का दोहराव अवश्य है, लेकिन अल्पना ने उसे बिल्कुल नयी सृजना में ढाला है। वह पाठकों को विषय के बारे में सोचने का अवसर ही नहीं देती हैं। पाठक जब उसको पढ़ना शुरू करता है तो उसमें डूबता चला जाता है। मुझे लगता है कि नयी पीढ़ी के लेखकों में कई लोग अच्छा लिख रहे हैं और हिन्दी के वरिष्ठ लेखकों की ज़िम्मेदारी है कि वे उनको प्यार से उनकी कमियों के बारे में बतायें।

अराजक है साहित्य का माहौल

–धीरेन्द्र अस्थाना

धीरेन्द्र अस्थाना हिन्दी के उन समर्थ लेखकों में से हैं जो कम लिखते हैं लेकिन महत्त्वपूर्ण लिखते हैं। धीरेन्द्र अस्थाना की कहानियों का पाठकों में ज़बरदस्त क्रेज़ होता है। जब 'सारिका पत्रिका' बेहद लोकप्रिय हुआ करता थी तब धीरेन्द्र अस्थाना की कहानी पढ़कर ललिता नाम की एक लड़की उनके घर आ गयी और दोनों ने शादी कर ली। धीरेन्द्र अस्थाना के अब तक कई कहानी संग्रह प्रकाशित हो चुके हैं जिनमें 'लोग हाशिए पर', 'आदमीखोर', 'मुहिम', 'विचित्र देश की प्रेम कथा' और 'जो मारे जायेंगे' प्रमुख हैं। उनके तीन उपन्यास ख़ासे चर्चित रहे हैं–'हलाहल', 'गुज़र क्यों नहीं जाता', 'देश निकाला'। उनकी आत्मकथा पूछती है 'सयदा/इस ज़िन्दगी का क्या किया' भी प्रकाशित है। धीरेन्द्र अस्थाना को 1987 में प्रतिष्ठित 'संस्कृति सम्मान' मिल चुका है। इसके अलावा उनको महाराष्ट्र का 'छत्रपति शिवाजी पुरस्कार', 'इन्दु शर्मा कथा सम्मान' समेत दर्जनों पुरस्कार मिल चुके हैं।

धीरेन्द्र अस्थाना को वर्तमान साहित्यिक परिदृश्य बेहद अराजक लगता है। वे कहते हैं कि उनके समय में साहित्यिक लेखन की धाराएँ और प्रतिबद्धताएँ स्पष्ट हुआ करती थीं। बहुत सारे लेखकों की रचनाओं में साफ़ तौर पर जनपक्षधरता को लक्षित किया जा सकता था जिसमें काशीनाथ सिंह, दूधनाथ सिंह, ज्ञानरंजन, रवीन्द्र कालिया, ममता कालिया, रमेश उपाध्याय, उदय प्रकाश आदि हुआ करते थे। दूसरे कथाकारों का ख़ेमा भोपाल स्कूल का था जो कलावाद के पक्ष में लेखन करते थे। उनकी कहानियों में चमत्कार हुआ करता था। धीरेन्द्र कहते हैं कि इस वक़्त का पूरा साहित्यिक परिदृश्य गड्डमड्ड हो गया है। जनता के पक्ष में बहुत कम रचनाएँ लिखी जा रही हैं

और हर नया कथाकार चमत्कार पैदा कर अपनी रचना को चर्चित करने की फ़िराक़ में हैं। लेखकों की प्रतिबद्धताएँ साफ़ नहीं हैं। धीरेन्द्र अस्थाना के मुताबिक़ ज़्यादातर साहित्यिक पत्रिकाओं में औसत कहानियाँ छप रही हैं। इन औसत कहानियों को देखते हुए उन्होंने कहानी लिखना कम या बन्द कर दिया है। वे बेहद रोषपूर्ण तरीक़े से कहते हैं कि अगर इसी तरह की कहानी, कहानी है तब तो दस कहानियाँ हर रोज़ लिखी जा सकती हैं। धीरेन्द्र ये भी मानते हैं कि इन औसत कहानियों के बीच कभी–कभार कोई अच्छी कहानी दिख जाती है। धीरेन्द्र अस्थाना के मुताबिक़ कविता का तो और भी बुरा हाल है। इस बारे में वे व्यक्तिगत अनुभव बताते हैं। धीरेन्द्र ने एक बार एक बड़े कवि मित्र से पूछा कि अमुक पत्रिका में तुम्हारी कविता के साथ एक और कवि की अच्छी कविता छपी है, आपने पढ़ी? तो कवि मित्र ने साफ़ कहा कि वे दूसरे कवियों की कविताएँ नहीं पढ़ते हैं। धीरेन्द्र अस्थाना का मानना है कि अब कोटेबल कोट्स वाली कविताएँ नहीं लिखी जा रही हैं। मुक्तिबोध, राजकमल चौधरी, धूमिल, वीरेन्द्र डंगवाल, लीलाधर जगूड़ी, मंगलेश डबराल, राजेश जोशी जैसे कवि अब कहाँ हैं। बेहद तल्ख़ी के साथ धीरेन्द्र अस्थाना कहते हैं कि इन दिनों एक बड़ी लाइन, फिर एक छोटी लाइन लिखने वाले लोग ख़ुद को कवि मानने लगे हैं। आड़ी तिरछी लाइनें लिखकर लोग कवि हुए जा रहे हैं। कविता का मर्म या फिर उसके असर के बारे में सोचे बग़ैर थोक के भाव से कवितानुमा चीज़ों का सृजन हो रहा है। धीरेन्द्र अस्थाना साफ़–साफ़ कहते हैं कि जिस सिनेमा को हिन्दी के लोग कमतर आँकते थे वह सिनेमा अब साहित्य से आगे निकलने लगा है। अब सिनेमा लोगों को आन्दोलित करने लगा है। यहाँ पर साहित्य पिछड़ने लगा है। 'माँझी' नाम से एक फ़िल्म आयी, जिसने इतनी बड़ी लकीर खींच दी है जिसको छूना साहित्य सृजन के लिए एक चुनौती है। सिनेमा लगातार आगे बढ़ता जा रहा है और एक विधा के तौर पर अपने आपको मज़बूत भी करता चल रहा है, लेकिन साहित्य की अराजकता और औसत दर्जे के लेखन ने इसको कमज़ोर किया है। साहित्य में पिछली पीढ़ी ने जो लकीर खींची है उसको पीछे छोड़ना तो दूर की बात उसके बराबर भी पहुँचने की कोशिश नहीं दिखायी देती है।

कविता का माहौल निराशाजनक

-ध्रुव गुप्त

बहुमुखी प्रतिभा के धनी ध्रुव गुप्त कविता, कहानी और ग़ज़ल में समान रूप से आवाजाही करते हैं। कविताओं से साहित्य की दुनिया में आये ध्रुव गुप्त पुलिस अफ़सर रहे हैं, लेकिन उनकी कविताओं में एक अलग किस्म की संवेदना नज़र आती है। उनके अब तक कई संग्रह प्रकाशित हो चुके हैं जिनमें 'कहीं बिल्कुल पास तुम्हारे', 'जंगल जहाँ ख़त्म होता है' कविता संग्रह को हिन्दी जगत में ख़ासा नोटिस किया गया। उनके तीन ग़ज़ल संग्रह–'एक ज़रा–सा आसमां', 'मौसम के बहाने', 'मुझमें कुछ है जो आईना–सा है', भी प्रकाशित हैं। इसके अलावा उनका एक कहानी संग्रह 'मुठभेड़' अपनी अलग भावभूमि की वजह से कहानी की दुनिया में अपना अलग ही स्थान रखता है ।

ध्रुव गुप्त को हिन्दी कविता का वर्तमान परिदृश्य बेहद निराशाजनक लगता है। वे कहते हैं कि उससे भी निराशाजनक यह है कि वस्तुस्थिति को न कवि स्वीकार कर रहे हैं और न कविता के आलोचक। कविता कभी आमजन की सुख–दुख की साथी, उसका बिस्तर–तकिया, उसकी प्रेरणा हुआ करती थी। अपनी हताशाओं और समस्याओं का हल वह कविता की पंक्तियों में खोजा करता था। कविता से लोगों का यह आत्मीय रिश्ता बच्चन और दिनकर तक जारी रहा। उसके बाद नयी कविता, अकविता, शमशानी कविता की नकारात्मकता और जनवादी कविताओं की ज़मीन से कटी छद्‌म क्रान्तिकारिता ने इस रिश्ते को बुरी तरह तोड़ दिया। ध्रुव गुप्त के मुताबिक़ समकालीन कविता ने अपनी सहजता और आत्मीयता के बल पर इस रिश्ते को पुनर्स्थापित करने की थोड़ी कोशिश ज़रूर की, लेकिन पिछले कुछ सालों से कविता में बौद्धिकता की अति ने उन कोशिशों को

पलीता लगा दिया है। वे बेबाक तरीक़े से कहते हैं कि आज की कविता किसी की संवेदना से नहीं जुड़ती। उनके मुताबिक़ कवि ही लिखते हैं, कवि ही छापते हैं और कवि ही समझते हैं और कवि ही उनकी समीक्षा करते हैं। आप मानें या न मानें, सच्चाई यही है कि जनता ने आज की कविता को लगभग ख़ारिज कर दिया है। कवियों को रास्ता दिखाने और पाठकों में कविता की समझ पैदा करना कभी आलोचना का उद्देश्य हुआ करता था। आज आलोचकों की जो पीढ़ी सक्रिय है, उसमें लगभग वही लोग शामिल हैं जो ख़ुद कविकर्म से जुड़े हैं। फलतः एक–दूसरे की पीठ खुजाने की अन्तहीन प्रतिस्पर्धा जारी है। कविता के लगभग तमाम पुरस्कार भी ऐसे ही प्रायोजित और मैनेज हो रहे हैं। आत्ममुग्धता के इस दौर में किसी को यह चिन्ता नहीं कि ख़ुद कविता किधर जा रही है। दुष्यन्त की अपार लोकप्रियता के बाद हिन्दी ग़ज़लों ने पाठकों के साथ कुछ आत्मीय रिश्ता ज़रूर जोड़ा है, लेकिन संवेदनाहीन और ग़ज़ल के व्याकरण से अनभिज्ञ मीडिया के लोगों की भारी भीड़ के कारण हिन्दी ग़ज़लों की लोकप्रियता भी अब ढलान पर है।

ध्रुव गुप्त के मुताबिक़ कवियों की इस भीड़ में पुरानी पीढ़ी के कुछ कवि ही कविकर्म को लेकर संजीदा दिखते हैं। इस पीढ़ी के केदारनाथ सिंह, कुँवर नारायण, अशोक वाजपेयी जैसे कुछ कवि ही संवेदना के बल पर अपने पाठकों के साथ आत्मीय रिश्ता बनाये रखने में सफल रहे। उनके बाद की कवियों की कई पीढ़ियाँ जितनी तेज़ी से कविता के फलक पर उभरी थीं, उतनी ही तेज़ी से अपनी चमक खो बैठीं। इक्का–दुक्का अपवादों को छोड़ दें तो हिन्दी कविता की नयी पीढ़ी कविता के भविष्य के प्रति आश्वस्त नहीं करती।

सोशल मीडिया के विस्तार के बारे में ध्रुव गुप्त साफ़ तौर पर कहते हैं कि कोई लेखक अगर लेखकों के साथ आम पाठकों तक भी पहुँचना चाहता है तो उसके लिए सोशल मीडिया एक बड़ा और कारगर मंच साबित हो सकता है, लेकिन वे खेदपूर्वक कहते हैं कि लेखक इस मंच का सही उपयोग नहीं कर पा रहे हैं। उनको लगता है प्रायोजित आलोचना, चर्चाओं और पुरस्कारों के बल पर ख़ुद को तोप समझने वाले साहित्यकारों की अग्नि परीक्षा भविष्य में सोशल मीडिया पर ही होने वाली है। नये लेखक, विशेषकर कवि फ़ेसबुक के मंच और ब्लॉग का कुछ बेहतर उपयोग कर रहे हैं। सोशल मीडिया से जुड़े लोग यह बात अब बख़ूबी समझने लगे हैं

कि यहाँ दुरूह, यान्त्रिक और बोझिल साहित्य नहीं, वही साहित्य चलेगा जो लोगों की ख़ुशी और व्यथाओं से टकराकर पाठकों से संवेदनात्मक रिश्ता क़ायम करने में सफल है। आने वाले समय में छपी हुई किताबों का अस्तित्व तो शायद बना रहेगा, लेकिन यह तय है कि सोशल मीडिया आने वाले कुछ वर्षों में साहित्यिक पत्रिकाओं को पूरी तरह विस्थापित कर साहित्य का सबसे व्यापक और कारगर मंच बनने वाला है! हमें साहित्य की बेहतरी और व्यापक पहुँच के लिए इसका कारगर उपयोग सीखने की ज़रूरत है।

साहित्यिक परिदृश्य चुनौतीपूर्ण

–दिविक रमेश

आज़ादी से लगभग एक साल पहले दिल्ली में जन्मे दिविक रमेश हिन्दी के वरिष्ठ कवि और आलोचक हैं। दिविक रमेश ने बाल–साहित्य का भी सृजन किया है । उनके कविता संग्रहों में 'गेहूँ घर आया है', 'खुली आँखों में आकाश', 'रास्ते के बीच', 'छोटा–सा हस्तक्षेप', 'हल्दी–चावल' और अन्य कविताएँ, 'बाँचो लिखी इबारत', 'वह भी आदमी तो होता है', 'फूल तब भी खिला होता' प्रमुख हैं। इसके अलावा दिविक रमेश ने 'नये कवियों के काव्य–शिल्प सिद्धान्त', 'संवाद भी विवाद भी', 'कविता के बीच से', 'साक्षात त्रिलोचन' जैसी आलोचना पुस्तकें लिखकर साहित्य में हस्तक्षेप किया। बाल साहित्य के तौर पर '101 बाल कविताएँ', 'समझदार हाथी : समझदार चींटी', 'हँसे जानवर हो–हो–हो', 'कबूतरों की रेल', 'बोलती डिबिया', 'देशभक्त डाकू', 'बादलों के दरवाज़े', 'शेर की पीठ पर', 'ओह पापा', 'गोपाल भांड के क़िस्से', 'त से तेनालीराम' प्रमुख हैं। दिविक रमेश को बाल साहित्य के लिए साहित्य अकादमी पुरस्कार गिरिजाकुमार माथुर स्मृति पुरस्कार, सोवियत लैंड नेहरू पुरस्कार, दिल्ली हिन्दी अकादमी का साहित्यिक कृति पुरस्कार, साहित्यकार सम्मान, बाल तथा साहित्य पुरस्कार, एन.सी.ई.आर.टी. का राष्ट्रीय बाल साहित्य पुरस्कार मिल चुका है ।

दिविक रमेश का मानना है कि हिन्दी साहित्य का वर्तमान परिदृश्य समृद्ध और सक्रिय है। उनके मुताबिक़ रचनाएँ ख़ूब हो रही हैं, छप भी ख़ूब रही हैं। बावजूद कितने ही प्रकाशकों के कविता न बिकने के रुदन के बावजूद कविता–पुस्तकें भी बड़ी संख्या में छप रही हैं। उनके एक कविता–संग्रह का पाँचवाँ संस्करण प्रकाशित हुआ। सामाजिक माध्यमों; जैसे–वेबजाल आदि ने साहित्य को प्रकाश में लाना और उसे दूर–दूर तक पहुँचाना सरल बना

दिया है। ई–बुक्स की दिशा में भी क़दम बढ़ रहे हैं। साहित्य के रूप में अनेक सामाजिक विमर्श चिन्तन की नयी और सार्थक दिशाएँ लेकर उपस्थित हैं। बावजूद इसके दिविक रमेश मानते हैं कि मूल्यांकन के क्षेत्र में दिक़्क़त है। हालाँकि उनको कुछ वरिष्ठ हो रहे युवा आलोचकों से उम्मीद भी है। बाज़ारवाद हर ओर हावी नज़र आता है। सामान्यतः प्रकाशक रसूख वालों की ओर ज़्यादा ध्यान देते हैं। पाठक तक पुस्तक पहुँचाना प्राथमिकता नहीं नज़र आती। आपाधापी और जल्दबाज़ी काफ़ी है लेकिन इन्हीं के बीच सशक्त लेखन भी रूप ले रहा है। कुछ हद तक गुटवादिता और तू मेरा गा मैं तेरा गाऊँ की प्रवृत्ति अविश्वसनीयता, कुण्ठा, क्रूरता, उपेक्षा आदि का प्रदूषण भी फैलाती रहती हैं, लेकिन गम्भीर लेखक बिना परवाह किए रचनारत रहते हैं। पहचान अर्जित करने का उनका रास्ता ज़रूर लम्बा नज़र आता है। यह साहित्यिक परिदृश्य चुनौतीपूर्ण तो ज़रूर है।

वे यह मानते हैं कि कविताएँ बड़ी मात्रा में लिखी जा रही हैं और वह भी अपने विविध रूपों में जैसे मुक्तछन्द, ग़ज़ल, गीत, नवगीत, दोहा, प्रबन्ध। वे कहते हैं कि जितना उन्होंने पढ़ा है उसके आधार पर कहते हैं कि उनकी पीढ़ी के बाद की पीढ़ी में कम–से–कम 30–40 कवि बहुत ही उम्दा लिख रहे हैं। यूँ उम्दा कविताओं की संख्या कहीं ज़्यादा है और यह अच्छी बात है। कष्ट आत्ममुग्ध कवियों की औसत से भी कम दर्जे की कविताओं का अम्बार लगाते चले जाने वालों को देखकर होता है। बहुत बार अन्यथा प्रभावशाली लोगों को कुछ प्रकाशकों और लोगों के द्वारा कवि बनाने की हठधर्मिता भी हास्यास्पद और साहित्य के लिए घातक प्रतीत होती है। फिर भी रचा जायेगा तभी न अच्छा भी चुन पायेंगे। पहचान का संकट ज़रूर सामने खड़ा है। दिविक रमेश ज़ोर देकर कहते हैं कि वे सोशल मीडिया या किसी भी नयी तकनीकी के विरोधी नहीं हैं, विरोध माध्यम के ग़लत उपयोग का है। वे कहते हैं कि सोशल मीडिया या पॉपुलर कल्चर के उपादानों ने दबे–पीड़ित व्यक्ति को भी अपनी आवाज़ दी है। सत्ता–लोलुपों के वर्चस्व को आघात देने की क्षमता दी है, लेकिन इसने बहुतों को आत्ममुग्धता का ग़लत नशा भी दिया है। स्व–मूल्यांकन के अभाव में मर्यादाविहीन और अराजक भी बनाया है। सोशल मीडिया का विस्तार होना चाहिए, लेकिन उसे बाज़ारवाद की कुरीतियों से बचाकर रखने की बेहद ज़रूरत है। इसे कोरे उठा–पटक का माध्यम बनने से बचाना होगा। इसे बिकाऊ होने से बचाना होगा।

समय तय करेगा साहित्य का स्तर

–दिव्य प्रकाश दुबे

इन दिनों हिन्दी में कई युवा लेखक नयी तरह की हिन्दी लिखने का दावा कर रहे हैं और माना जा रहा है कि नयी हिन्दी की बिन्दी लगाये इन उपन्यासों को ख़ूब पाठक मिल रहे हैं। इसी तरह की नयी भाषा और भावभूमि पर उपन्यास लिखने वालों में दिव्य प्रकाश दुबे का नाम तेज़ी से साहित्य में उभरा है। उनकी तीनों कृतियाँ 'मुसाफ़िर कैफ़े', 'मसाला चाय' और 'टर्म्स एंड कंडीशंस एप्लाई' बेस्ट सेलर हैं। डीपीडी के नाम से मशहूर दिव्य प्रकाश दुबे को लेकर हिन्दी जगत में एक ख़ासी उत्सुकता है। दिव्य कहते हैं कि नयी तरह की हिन्दी लिखने का मुख्य उद्देश्य युवा पीढ़ी से जुड़ना था। ऐसे युवा जिन लोगों ने आख़िरी बार हिन्दी अपनी स्कूल की किताब में पढ़ी थी। ऐसे लोगों को हिन्दी किताब पढ़वाने के लिए दो चीज़ें सबसे ज़्यादा ज़रूरी थी। पहली तो ऐसी भाषा जो बोलचाल की हो। दिव्य का मानना है कि हिन्दी में लिखने वाली हिन्दी और बोलने वाली हिन्दी अलग हो गयी थी। पाठक को कभी यह नहीं लगना चाहिए कि वह हिन्दी की किताब पढ़ रहा है। पाठक को कहानी पढ़ने में मज़ा आना चाहिए। हम सब ने यही कोशिश की अपनी नयी वाली हिन्दी से ज़्यादा–से–ज़्यादा लोगों से जुड़ सकें। वे कहते हैं कि उनके तरह का लेखन करने वाले उपन्यासकार तीन सौ से पाँच सौ के संस्करण की लड़ाई नहीं लड़ रहें बल्कि ये सोच रहें कि 50 हज़ार लोगों तक कैसे पहुँचे।

दिव्य प्रकाश दुबे कहते हैं जब वे यह देखते हैं कि सालभर में पाँच नयी हिन्दी किताबें ऐसी नहीं प्रकाशित होती हैं जिनके बारे में सभी बात करें, तो मन उदास हो जाता है। दिव्य प्रकाश का मानना है कि हाल के दिनों में जिस तेज़ी से दुनिया बदली है उसने हमारे पढ़ने–लिखने

की आदतों को बहुत प्रभावित किया है। वे कहते हैं कि सोशल मीडिया पर सक्रिय लोग चाहते–न–चाहते हुए भी दिनभर में इधर–उधर के दस आर्टिकल्स पढ़ लेता है। धीरे–धीरे हमारी आदत केवल हेडलाइन पढ़ने की होती जा रही है। वे साफ़ कहते हैं कि इसका ये मतलब क़तई नहीं है कि उपन्यास लिखे नहीं जा रहे लेकिन वे मानते हैं कि अब बड़े नॉवेल का स्कोप धीरे–धीरे कम होता जायेगा और भविष्य में वही नॉवेल सफल रहेंगे जो तीन से पाँच घन्टे में ख़त्म हो जायें या फिर उनको पढ़ने में ज़्यादा–से–ज़्यादा एक वीकेंड लगे।

कविता के बारे में दिव्य अपने ही अन्दाज़ में कहते हैं कि जैसे अच्छा क्रिकेट खेलने से पहले आपको बुरा क्रिकेट खेलना आना ही चाहिए, वैसे ही कविता भी है। असल में सोशल मीडिया ने हमारी डायरी के उस पन्ने को दुनिया के सामने खोल दिया है जो एक टाइम पर हमारा रफ़ रजिस्टर हुआ करता था। हिन्दी कविता के लिए वह स्थिति ज़्यादा भयावह है कि केवल पचास लोग हिन्दी कविता को अपनी बपौती समझ के लिख रहे हों। समय सब साफ़ कर देगा, क्या अच्छा है और क्या बुरा?

दिव्य प्रकाश दुबे का मानना है कि हिन्दी के लेखक जो बड़े ही फलसफ़ियाना अन्दाज़ में बोल देते हैं न कि हम स्वांतः सुखाय लिख रहे हैं यह सबसे बड़ा फ्रॉड है। वे साफ़ तौर पर कहते हैं कि जो भी लेखक अपनी किताब छपवाता है तब उसके मन में कहीं–न–कहीं ये बात होती है कि वह ज़्यादा–से–ज़्यादा लोगों तक पहुँचे। उसकी किताब की जमकर बिक्री हो, लेकिन बावजूद इस चोले से बाहर आने में तकलीफ़ होती है कि वे स्वान्तः सुखाय लिख रहे हैं। दुबे के मुताबिक़ सोशल मीडिया मेले की एक दुकान की तरह है जिसके माध्यम से आप अपनी किताब ज़्यादा–से–ज़्यादा लोगों तक पहुँचा सकते हैं।

सामाजिक समस्याओं से दूर होती कहानी

–दूधनाथ सिंह

लगभग छह दशक तक अपनी रचनात्मकता से हिन्दी साहित्य में अपनी सार्थक उपस्थिति दर्ज करवाने वाले दूधनाथ सिंह हिन्दी के वरिष्ठ कथाकार, कवि और उपन्यासकार रहे। दूधनाथ सिंह ने आलोचना भी लिखी और उनके संस्मरणों को भी पाठकों ने ख़ूब पसन्द किया। दूधनाथ सिंह का उपन्यास 'आख़िरी कलाम', 'नमो अन्धकारम' पाठकों के बीच बेहद लोकप्रिय रहा है। इसके अलावा उनके सभी कहानी संग्रहों ने भी पाठकों को ख़ूब आकृष्ट किया। उनके कहानी–संग्रहों में 'सपाट चेहरे वाला आदमी', 'माई का शोकगीत', 'प्रेमकथा का अन्त न कोई' और 'धर्मक्षेत्रे कुरुक्षेत्रे' प्रमुख हैं। सूर्यकान्त त्रिपाठी निराला की कविताओं पर उनकी एक आलोचनात्मक किताब 'निराला : आत्महन्ता आस्था' से दूधनाथ जी ने अपनी आलोचनात्मक प्रतिभा का परिचय हिन्दी साहित्य को करवाया था। उनका लिखा संस्मरण 'लौट आ, ओ धार!' भी बेहद दिलचस्प है। दूधनाथ सिंह साठ से बासठ, उन्नीस सौ दो साल तक कोलकाता में अध्यापन कार्य किया और फिर इलाहाबाद विश्वविद्यालय के हिन्दी विभाग में अध्यापन किया। दूधनाथ सिंह को भारतेन्दु सम्मान, शरद जोशी स्मृति सम्मान, कथाक्रम सम्मान और साहित्य भूषण सम्मान से सम्मानित किया जा चुका है।

दूधनाथ सिंह का मानना था कि जिस तरह से उन्नसीवीं सदी में उपन्यासकारों और कथाकारों की एक बड़ी खेप हिन्दी साहित्य में आयी वो सामाजिक आर्थिक विषयों के अलावा अपने निजी सवालों को भी अपने लेखन में शामिल कर रहे है। ज़्यादातर कथाकारों के दिमाग़ में दलित और स्त्री की समस्या रहती, जो फ़ैशन में भी रहा। वे इस बात से थोड़े क्षुब्ध नज़र आते थे कि जिस तरह से दलितों और स्त्रियों को केन्द्र में रखकर

कहानियाँ लिखी जा रही हैं वे देशभर की लाखों महिलाओं या दिहाड़ी पर काम करने वाली महिलाओं की समस्याओं से कोसों दूर नज़र आती हैं। उनका मानना था कि कई कथाकार इस तरह की कहानियाँ सम्पूर्ण समाज को बग़ैर जाने–समझे करते हैं। नतीजा यह होता है कि वे अपनी कहानियों में इन विषयों को उठा तो लेते हैं लेकिन उसको सँभाल नहीं पाते। इस तरह की कहानियों से कथाजगत में एक प्रकार की एकरसता भी दिखायी देती। दूधनाथ जी का मानना था कि समकालीन साहित्यिक परिदृश्य पर अगर नज़र डालें तो युवा कथाकारों को लेकर कोई उत्साहजनक वातावरण का निर्माण होता नहीं दिखता है। वे तल्ख़ी के साथ कहते थे कि इन कहानियों की समीक्षा को पढ़ते हुए बहुधा इस बात का पता चलता है कि समीक्षकों ने कहानीकारों के हिसाब से समीक्षा लिखी है या फिर लेखक और समीक्षक के बीच में किसी तरह की साँठ–गाँठ है। कहानी में विचारधारा को प्रमुखता देने के सवाल पर दूधनाथ जी का मानना था कि कथा साहित्य में किसी भी तरह की विचारधारा की अहमियत तब होगी जबकि समाज के वर्गीकरण को रचनात्मक स्तर पर कहानीकार समझे और उसके सूत्रों को पकड़ते हुए कथानक बुने। उनका मानना था कि ज़्यादातर उपन्यासकार इस तरह के पात्रों का सृजन कर रहे हैं जो पहले से कहानियों और उपन्यासों में मौजूद हैं। वे ज़ोर देकर कहते थे कि सुखद, कामचलाऊ और यौनिकता से पूर्ण कहानियाँ तो अपराध लेखन की श्रेणी में आती हैं। उनका कहना था कि आज के लेखक देशभर की विषम सामाजिक समस्याओं को अपने लेखन के केन्द्र में नहीं ला पा रहे हैं। वे मौजूदा परिदृश्य में साहित्य आलोचना से भी खिन्न नज़र आते थे। उनका मानना था कि आलोचना कृतियों के सारांश और कुछ पूर्ववर्ती आलोचकों के लेखों के अंश को उद्धृत करने तक सिमटकर रह गया है। दूधनाथ सिंह के मुताबिक़ कोई लेखक अपने ऊपर पत्रिकाओं के अंक केन्द्रित करवाकर बड़ा लेखक नहीं हो सकता है। बड़ा लेखक होने के लिए आपको सामाजिक समस्याओं को पकड़ना होगा और नये पात्रों का सृजन करना होगा।

पक्षपाती नहीं है साहित्य

–गंगा प्रसाद विमल

गंगा प्रसाद विमल हिन्दी साहित्य का एक ऐसा नाम जो समान रूप से भारत की अन्य भाषाओं के साहित्यकारों के बीच समादृत है। वाद–विवाद से दूर संवाद में यक़ीन रखने वाले गंगा प्रसाद विमल उत्तराखण्ड के रहने वाले हैं, लेकिन शिक्षा के लिए अटकते–भटकते पंजाब पहुँचे थे और वहाँ एम.ए. की परीक्षा में गोल्ड मैडल प्राप्त किया था। उनकी मेधा से प्रभावित होकर पंजाब विश्वविद्यालय ने उनको तीन साल के लिए विश्वविद्यालय में रिसर्च फ़ेलो के तौर पर रखा था। कुछ साल तक वहीं अध्यापन किया फिर दिल्ली विश्वविद्यालय, केन्द्रीय हिन्दी संस्थान आदि से होते हुए जवाहरलाल नेहरू विश्वविद्यालय के भाषा विभाग पहुँचे और वहीं से रिटायर हुए। विमल जी बहुमुखी प्रतिभा के धनी हैं और कविता और कथा में समान अधिकार के साथ लिखते हैं। उनकी दर्जनों कहानियाँ और कविताएँ हिन्दी साहित्य की थाती हैं। गंगा प्रसाद विमल के बारह कविता–संग्रह, तेरह कहानी–संग्रह और पाँच उपन्यास प्रकाशित हो चुके हैं। गंगा प्रसाद विमल ने कई भाषाओं की रचनाओं का हिन्दी में अनुवाद भी किया है। विमल जी को उनकी विराट रचनाशीलता के लिए कई वैश्विक सम्मान मिले हैं जिनमें स्कॉटिश कविता सम्मान प्रमुख हैं। विमल जी को बिहार सरकार का दिनकर पुरस्कार, भारतीय भाषा परिषद् का सम्मान भी मिल चुका है।

विमल जी समकालीन साहित्यिक परिदृश्य को लेकर बेहद उत्साहित दिखते हैं। उनका मानना है कि वर्तमान परिदृश्य बेहद रोचक और उत्साहजनक है। उसमें उनको कहीं से निराशा नहीं दिखायी देती है। उनका मानना है कि साहित्य में कई तरह की नयी–नयी दिशाएँ खुल रही हैं। सोशल मीडिया में साहित्य के फैलाव से वे बेहद उत्साहित नज़र

आते हैं। उनका मानना है कि कोई भी चीज़ पक्की होने के पहले कच्ची ही होती है। इसी तरह से सोशल मीडिया पर साहित्य इस वक़्त अपने कच्चेपन के साथ मौजूद है, लेकिन आने वाले दिनों में वह पक जायेगा। तकनीक पर साहित्य के काम से एक उम्मीद जगती है। बेहद चुटीले अन्दाज़ में वे कहते हैं कि हम जैसे कुछ बूढ़े साहित्यकारों को सोशल मीडिया बेकार लग सकती है, लेकिन वह है नहीं। साहित्य में इन दिनों लेखकों में एक ख़ास तरह की ज़िम्मेदारी का बोध भी गंगा प्रसाद विमल को दिखायी देता है। पहले रचनात्मकता की कई तरह की शर्तें होती थीं। महत्त्वाकांक्षा होती थी, छपास की आकांक्षा होती थी, लेकिन अब एक ख़ास क़िस्म की ज़िम्मेदारी इसके पीछे है। उनका मानना है कि साहित्य में वही टिकेगा जो अपने लेखन में मज़बूत होगा बाक़ी सब पीछे छूटते चले जायेंगे। साहित्य में नये शैल्पिक प्रयोग से भी विमल जी चकित नज़र आते हैं। उनका मानना है कि इस शैल्पिक प्रयोग से जो एक ख़ास क़िस्म की भाषा उभर रही है वह हिन्दी को समृद्ध करती है। हिन्दी तो पहले से ही नये–नये शब्दों को आत्मसात करती चली आ रही है। इससे लगातार हिन्दी की शक्ति में बढ़ोतरी होती है। उनका मानना है कि पुराने लेखकों को नये लेखकों के प्रति सहृदय होना चाहिए। जो नये लेखक आ रहे हैं उनमें नयी ऊर्जा, नयी शक्ति है जो साहित्य को समृद्ध करेंगे। साहित्य में कवियों की बहुतायत पर विमल जी कहते हैं कि कई लोग कई लालचों की वजह से कवि बन रहे हैं, किसी को मंच का लालच है तो किसी को कुछ और। विमल जी हिन्दी के बढ़ते प्रभाव को बार–बार रेखांकित करते हुए एक अंग्रेज़ी की किताब के विमोचन का क़िस्सा सुनाते हैं। उन्होंने बताया कि उक्त समारोह में सब लोग हिन्दी में बात कर रहे थे। पूछने पर लेखक ने बताया कि उसके लेखन की भाषा अवश्य अंग्रेज़ी है, लेकिन उसके हँसने, गाने, रोने, प्रेम करने और सपने देखने की भाषा तो हिन्दी है। उन्होंने कहा कि यह हिन्दी की धमक ही है कि अब ऐसा कहने वाले लोग कम मिलते हैं कि उन्हें सिर्फ़ अंग्रेज़ी समझ आती है। समकालीन साहित्य परिदृश्य में अपेक्षाकृत युवा लेखकों के एक–दूसरे साथी रचनाकारों पर नहीं लिखने को वे साहित्य की कंजूसी मानते हैं। उन्होंने यह भी साफ़ किया कि हिन्दी साहित्य में इन दिनों विचारधारा ने अपना रुख़ बदल लिया है, लेकिन वे इस बात से आश्वस्त हैं कि हिन्दी समाज पक्षपाती नहीं है और उसका मूल स्वभाव प्रतिपक्ष का है।

बढ़े हैं साहित्य में अवसर

–इन्दिरा दांगी

हिन्दी साहित्य में हाल के दिनों में जिन युवा लेखकों ने अपने लेखन से साहित्य जगत का ध्यान अपनी ओर खींचा है उनमें इन्दिरा दांगी का नाम प्रमुख है। इन्दिरा दांगी को साहित्य अकादमी का युवा पुरस्कार मिला है। 2013 में जब उनका पहला कहानी संग्रह–'एक सौ पचास प्रेमिकाएँ' छपा था तो उसने साहित्य के पाठकों को चौंकाया था। अगले वर्ष इन्दिरा दांगी का उपन्यास 'हवेली सुल्तानपुर' प्रकाशित हुआ और फिर उसके अगले वर्ष 'शुक्रिया इमरान साहब' के नाम से एक और कहानी–संग्रह प्रकाशित हुआ। इस बीच इन्दिरा दांगी को कई पुरस्कार मिले। भारतीय ज्ञानपीठ का नवलेखन अनुशंसा पुरस्कार, अखिल भारतीय क़लमकार कहानी पुरस्कार, वागीश्वरी सम्मान, रमाकान्त स्मृति पुरस्कार, सावित्रीबाई फुले पुरस्कार समेत कई पुरस्कार मिले। इन्दिरा दांगी ने बहुत कम समय में हिन्दी साहित्य के आकाश में काफ़ी जगह को घेरा है।

इन्दिरा दांगी का मानना है कि साहित्य में अवसर पहले से अधिक हुए हैं। इन्दिरा कहती हैं कि जब उन्होंने लिखना शुरू किया तो उनके वरिष्ठ बताया करते थे कि पहले छपने के अवसर कम थे। रचना के प्रकाशन के लिए वर्षों तक इन्तज़ार करना पड़ता था। उनका मानना है कि वर्तमान परिदृश्य में अख़बारों और व्यावसायिक प़त्र–पत्रिकाओं में साहित्य के पन्नों के लिए काफ़ी मात्रा में रचनाएँ चाहिए। उनका कहना है कि इस तरह के अवसर से भावयित्री और कारयित्री दोनों तरह की साहित्यिक प्रतिभाओं को अवसर मिलता है। साहित्य में भी डिमांड और सप्लाई की अर्थशास्त्रीय सोच उसी तरह से घुल–मिल गयी है जैसे जीवन के अन्य अनुशासनों में। कि आज के लिखने वालों में पिछली पीढ़ी के लेखक–लेखिकाओं जैसी

गुणवत्ता का आग्रह कम ही मिलता है। इन्दिरा के मुताबिक़ अवसर की विपुलता की वजह से रचना की स्तरीयता बचाये रखने की बड़ी चुनौती भी लेखकों के सामने है। वे साफ़ तौर पर कहती हैं कि साहित्य को अपने मुल्क की आवाम की आवाज़ होना चाहिए, लेकिन आज की कई तथाकथित युवा लेखिकाएँ मरते किसानों, जलायी जा रही बहुओं, आम आदमी के दर्द को दर–किनार कर लिव इन रिलेशन, बलात्कार, डिवोर्स या स्त्रियों के व्यभिचार की वकालत करती रचनाएँ लिख रही हैं जो छप भी जा रही है, फ़ौरन चर्चा भी हो जाती है। उनका मानना है कि अपने आप को अत्यधिक लेखन से बचाना, रचना पर धैर्य के साथ काम करना, पोर्न लेखन से बच पाना ये इस वक़्त के साहित्यकारों के लिए बड़ी चुनौती है। इन्दिरा मानती हैं कि जो इन चुनौतियों को स्वीकारेगा वही बच पायेगा।

बहुत बड़ी संख्या में कविता के रचे जाने को लेकर इन्दिरा दांगी कहती हैं कि संख्या का कभी भी उतना महत्त्व रहा नहीं है और न ही इस बात का कि एक साथ कितनी पीढ़ियाँ रच रही हैं। वे कहती हैं कि महत्त्व सिर्फ़ इस बात का होता है कि रचा क्या जा रहा है? इन्दिरा कहती है कि अच्छी कविता का जहाँ ज़िक्र चलता है वहाँ निराला के अलावा शमशेर, दुष्यन्त कुमार, धूमिल या उनसे आगे आइये तो केदार जी की कविता पर ही बात होती है। वे यह बात भी मानती हैं कि इधर के कवियों की रचनाएँ हम पसन्द करते हैं लेकिन जब कविता की चर्चा होती है तो इन दिनों लिखी जा रही कविताओं की चर्चा नहीं होती है। हालाँकि वे यह कहकर अपने को कविता से अलग करती हैं कि वो मूलतः गद्यकार हैं और कविता की उनकी समझ बस पाठक जितनी है जो अच्छी कविता सुनकर–पढ़कर याद कर लेता है और बुरी को भूल जाता है। सोशल मीडिया के फैलाव को लेकर इन्दिरा कहती है–अति सर्वत्र वर्जयेत। वे कहती हैं कि साहित्य में इतने अवसर आ गये हैं कि फ़ेसबुक पर छपी कविताओं की किताब प्रकाशित हो चुकी है। उनका मानना है कि फ़ेसबुक पर सक्रिय नये रचनाकार अपेक्षित मेहनत नहीं करते। सोशल मीडिया को इन्दिरा एक बड़े अवसर के तौर पर भी देखती हैं। वे साफ़ तौर पर कहती हैं कि अगर हम बाज़ारवाद के बहकावे में आये बग़ैर सस्ती और फ़ौरी लोकप्रियता, डिमांड और सप्लाई, पोर्न और पॉपुलर राइटिंग के फेर में न पड़ें तो सोशल मीडिया कोई बुरी चीज़ नहीं है बरतने के लिए।

सोशल मीडिया से साहित्य का विस्तार

–इरा टाक

कवयित्री, कहानीकार इरा टाक साहित्य सृजन के अलावा एक बेहतरीन चित्रकार और फ़िल्मकार भी हैं। अब तक इरा टाक पेंटिंग की आधा दर्जन सोलो शो और कई ग्रुप शो में हिस्सा ले चुकी हैं। उनके कहानी संग्रह 'रात पहेली' की ख़ूब चर्चा हुई। इसके पहले इरा टाक की दो और किताबें 'अनछुआ ख़्वाब' और 'मेरी प्रिय कविताएँ' के नाम से प्रकाशित हैं। इरा टाक ने अपनी ही कहानियों पर तीन शॉर्ट फ़िल्में भी बनाई हैं।

इरा टाक का मानना है कि साहित्य के मौजूदा दौर में बहुत लोग लिख रहे हैं और सोशल मीडिया के विस्तार की वजह से लोगों को लेखन का या कहें कि सृजन का एक बड़ा मंच मिला है। उनका मानना है कि ढेर सारी किताबें प्रकाशित हो रही हैं, किताबों के ढेर लग रहे हैं पर नये प्रकाशनों की सूचना न मिल पाने की वजह से पाठक किताबों से दूर हैं। इरा का मानना है कि देश में जो एक अंग्रेज़ीदां नयी पीढ़ी आयी है वह कठिन हिन्दी के उपयोग की वजह से साहित्य से दूर हो रही है। उन्हें अपनी भाषा में बात समझ आती है और वही उनके दिल तक पहुँच रही है। नये लेखकों की पौध ने युवा पीढ़ी को दोबारा हिन्दी से जोड़ने की कोशिश की है क्योंकि उनकी हिन्दी आम बोलचाल वाली हिन्दी है। इरा का मानना है कि आज के दौर का युवा लेखक अपने दौर की कहानियाँ लिख रहा है जो उसके पाठकों को पसन्द भी आ रही हैं। इरा टाक के मुताबिक़ साहित्य में इस वक़्त बदलाव का दौर है और इतिहास गवाह है कि बदलाव का पुरानी पीढ़ी ने हमेशा ही विरोध किया है। वे ज़ोर देकर कहती हैं कि फ़िलहाल जो नया लेखन हो रहा है उसको पिछली पीढ़ी ख़ारिज करने और हल्का बताने की जल्दबाज़ी में है। वे तंज कसते

हुए कहती हैं कि हिन्दी में इतनी उतावली वरिष्ठ पीढ़ी शायद ही पहले कभी रही हो! उँगलियों पर गिने जाने वाले चन्द सीनियर लेखक ही नये लेखकों का स्वागत और समर्थन करते हुए उनमें भरोसा जता रहे हैं। इरा का मानना है कि जो अच्छा है वह बचेगा, जो हल्का है वह समय के साथ उड़ जायेगा। साहित्य को हमेशा बुद्धिजीवी और संवेदना सम्पन्न पाठकों ने ज़िन्दा रखा है।

समकालीन साहित्य परिदृश्य में थोक के भाव मौजूद कवियों के बारे में पूछे जाने पर इरा कहती हैं कि यह अच्छी स्थिति है कि ज़्यादा–से–ज़्यादा लोग ख़ुद को अभिव्यक्त कर पा रहे हैं और कविता, सम्पादकों, हिन्दी अध्यापकों और आलोचकों के एकाधिकार से मुक्त हुई है, पहले वही तय करते थे कि कविता क्या है और क्या पाठकों तक जाना चाहिए। अब सारे कवि जनता के दरबार में हैं जिनकी कविताएँ अच्छी हैं वे बच जायेंगी, बाक़ी कविताए खाद बनकर साहित्य की ज़मीन को उर्वर बनाये रखेंगी। सोशल मीडिया के विस्तार को इरा सकारात्मक तरीक़े से देखती हैं और मानती हैं कि इसने लेखकों को सीधे पाठकों से जोड़ा है और कई पाठकों को लेखक भी बनाया है। लेखन का लोकतन्त्रीकरण हुआ है। कई बार सोशल मीडिया पर लिखी हुई कोई कहानी या कविता सम्पादकों की निगाह में आ जाती है और एक अच्छे लेखक का साहित्य की दुनिया में प्रवेश हो जाता है। अगर सोशल मीडिया नहीं होती तो पता नहीं कितने ही ऐसे प्रतिभाशाली लेखक प्रकाश में आने से वंचित रह जाते या उन्हें साहित्य तक आने में सालों लग जाते।

सोशल मीडिया के ज़रिये एक नया पाठक वर्ग मिला है जो हिन्दी साहित्य का परम्परागत पाठक वर्ग नहीं माना जा सकता। वेबपोर्टल पर आये साहित्य से पाठकों की संख्या बढ़ी है। अब वह सीधे लेखकों से संवाद कर पा रहा है। ऑनलाइन होने से किताबों की बिक्री का भी नया मार्ग खुला है।

विचारधारा के बग़ैर साहित्य निर्जीव

–जगदीश्वर चतुर्वेदी

जगदीश्वर चतुर्वेदी हिन्दी साहित्य का एक जाना माना नाम है। छात्र जीवन से राजनीति में सक्रिय जगदीश्वर चतुर्वेदी दिल्ली के मशहूर जवाहरलाल नेहरू यूनिवर्सिटी के अध्यक्ष होने के बावजूद राजनीति में आगे नहीं बढ़े और शिक्षण और लेखन को अपना पेशा बनाया। जगदीश्वर चतुर्वेदी हिन्दी के उन शिक्षकों में से हैं जो लगातार लेखन कर्म में सक्रिय हैं और समकालीन विषयों पर टिप्पणी करते रहते हैं। उनकी दो दर्जन से अधिक किताबें प्रकाशित हो चुकी हैं जिनमें दूरदर्शन और सामाजिक विकास, मार्क्सवाद और आधुनिक हिन्दी कविता, आधुनिकतावाद और उत्तर आधुनिकतावाद, टेलीविज़न, संस्कृति और राजनीति, कामुकता, पोर्नोग्राफ़ी और स्त्रीवाद, साइबर संस्कृति के भारतीय बिम्ब–बाबा रामदेव, ममता बनर्जी, माओवाद और अयोध्या हैं। इसके अलावा 12 खण्डों में मीडिया समग्र भी प्रकाशित हैं। जगदीश्वर चतुर्वेदी सोशल नेटवर्किंग साइट फ़ेसबुक पर बेहद सक्रिय रहते हैं और समसामयिक विषयों पर बेबाक टिप्पणी करते रहते हैं।

जगदीश्वर चतुर्वेदी मानते हैं कि साहित्य का मौजूदा परिदृश्य ह्रासशील अवस्था से गुज़र रहा है। साहित्यकारों और लेखक संगठनों में किसी ख़ास समस्या या मुद्दे पर बहस नहीं हो रही। जनमाध्यमों और सोशल मीडिया के व्यापक नेटवर्क के रहते हुए साहित्य में ह्रासशील प्रवृत्तियाँ केन्द्र में आ गयी हैं। जनमाध्यमों के व्यापक विस्तार और नव्य–आर्थिक उदारीकरण को सही ढ़ंग से न समझ पाने, नये युग के अनुरूप संचार प्रणाली की समझ विकसित न कर पाने के कारण साहित्यकारों की समस्याएँ और भी जटिल हुई हैं। पहले लोग लेखकों को सबसे सचेत प्राणी के रूप में जानते थे, लेकिन नयी कम्युनिकेशन प्रणाली ने लेखक को एक़दम निरक्षर

की कोटि में खड़ा कर दिया है। अधिकांश लेखकों में यूनीकोड फॉण्ट के उपयोग की चेतना पैदा नहीं हुई है। भाषा में खड़े रहने के लिए भाषा और उसके उपकरणों को जानना और उनका निष्ठा के साथ इस्तेमाल करना ज़रूरी है। हिन्दी में अभी साहित्य विमर्श मंचों–गोष्ठियों तक सीमित है, वह मीडिया के अन्दर दाख़िल ही नहीं हुआ है। वे साहित्य के मीडिया में आने की ज़ोरदार वकालत करते हुए कहते हैं कि साहित्य में समस्याएँ तब ही उठती हैं जब सम्पादक नियोजित ढ़ंग से बहस करता है। वरना किसी भी लेखक के अन्दर समस्याओं को लेकर पहलक़दमी और बेचैनी नज़र नहीं आती। नियोजित बहसें ह्रासशील का लक्षण है। विभिन्न विधाओं में ख़ूब लिखा जा रहा है। काफ़ी बड़े पैमाने पर किताबें छप रही हैं। प्रकाशन के नज़रिये से यह बेहतर स्थिति है। त्रासद यह है कि पाठकों में आज भी बाज़ारू साहित्य का वर्चस्व है। साहित्य का सर्कुलेशन घटा है, बाज़ारू साहित्य या कम अच्छे साहित्य का सर्कुलेशन बढ़ा है। इसने बेहतर साहित्य को तक़रीबन बहस से बाहर कर दिया है। हम यह अन्तर ही भूल गये हैं कि बेहतर और कम बेहतर साहित्य में क्या अन्तर होता है। हम यह कहना भी नहीं चाहते कि कम बेहतर लिखा जा रहा है। जगदीश्वर कहते हैं कि वर्तमान साहित्यिक परिदृश्य में साहित्य की निर्भीक आलोचना एक सिरे से ग़ायब है। आलोचना कोई सुनना नहीं चाहता, कोई करना नहीं चाहता। प्रशंसा ने आलोचना और मूल्यांकन को अपदस्थ कर दिया है। इस स्थिति को और भी बदतर बनाया है साहित्येतिहास से लेखक के अलगाव ने। वे इस बात को मानते हैं कि बड़े पैमाने पर कविता लिखी जा रही, यह सही है, लेकिन वे सवाल उठाते हैं कि कविताओं की विचारधारा क्या है? वे बेहद साफ़गोई से कहते हैं कि विचारधारा या दर्शन से काटकर साहित्य लिखना या उस पर बहस करना साहित्य को निर्जीव बनाना है। नये युग के लेखक को विचारधारा से नफ़रत है या उससे वह समान दूरी रखकर मित्रता के आधार पर साहित्य का वातावरण बनाना चाहता है। साहित्य मित्रता के आधार पर दीर्घजीवी नहीं बनता। सोशल मीडिया पर बेहद सक्रिय जगदीश्वर चतुर्वेदी मानते हैं कि सोशल मीडिया मित्र दे सकता है, पाठक नहीं। वे कहते हैं कि सोशल मीडिया मित्रसंचार है, विश्वदृष्टि नहीं है। मित्रता में साहित्य को बचाने की शक्ति नहीं होती। लेखक के विश्वदृष्टिकोण में यह क्षमता होती। लेखक अपने लिए विश्वदृष्टि कैसे अर्जित करता है इस पर बहुत कुछ लेखक और साहित्य के स्वस्थ विकास का भविष्य निर्भर करता है।

शब्दों की मीनाकारी

–जयश्री रॉय

नयी पीढ़ी की कुछ कथाकारों ने अपनी भाषा और कथा शिल्प में नवीनगत प्रयोगों की वजह से हिन्दी साहित्य का ध्यान अपनी ओर खींचा उनमें से जयश्री रॉय का नाम प्रमुखता से लिया जा सकता है। अविभाजित बिहार के हज़ारीबाग में पैदा हुई जयश्री रॉय ने गोवा विश्वविद्यालय से हिन्दी साहित्य में एम.ए. किया और फिर वहीं कुछ दिनों तक अध्यापन भी किया। जब जयश्री रॉय की कहानी 'हंस' पत्रिका में प्रकाशित हुई तो कहानी के गम्भीर पाठकों और आलोचकों का ध्यान उनकी ओर गया। जयश्री रॉय के अब तक कई कहानी संग्रह 'अनकही', '...तुम्हें छू लूँ ज़रा' और 'खारा पानी' प्रकाशित हो चुके हैं। जयश्री रॉय के कई उपन्यास और कविता संग्रह भी प्रकाशित हो चुके हैं। पिछले साल प्रकाशित उनके उपन्यास 'इकबाल' की हिन्दी जगत में ख़ासी चर्चा हुई थी। इस उपन्यास में गोवा और कश्मीर के दो छोरों पर फैले जिया और इकबाल की प्रेम कहानी है। जयश्री रॉय की रचनाओं में हिन्दी साहित्य से ग़ायब हो रहे प्रेम की तलाश की जा सकती है। जयश्री रॉय मूलतः प्रेम और मानवीय सम्बन्धों को अपनी रचनाओं में शिद्दत से उभारती हैं। 'औरत जो नदी है' और 'साथ चलते हुए' से लेकर 'इकबाल' तक की जयश्री रॉय की यात्रा में उनके मैच्योर होते रचनाकार को साफ़ तौर पर रेखांकित किया जा सकता है। जयश्री रॉय को 2012 में युवा कथा सम्मान भी मिल चुका है। हिन्दी प्रदेश से दूर रहते हुए भी जयश्री रॉय अपनी रचनाओं के माध्यम से समकालीन हिन्दी साहित्य में सार्थक हस्तक्षेप कर रही हैं।

जयश्री रॉय के पसन्दीदा कथाकार भालचन्द्र जोशी हैं। वे कहती हैं कि स्मृति और प्रेम में गहरे डूबकर जीवन के यथार्थ को एक रचनात्मक

विस्तार देना जोशी की विशेषता है। जयश्री रॉय ने पिछले दिनों इनकी दो किताबें पढ़ी–एक इनका पहला उपन्यास 'जस के फूल' और दूसरा इनका नया कहानी संग्रह 'हत्या की पावन इच्छाएँ'। जयश्री के मुताबिक़ उपन्यास 'जस के फूल' के फ़्लैप लिखने के क्रम में मुझे इसे छपने के पहले ही पढ़ने का अवसर मिला। प्रकटतः एक प्रेम कथा की प्रतीति कराने वाला यह उपन्यास साम्प्रदायिकता की भयावह सच्चाइयों के समानान्तर छोटे क़स्बों से लेकर शहरों तक में हो रहे बदलावों को गहराई से विश्लेषित करता है। भालचन्द्र जोशी इस उपन्यास में साम्प्रदायिक तनावों की वास्तविक परिणति और अतीत की प्रचलित भयावहताओं को बिना दुहराये भय और आशकाओं की त्रासदी के बहाने समय और समाज के तिक्त यथार्थ को सघन सवेदना के साथ उकेरते हैं।

भालचन्द्र जोशी का कहानी–संग्रह 'हत्या की पावन इच्छाएँ' की प्रांजल भाषा की मैं हमेशा से मुरीद रही हूँ। संवेदना की ऊष्मा से भरे शब्दों की अद्‌भुत मीनाकारी आपको पशमीने की शॉल की तरह लपेट लेती है। भालचन्द्र जोशी जी की कहानियों में यथार्थ शुष्क और असुन्दर बनकर सामने नहीं आता है न यहाँ कला का वैभव किसी प्राणहीन सज्जा की तरह उपस्थित होता है। छोटे–छोटे संकेत, छोटी–छोटी बातें इन कहानियों को बहुत जीवन्त और प्रामाणिक बनाती हैं। कहानी 'पल–पल परलय' में किसानों की आत्महत्या की समस्या को बहुत सशक्त ढंग से उठाया गया है। 'राजा गया दिल्ली' में जगन्नाथ उर्फ़ जगन और कालू अपने गाँव के सरपंच से मन्त्रीजी के नाम की सिफ़ारिशी चिट्ठी लेकर उनसे मिलने शहर जाते हैं और कई दिनों तक मारे–मारे फिरने के बाद अन्त में मन्त्रीजी से ठगकर वापस लौट आते हैं। इस पूरे प्रकरण में शहर का वातावरण, व्यक्तियों का व्यवहार तथा राजनेताओं की स्वार्थपरकता व धूर्तता का बहुत ही महीन और प्रभावशाली वर्णन हुआ है। इन कहानियों के अलावा 'नदी के तहख़ाने में', 'बोरचिन्दी तक', 'रिहाई', 'प्रार्थना', 'प्रेम गली अति साँकरी' आदि संग्रह की अन्य कहानियाँ भी अपने अप्रतिम जीवन सौन्दर्य और गहरे यथार्थबोध के कारण दूर और देर तक हमारे साथ चलती हैं।

युवाओं को सोच का दायरा बढ़ाना होगा

–कृष्णा सोबती

कृष्णा सोबती हिन्दी की वरिष्ठतम साहित्यकारों में से एक हैं। समकालीन साहित्य में उनकी उपस्थिति ही आश्वस्ति देती थी। जीवन–पर्यन्त कृष्णा जी साहित्य सृजन के अलावा सामाजिक सरोकारों को लेकर चिन्तित रहीं। असहिष्णुता के ख़िलाफ़ जब दिल्ली में लेखकों ने एक सम्मेलन किया था तो कृष्णा सोबती उसमें पहुँची थीं और अपनी चिन्ताएँ उन्होंने साझा की थीं। उनका आत्मकथात्मक उपन्यास 'गुजरात पाकिस्तान से गुजरात हिन्दुस्तान तक' काफ़ी चर्चित रहा। 1966 में कृष्णा सोबती का उपन्यास 'मित्रो मरजानी' छपा था तो उसने हिन्दी साहित्य में उस वक़्त व्याप्त विषयगत सन्नाटे को तोड़ा था। 'मित्रो मरजानी' ने न केवल पाठकों को झटका दिया था बल्कि आलोचकों को भी चौंकाया था। उनका उपन्यास 'ज़िन्दगीनामा' भी ख़ासा चर्चित रहा था। उस उपन्यास के शीर्षक को लेकर कृष्णा सोबती का मशहूर लेखिका अमृता प्रीतम से लगभग पच्चीस बरस तक कोर्ट केस चला था। दरअसल अमृता प्रीतम की एक किताब का नाम था 'हरदत्त का ज़िन्दगीनामा'। कृष्णा सोबती को इसके शीर्षक में ज़िन्दगीनामा का उपयोग नागवार गुज़रा और वे कोर्ट चली गयीं। हालाँकि कृष्णा सोबती को वहाँ हार का मुँह देखना पड़ा, लेकिन वे मानती थीं कि बौद्धिक सम्पदा उनके लिए बेहद महत्त्वपूर्ण है। 'डार से बिछुड़ी', 'सूरजमुखी अँधेरे में' और 'यारों के यार' उनके अन्य उपन्यास हैं। कृष्णा सोबती को अब तक कई पुरस्कार मिल चुके हैं। उनको साहित्य अकादमी पुरस्कार के अलावा साहित्य अकादमी की फ़ेलोशिप भी मिली है। हिन्दी अकादमी का शलाका सम्मान समेत कई पुरस्कार मिल चुके हैं। कृष्णा सोबती ने पद्म भूषण सम्मान लेने से इनकार कर दिया था। कृष्णा सोबती का मानना था राजनीतिक

संस्कृति और लेखकीय संस्कृति में फ़र्क़ है और लेखकों को इस फ़र्क़ को समझना चाहिए।

कृष्णा जी देश की मौजूदा हालत से चिन्तित रहती थीं। उनके मुताबिक़ वे आज़ादी के बाद के लेखकों की पहली पीढ़ी की थीं और जब दक्षिणपन्थी ताक़तों से विभाजन के दौर की आवाज़ें सुनाई देती, तो चिन्ता होना स्वाभाविक है। कृष्णा जी कहती थीं कि उनके सामने आज़ादी, विभाजन और फिर भारत का बदलता पूरा स्वरूप रहा। आज़ादी के पहले के दौर को याद करते हुए वे बताती थीं कि अंग्रेज़ों के शासन के दौर में हुकूमत इंडियंस को हिकारत की नज़र से देखते थे और हम उसके ख़िलाफ़ लड़ रहे थे। उस दौर के इन्कलाबी देश के नायक हुआ करते थे। वे अपने उपन्यास 'ज़िन्दगीनामा' के बारे में बताती थीं कि पहले उसको छपने के लिए इलाहाबाद के एक प्रकाशक को दिया था जिन्होंने उसमें बदलाव की सलाह दी। कृष्णा जी का मानना है ग्रामीण और शहरी नैरेटिव में फ़र्क़ होता है वे यह बात इलाहाबाद के प्रकाशक को समझाने की कोशिश करती रही, लेकिन वे नहीं माने। कृष्णा सोबती ने फिर उनसे पाण्डुलिपि वापस ले ली और क़रीब छह साल तक वह उनके पास रखी रही। उसके बाद शीला संधू के कहने पर उन्होंने उस उपन्यास को फिर से तैयार किया और वह छपा। बाक़ी तो इतिहास है।

आज के दौर के लेखन पर बोलते हुए कृष्णा जी आज़ादी के पहले और उसके बाद के दौर पर टिप्पणी की थी। उनका कहना था कि जिस तरह से आज़ादी के पहले मुक्ति साहित्य का केन्द्रीय भाव होता था वही आज़ादी के बाद विभाजन की पीड़ा साहित्य में प्रतिबिम्बित होने लगी। इसके बाद लेखक विचारधारा से परिचित होता है और वह विभिन्न विचारधाराओं के पक्ष और विपक्ष को अपनी रचना का विषय बनाता है। अपनी मृत्यु के कुछ वर्ष पहले बातचीत में उन्होंने बताया था कि इस वक़्त हमारे समाज में बुनियादी बदलाव हो रहे हैं, जो कि साहित्य में दिखायी देता है, जब लेखक देह की बदलती भाषा को अपनी रचना में स्थान देता है। कृष्णा जी के मुताबिक़ अंग्रेज़ी प्रकाशन की दुनिया भारतीय भाषाओं के प्रकाशन जगत से आगे है क्योंकि अंग्रेज़ी बाज़ार की भाषा है। लेकिन वे हिन्दी को लेकर ख़ासी उत्साहित नज़र आती थीं और कहती थीं कि अगले चार–पाँच सालों में हिन्दी प्रकाशन की स्थिति और बेहतर होगी। कृष्णा

सोबती आज के युवा लेखन को लेकर आश्वस्त भी दिखायी देती थीं। वे किसी लेखक का नाम तो नहीं लेती, लेकिन साफ़ कहती थीं कि युवा लेखकों को अपने लिखे की तारीफ़ की अपेक्षा से बचना होगा अन्यथा वे पिछड़ जायेंगे। युवा लेखकों को देश–विदेश के लेखकों को पढ़ना चाहिए क्योंकि पढ़ने से आपकी सोच का दायरा बढ़ता है।

लेखकों के सरोकार सामने आयें

–लीलाधर जगूड़ी

लीलाधर जगूड़ी हिन्दी के वरिष्ठ कवियों में से एक हैं। हिन्दी साहित्य जगत में उनको बेहद प्रतिष्ठा हासिल है। लीलाधर जगूड़ी की पहली कविता 'आज' अख़बार में 1964 में छपी थी तब वे इन्टरमीडिएट के छात्र थे। उसके बाद उनकी कविता 'ज्ञानोदय' और 'धर्मयुग' में छपी। 'धर्मयुग' में छपी कविता को याद करते हुए लीलाधर जगूड़ी बेहद ख़ुश हो जाते हैं। वे बताते हैं कि उस दौर में उनकी कविता जब 'धर्मयुग' में छपी थी तब दो पन्नों में मशहूर चित्रकार कृष्ण हेब्बार की पेंटिंग के साथ छपी थी और उसके बाद तो वे रातों रात मशहूर हो गये थे। उस दौर में वे बनारस के मीर घाट में रहा करते थे। तब फ़ोन पर प्रतिक्रिया नहीं मिलती थी। लीलाधर जगूड़ी बताते हैं कि धर्मयुग में जब धर्मवीर भारती ने उनकी कविता छापी तो हर दिन तीन–चार पत्र उनको मिलते थे। लीलाधर जगूड़ी का पहला काव्य संग्रह उन्नीस सौ चौंसठ में ही बनारस के एक प्रकाशन संस्थान सरस्वती प्रेस से छपा था। उस संग्रह का नाम 'शंखमुखी शिखरों पर' था। अब तक जगूड़ी के एक दर्जन कविता संग्रह प्रकाशित हो चुके हैं, इनमें नाटक जारी है, 'इस यात्रा में', 'बची हुई पृथ्वी', 'घबराये हुए शब्द' आदि प्रमुख हैं। लीलाधर जगूड़ी को पद्मश्री, साहित्य अकादमी और रघुवीर सहाय सम्मान समेत कई पुरस्कार मिल चुके हैं।

लीलाधर जगूड़ी को भारतीय भाषाओं का समकालीन साहित्यिक परिदृश्य बहुत ही आशाजनक लगता है। उनका मानना है कि अंग्रेज़ी का अब तक भारतीयकरण नहीं हो पाया है, इसलिए उसको भारतीय भाषा नहीं माना जा सकता है। कई बार साहित्यिक परिदृश्य अंग्रेज़ी में धड़कता दिखायी देता है जिस पर पश्चिम की छाप स्पष्ट तौर पर देखी जा सकती

है। वे कहते हैं कि अगर उससे इतर देखें तो भारतीय भाषाओं में लिखा जा रहा साहित्य बहुत ही ज़्यादा अच्छा है। लीलाधर जगूड़ी साफ़ तौर पर कहते हैं कि अगर हिन्दी में इस वक़्त दस हज़ार कवि कविता कर रहे हैं तो यह अच्छी बात है। उनका कहना है कि ज़्यादा रचनाकार होना दुख की बात नहीं है। जितना ज़्यादा लोग लिखेंगे उतना बेहतर है क्योंकि उसमें से ही बेहतर साहित्य निकलकर सामने आयेगा, लेकिन लीलाधर जगूड़ी ये जोड़ना नहीं भूलते हैं कि साहित्य सिर्फ़ विश्वविद्यालयों से ही नहीं निकलता है। वे ज़ोर देकर कहते हैं कि साहित्य खेतों और खलिहानों से भी निकलता है। वे कहते हैं कि अगर सिर्फ़ अध्यापक ही साहित्यकार होते तो तुलसी, कबीर, दादू, रैदास जैसे कवि हमारे बीच नहीं होते। वे यह भी जोड़ते हैं कि अकादमिक साहित्यकारों की अलग और महती भूमिका है। उनका कहना है कि हिन्दी में इस वक़्त अनुवाद की भी एक समस्या है जिस पर साहित्यिक लोगों को ध्यान देना चाहिए और भारतीय भाषाओं के बीच आवाजाही होनी चाहिए। लीलाधर जगूड़ी इस बात पर सन्तोष जताते हैं कि भारतीय भाषाएँ परस्पर एक–दूसरे से जुड़ रही हैं। उनका कहना है कि भारतीय भाषा में लिखा जा रहा कथा साहित्य विश्व की किसी भी भाषा के कथा साहित्य से कमतर नहीं है।

2015 में कुछ लेखकों के साहित्य अकादमी पुरस्कार को लौटाने को लेकर वे साफ़ तौर पर कहते हैं कि साहित्यकार को सामाजिक और आर्थिक विषमताओं के मुद्दों पर आन्दोलन करना चाहिए। उस सन्दर्भ में जगूड़ी बताते हैं कि कुछ दिनों पहले उन्होंने पानी के लिए, बिजली के लिए आन्दोलन किया। वे ज़ोर देकर कहते हैं कि इस बात का सर्वे किया जाना चाहिए कि पुरस्कार लौटाने वाले कितने लेखक सामाजिक आन्दोलनों से जुड़े रहे हैं। वे कहते हैं कि इस बात को सामने लाना चाहिए कि लेखक के सरोकार क्या हैं? लीलाधर जगूड़ी कहते हैं कि साहित्य अकादमी का काम क़ानून व्यवस्था को ठीक करना नहीं है। साहित्य अकादमी पुरस्कार से नवाज़े गये और साहित्य अकादमी की तत्कालीन आम सभा के सदस्य लीलाधर जगूड़ी, अकादमी पर लग रहे आरोपों का खण्डन करते हैं। उन्होंने बताया कि एम.एम. कालबुर्गी की हत्या के बाद साहित्य अकादमी ने बेंगलुरू में एक बड़ी शोकसभा की थी जिसमें अकादमी के उपाध्यक्ष चन्द्रशेखर कंबार मौजूद थे।

वर्तमान साहित्यिक परिदृश्य से निराशा

–मदन कश्यप

मदन कश्यप, हिन्दी कविता के एक सशक्त हस्ताक्षर हैं। मदन कश्यप के आधा दर्जन कविता–संग्रह प्रकाशित हो चुके हैं। अभी हाल ही में उनका छठा कविता–संग्रह प्रकाशित हुआ है। प्रचार–प्रसार के खेल से दूर मदन कश्यप गम्भीरता से रचनाकर्म में लगे रहते हैं। कुछ दिनों पहले उनके चौथे संग्रह ने हिन्दी जगत को चौंकाया था। 'दूर तक चुप्पी' नाम के संग्रह में मदन कश्यप की छोटी कविताएँ संकलित हैं जो विषम पंक्तियों की हैं। उस वक़्त कहा गया था कि सचेत रूप से विषम पंक्तियों वाली कविताओं का पूरा संग्रह पहले शायद ही आया हो। दरअसल चौथे संग्रह की जो कविताएँ थीं वे मदन कश्यप के काव्य स्वभाव से मेल नहीं खाती हैं। मदन कश्यप को भारतीय ज्ञानपीठ का प्रतिष्ठित फ़ेलोशिप भी मिला है जिसके तहत उनको लोकायत परम्परा के दार्शनिक मक्खली गोसाल के जीवन और दर्शन पर आधारित उपन्यास लिखना है। मदन कश्यप को अब तक शमसेर सम्मान और बनारसी प्रसाद भोजपुरी सम्मान से सम्मानित किया जा चुका है। मदन कश्यप कई पुरस्कारों की निर्णायक समिति के सदस्य भी रहे हैं।

मदन कश्यप वर्तमान साहित्यिक परिदृश्य से थोड़े निराश नज़र आते हैं। उनका मानना है कि जिस तरह से समाज के हर क्षेत्र में मूल्यों का क्षरण हुआ है, उससे साहित्य अछूता नहीं रहा है। उपभोक्ता संस्कृति के बढ़ने की वजह से मध्य वर्ग विचलित हुआ है तथा मूल्य और संस्कृति पर इसका असर पड़ा है। मदन कश्यप बहुत संकोच के साथ अपनी कविता की दो पंक्तियाँ उद्धृत करते हैं–

पहले सोचता था एक ख़ूबसूरत दुनिया में हो घर,
अब सोचता हूँ दुनिया में हो मेरा एक ख़ूबसूरत घर।

उनके मुताबिक़ मध्यवर्ग की सोच में आये इस बदलाव ने सब कुछ बदलकर रख दिया है। कविता भी बाज़ार से आक्रान्त नज़र आ रही है। मदन कश्यप का कहना है कि नब्बे के दशक में सोवियत संघ के विघटन और बाबरी मस्जिद ध्वंस के बाद हिन्दी साहित्य में दो पीढ़ियाँ आयीं जो अप्रतिबद्ध पीढ़ी हैं। उनका विचारधारा से, समाज से कोई लेना–देना नहीं है, लेकिन मदन कश्यप इसको एक तरह से सकारात्मक निराशाजनक मानते हैं। उन्होंने बताया बनारस के कुछ युवा लेखकों की सोच और लेखन से उम्मीद जगी है। उन्होंने बताया कि इन दिनों भारी संख्या में आदिवासी युवा पीढ़ी लेखन में आ रही है जो अपने संकटों के साथ आ रही है। उनकी कविता में जल, जंगल, ज़मीन है, कॉरपोरेट की संसाधनों की लूट है। निराशा के बीच इस तरह के संकेत आशा की किरण जगा देते हैं।

मदन कश्यप सोशल मीडिया को भविष्य का माध्यम मानते हैं, लेकिन इसके वर्तमान स्वरूप को लेकर वे सशंकित भी नज़र आते हैं। उनको इस वक़्त फ़ेसबुक आदि पर एक निराशाजनक माहौल दिखायी देता है। उनको लगता है कि इस आभासी माध्यम ने काग़ज़ और क़लम की भूमिका ख़त्म कर दी है। मदन कश्यप मानते हैं कि वहाँ स्तरीयता को जाँचने का कोई पैमाना नहीं है। जिसने भी जो लिखा उसको फ़ौरन पोस्ट कर दिया। इस सुविधा से रचनाशीलता के विकास में बाधा पहुँचती है। मदन कश्यप इस बारे में 'पहल', 'धर्मयुग' आदि का उदाहरण देते हुए कहते हैं कि वहाँ छपने के लिए लेखक मेहनत करते थे। कई बार रचनाएँ वापस आती थीं तो उसमें सुधार होता था। फ़ेसबुक आदि पर तो यह सम्भव नहीं है। उन्होंने कहा कि फ़ेसबुक पर लोग लाइक करने करवाने के लिए एड़ी–चोटी का ज़ोर लगा देते हैं। मदन कश्यप के मुताबिक़ इस वक़्त फ़ेसबुक स्तरहीन रचनाओं के प्रति सहमति बनाने का एक मंच बन गया है। फ़ेसबुक के आने से स्त्रियाँ बड़ी संख्या में लिख पा रही हैं। फ़ेसबुक पर **चरित्र** हनन के ख़तरे को लेकर भी मदन कश्यप चिन्तित नज़र आते हैं। **उनका** मानना है कि जैसे पहले महिलाओं के विचार से ज़्यादा उसके **चरित्र** पर बात होती थी उसी तरह अब स्थितियाँ बदल रही हैं और पुरुषों **की** रचनाओं पर बात करने के बजाय उनके चरित्र को कठघरे में खड़ा करने की कोशिश होती है। फ़ेसबुक पर लाइक को सम्बन्धों में बदलकर चर्चाएँ शुरू हो जाती हैं। स्तरहीनता को मान्यता दिलाने की यह कोशिश साहित्य के लिए घातक है।

मदन कश्यप सरकारी पुरस्कारों को लेकर ख़ासे खफ़ा नज़र आते हैं। वे कहते हैं कि लगभग सभी सरकारी पुरस्कार दो कौड़ी के होते हैं। लोगों को रिश्ता और पद के हिसाब से सरकारी पुरस्कार दिये जाते हैं। उनके मुताबिक़ सरकारी पुरस्कारों की तुलना में छोटे और व्यक्तिगत उपक्रमों से चलने वाले पुरस्कार ज़्यादा विश्वसनीय और प्रतिष्ठित हैं। उन्होंने साहित्य अकादमी पुरस्कार को और लोकतान्त्रिक बनाये जाने की ज़रूरत पर बल दिया।

बहुरंगी है साहित्यिक परिदृश्य

–मधु कांकरिया

मधु कांकरिया ने अपने उपन्यासों की वजह से समकालीन हिन्दी साहित्य में अपनी एक अलग पहचान बनायी है। मधु कांकरिया अपने उपन्यासों में लगभग अछूते से विषय को उठाती हैं और उसको फिर समकालीन दौर से इस तरह से जोड़ देती हैं कि पाठकों को उसमें अलग क़िस्म का आनन्द मिलता है। मधु कांकरिया की दर्जनों कहानियाँ पत्र–पत्रिकाओं में प्रकाशित होकर चर्चित हो चुकी हैं। 'अन्तहीन मरुस्थल' और 'अन्त में यीशु' और 'बीतते हुए नाम' से उनके कहानी संग्रह प्रकाशित हो चुके हैं। इसके अलावा 'खुले गगन के लाल सितारे', 'सलाम आख़िरी', 'पत्ताखोर' और 'सेज पर संस्कृत' नाम से उनके उपन्यास भी प्रकाशित हो चुके हैं।

मधु कांकरिया को वर्तमान साहित्यिक परिदृश्य बहुरंगी लगता है। वे कहती हैं कि अपवादस्वरूप ही सही ऐसे कथाकार अभी भी हैं जो मनुष्य और जीवन की खोज में नरक की यात्राएँ कर रहे हैं और जीवन की ज्वालामुखी में घुसकर कथानक बटोरकर ला रहे हैं। विदर्भ के किसानों की आत्महत्या को लेकर लिखा गया संजीव का 'फांस' ऐसा ही उपन्यास है। वे कहती हैं कि इस दौर की सबसे बड़ी त्रासदी यह नहीं है कि अच्छा नहीं लिखा जा रहा है या लेखक अपने समय या समाज की चुनौतियों से बेख़बर है। इस दौर की सबसे बड़ी त्रासदी यह है कि अच्छा लेखन चर्चा के केन्द्र में नहीं आ पा रहा है। दूसरी त्रासदी जो मधु को परेशान करती है वह यह है कि आज विचारों के लिए स्पेस लगातार कम होता जा रहा है। आज रचना के केन्द्र में होने चाहिए आत्महत्या करते किसान, जल, जंगल और ज़मीन से बेदख़ल होते आदिवासी, कमज़ोर पड़ते मज़दूर संगठन, दहेज हत्या, भ्रूण हत्या, ऑनर किलिंग, स्त्री की आर्थिक आज़ादी

आदि...लेकिन रचना के केन्द्र में क्या है? स्त्री–विमर्श के नाम पर स्त्री की देह केन्द्रीयता, यौन मुक्ति के सवाल? सोचने की बात है कि महानगर में ईंट, गारा, पत्थर ढोती या घरों में चौका बर्तन करती या खेत में कुदाल चलाती एक आम स्त्री का यौन मुक्ति से क्या भला होने वाला है?

मधु कांकरिया मानती हैं कि कला वह होती है जो अपने भीतरी आलोक से इन्सान को एक बेहतर इन्सान बनाती है। जो सत्य, शिव और सुन्दर का समन्वय होती है, लेकिन ऐसा आलोक या रचना में लिपटा हुआ वह भीतरी नैतिक आग्रह आज की अधिकांश रचना से लगभग ग़ायब है। जाने क्यों लगता है कि प्रतिभा, भाषा, शिल्प और कल्पनाशीलता होने के बावजूद लेखक निस्तेज होते जा रहे हैं। क्या यह नफ़े–नुक़सान या बाज़ार का दबाव है जो उनसे प्रेम के बदले सेक्स, और क़िस्सागोई की जगह शिल्प और सामाजिक सरोकारों की जगह निष्प्राण विवरणों पर ज़ोर दिलवा रहा है? कुछ अपवादों को छोड़कर अपनी माटी और जीवन से फूटने की बजाय रचना दिमाग़ से लिखी जा रही है।

कविता पर मधु कांकरिया एक पाठक की हैसियत से बात करना चाहती हैं। वे कहती हैं कि 'जीवन ने जब–जब मुझे निराश किया था, मैं कविता की छत्रछाया में चली आती, गुनगुनाती रहती थी कविता, लेकिन यह सिर्फ़ अस्सी के दौर तक ही हुआ। आज मेरे पास एक भी ऐसी कविता नहीं है जिसे बिना किताब गुनगुना सकूँ। यद्यपि कुँवर नारायण, एकान्त श्रीवास्तव, नरेश सक्सेना, मंगलेश डबराल जैसे कवियों की रचनाएँ आज भी हैं। मेरा ज्ञान सीमित है लेकिन मुझे लगता है जब से कविता से लय–ताल और छन्द ग़ायब हुए, कविता जनमानस से दूर होती गयी। कवियों के छन्द मुक्ति के अपने तर्क हो सकते हैं, पर सोचना होगा कि बिहारी के जिस एक दोहे ने कभी राजा जयसिंह की जीवन–धारा को बदलकर रख दिया था। कविता का वह जादू कहाँ गया?

सोशल मीडिया पर देश के आर्थिक, सामाजिक और राजनीतिक समस्याओं पर कई बार बहुत अच्छा पढ़ने को मिल जाता है, लेकिन यहाँ जिस प्रकार लेखक अपनी गरिमा और आत्मसम्मान भूलकर आत्मप्रचार और आत्मप्रशंसा के पीछे पगली हवा की तरह बौराये फिरते हैं कि मन में वितृष्णा जागती है। कभी मेरे मन में साहित्यकारों की छवि किसी ऋषि–मुनि सदृश्य थी। माना समय रचना विरोधी है, लेकिन इसकी काट क्या इस प्रकार होनी चाहिए, अपना ढोल पीट–पीट कर?

पढ़ने की ललक बढ़ी

–महेश कटारे

महेश कटारे, कहानीकार, उपन्यासकार और नाटककार। बेहद विनम्र और अब भी ठेठ गँवई अन्दाज़ में हिन्दी साहित्य जगत में अपनी उपस्थिति दर्ज करवाने वाले महेश कटारे का महाराजा भर्तृहरि के जीवन पर दो खण्डों में लिखा गया उपन्यास 'कामिनी काय कांतरे' ख़ासा चर्चित रहा है और पाठकों के साथ–साथ आलोचकों ने उस उपन्यास को लेकर महेश कटारे के काम की सराहना की है। महेश कटारे के कई कहानी संग्रह प्रकाशित हो चुके हैं जिनमें 'समर शेष है', 'इतिकथा–अतकथा', 'मुर्दा स्थिगित', 'पहरुआ' प्रमुख हैं। इनके दो नाटक 'महासमर का साक्षी' और 'अँधेरे युगान्त' के भी ख़ासे चर्चित रहे हैं। महेश कटारे को कई सम्मानों और पुरस्कारों से नवाज़ा जा चुका है। उनको सारिका सर्वभाषा कथा पुरस्कार, वागीश्वरी पुरस्कार, गजानन माधव मुक्तिबोध पुरस्कार, शमशेर सम्मान, सुभद्रा कुमारी चौहान पुरस्कार, कथाक्रम सम्मान आदि मिल चुके हैं।

महेश कटारे पुस्तक मेलों को बेहद उपयोगी मानते हैं। उनके मुताबिक़ दिल्ली के विश्व पुस्तक मेले में काफ़ी लोग आते रहे हैं और जमकर किताबें भी ख़रीदते हैं। वे इस बात से भी उत्साहित हैं कि बच्चों की भागीदारी इन पुस्तक मेलों में बढ़ी है। हालाँकि वे यह जोड़ना नहीं भूलते हैं कि हिन्दी की तुलना में अंग्रेज़ी की ओर पाठकों का ज़्यादा आकर्षण है। महेश कटारे कहते हैं कि सम्भव है कि अंग्रेज़ी को रोज़गारपरक भाषा मान लिए जाने की वजह से यह आकर्षण हो। बच्चों को लगता है कि अगर अंग्रेज़ी में सिद्धहस्त हो जायेंगे तो जल्द–से–जल्द रोज़गार मिल जायेगा। कई बार तो ऐसा भी देखने को मिलता है कि अंग्रेज़ी में लिखी दोयम दर्जे की कृति भी सफल हो जाती है। उनका मानना है कि जब भाषा में

बदलाव आते हैं तो संस्कृति भी बदलती है। पुस्तक मेलों में उसी बदलती संस्कृति के दर्शन हो सकते हैं। वे इस बात पर ख़ुशी मनाते हैं कि नयी पीढ़ी में पढ़ने की ललक ज़्यादा दिखायी देती है। महेश कटारे इस बात को भी रेखांकित करते हैं कि नयी पीढ़ी ने पढ़ने की अपनी रुचि का भी विस्तार किया है। इसमें दर्शन से लेकर शिक्षण तक को शामिल किया है। भाषा के सवाल को लेकर महेश कटारे बेहद संजीदगी से कई प्रश्न उठाते हैं। वे कहते हैं कि हिन्दी और अन्य भारतीय भाषाओं में बहुत ज़्यादा स्कोप नहीं है। भारतीय भाषाओं में लिखकर कोई भी लेखक घर–परिवार चला नहीं सकता है। वे इस बात से खिन्न नज़र आते हैं कि अगर धनार्जन के आधार पर देखें तो अंग्रेजी लेखकों की तुलना में भारतीय भाषाओं के लेखक बेचारे नज़र आते हैं। हिन्दी की किताबें नहीं बिकने के प्रकाशकों के तर्कों को वे सिरे से ख़ारिज कर देते हैं। कहते हैं कि आप पुस्तक मेलों को देखें तो आपको पता चल जायेगा कि प्रकाशकों को कितना मुनाफ़ा होता है। पहले साल जो प्रकाशक एक स्टॉल लेता है वह अगले साल दो और उसके अगले साल चार ले लेता है। अगर किताबें बिकती नहीं हैं तो फिर उनका विस्तार कैसे होता है।

साहित्य की नयी पीढ़ी को लेकर महेश कटारे उत्साहित नज़र आते हैं, लेकिन उनके अपने कुछ आकलन भी हैं। वे कहते हैं कि उनके बाद जो पीढ़ी साहित्य में आयी है वह बहुत अच्छा काम कर रही है। उनके मुताबिक़ कई युवा लेखक और लेखिका बेहतर रच रहे हैं चाहे वह कहानी हो या कविता। नयी पीढ़ी के लेखक बहुत जानकार हैं और कई कृतियाँ तो बहुत ही अच्छी आती हैं। महेश कटारे नयी पीढ़ी के काम को रेखांकित तो करते हैं, लेकिन साथ ही ये भी जोड़ते हैं कि अच्छी चीज़ें लिखने के बाद पता नहीं वे किस दौड़ में शामिल हो जाते हैं। सोशल मीडिया के मंचों पर साहित्य से ज़्यादा गाली–गलौच होने पर महेश कटारे अपनी स्पष्ट राय रखते हैं। वे कहते हैं कि फ़ेसबुक जैसे माध्यम अपनी भड़ास निकालने का मंच बन गया है जहाँ साहित्य पर सार्थक बातें कम होती हैं। उनका व्यक्तिगत तौर पर मानना है कि यह स्थिति साहित्य के लिए नुक़सानदेह है।

ईमानदार मासूमियत लेखन पसन्द

–मैत्रेयी पुष्पा

मैत्रेयी पुष्पा हिन्दी की उन चन्द लेखिकाओं में शुमार हैं जिन्होंने अपने लेखन से हिन्दी साहित्य में सार्थक हस्तक्षेप किया। नब्बे के दशक में उनके एक के बाद एक छपे उपन्यासों ने हिन्दी उपन्यास को एक नयी धारा दी। बुन्देलखण्ड की धरती पर पैदा हुई मैत्रेयी पुष्पा ने देर से लिखना शुरू किया, लेकिन उनके उपन्यासों ने आलोचकों को चौंकाया तो पाठकों को अपना दीवाना बनाया। मैत्रेयी पुष्पा के उपन्यासों में बुन्देलखण्ड बार–बार आता है। वे वहाँ के ग्रामीण परिवेश को अपनी रचनाओं के केन्द्र में रखती हैं। 'इदन्नमम' और 'चाक' ने तो अपने प्रकाशन के बाद स्त्री–विमर्श को एक नया आयाम दिया था। इन दोनों उपन्यासों के प्रकाशन के बाद उन पर टाइप्ट होने का आरोप लगाया गया था, लेकिन जब उनका उपन्यास 'अल्मा कबूतरी' छपा तो आलोचकों की बोलती बन्द हो गयी। 'अल्मा कबूतरी' बिल्कुल ही अलग विषय–कबूतरा जनजाति को केन्द्र में रखकर लिखा गया बेहद पठनीय उपन्यास है। मैत्रेयी ने अपने उपन्यास विज़न में ग्रामीण परिवेश को अलग रखकर शहरी जीवन का चित्रण किया है। इतना अवश्य है कि उनकी रचनाओं के केन्द्र में हमेशा से स्त्री रही है। मैत्रेयी पुष्पा ने उपन्यासों के अलावा कई कहानियाँ भी लिखी हैं। उनकी 'फैसला' कहानी पर 'वसुमति की चिट्ठी' नाम से टेली फ़िल्म का निर्माण भी हुआ है। मैत्रेयी पुष्पा को सार्क लिटरेरी अवार्ड, सरोजिनी नायडू पुरस्कार, साहित्यकार सम्मान, कथाक्रम सम्मान और महात्मा गाँधी सम्मान समेत कई पुरस्कार मिल चुके हैं। पिछले कई सालों से वे महिलाओं की पत्रिका में स्तम्भ लिखकर महिलाओं से जुड़े मुद्दे संजीदगी से उठा रही हैं।

मैं क्या पढ़ रही हूँ।

लीडिया एविलोव की किताब 'चेखव मेरी ज़िन्दगी में' इसको वो कई बार पढ़ चुकी हैं। मैत्रेयी की पसन्दीदा किताब है–'वो रहती हैं' पर उनको ये किताब पसन्द इस वजह से है कि इसमें ईमानदारी है और लेखन में जो परदे कभी नहीं खुले थे उन्हें लीडिया ने खोलकर रख दिया। उसने जिस तरह से एक बडे लेखक के बारे में लिखा वह बेहद अपनेपन से लिखा गया सत्य है। यह कहना मुश्किल है कि लीडिया ने इस किताब में कल्पना के आधार पर लेखन किया है। उसके लेखन में ख़ास क़िस्म की ईमानदार मासूमियत दिखायी देती है। उसने जिस तरह से लिखा है उससे यह साबित होता है कि चेखव और उसके बीच बेहद करीबी सम्बन्ध थे। दरअसल प्रेम तो साधारण स्त्रियों से ही हो सकता है और लीडिया का लेखन भी एक सामान्य औरत का लेखन है जो प्रेम में है और अपने सम्बन्धों में झाँक–झाँककर लिख रही है। कब मिले 'कहाँ मिले' कैसे मिले बहुत साधारण–सा वर्णन लग सकता है, लेकिन बड़े लेखकों से मिलना इस तरह ही हो सकता है। मेरे विचार से जब प्रेम का विश्लेषण बहुत ऊँचे सिद्धान्तों पर होने लगता है तो मुझसे बर्दाश्त नहीं होता। हिन्दी में इस तरह की ईमानदार मासूमियत लेखन का आभाव नज़र आता है। हमारे यहाँ भी ऐसे प्रकरण रहे होंगे, लेकिन किसी की हिम्मत नहीं हुई कि उसको सच्चाई के साथ जस–का–तस सामने रख दे। अगर कोई स्त्री अपने सम्बन्धों को लिखकर ख़ुद को प्रोजेक्ट करती है, तो पाठक उसको परख लेता है। इस तरह का लेखन मेरे दिल में जगह नहीं बना पाता है। प्रभा खेतान ने जब अपनी आत्मकथा 'अन्या से अनन्या' लिखी तो उसमें उन्होंने राजेन्द्र यादव के साथ अपनी घनिष्ठता के बावजूद कुछ भी नहीं लिखा, जिसको पढ़कर मुझे ताज्जुब हुआ। इसके अलावा मैत्रेयी देवी का उपन्यास 'ना हन्यते' भी बार–बार पढ़ने का दिल करता है। इस किताब में भी प्रेम की मासूम और ईमानदार अभिव्यक्ति है। मैं इस किताब को भी बार–बार पढ़ती हूँ।

बौद्धिक ख़ुराक वाली किताबें पसन्द

–मनीषा कुलश्रेष्ठ

मनीषा कुलश्रेष्ठ हिन्दी की उन चुनिन्दा कथाकारों में से हैं, जिन्होंने अपनी कृतियों के माध्यम से समकालीन हिन्दी साहित्य में सार्थक हस्तक्षेप किया है। हिन्दी और अंग्रेज़ी दोनों भाषाओं में समान रूप से आवाजाही करने वाली मनीषा कुलश्रेष्ठ राजस्थान से आती हैं। मनीषा में बदलते वक़्त की आहट को भाँपने का अद्‌भुत गुण है। जिस वक़्त ई–बुक्स या ई–पत्रिका आदि से हिन्दी साहित्य परिचित नहीं था। उस वक़्त मनीषा ने वेब पत्रिका का सम्पादन किया और पिछले दस वर्षों से ज़्यादा समय तक पहली हिन्दी वेब पत्रिका 'हिन्दी नेस्ट' पर काम किया। अब तक मनीषा के कई उपन्यास और पाँच कहानी–संग्रह प्रकाशित हो चुके हैं। उनके उपन्यास 'शिगाफ़' ने अपने फॉर्म और कंटेंट की वजह से लम्बे समय तक हिन्दी साहित्य को झकझोरा था। इनका एक उपन्यास 'पंचकन्या' प्रकाशित होते ही चर्चित हो गया था। इनके पाँच कहानी–संग्रह हैं–'कठपुतलियाँ', 'कुछ तो रूमानी नहीं', 'केयर ऑफ़ स्वात घाटी', 'बौनी होती परछाइयाँ' और 'गन्धर्व गाथा'। मनीषा ने अनुवाद के क्षेत्र में भी अहम कार्य किया है। मनीषा के साथ एक अच्छी बात और है कि वह साहित्य की राजनीति और द्वन्द्व–फन्द से दूर रहकर गम्भीरता से सृजन कर्म करती हैं। इनको राजस्थान साहित्य अकादमी का चन्द्रदेव शर्मा सम्मान और रांगेय राघव सम्मान मिल चुका है। डॉ. घासीराम वर्मा सम्मान के अलावा कृष्ण प्रताप कथा सम्मान, गीतांजलि इंडो फ्रेंच लिटरेरी प्राइज़ भी इनको मिला है। मशहूर कृष्ण बलदेव वैद फ़ेलोशिप और रज़ा फ़ाउंडेशन के फ़ेलोशिप पर ये काम कर चुकी हैं। इनकी एक और उपलब्धि है जिसे कम लोग जानते हैं, वह यह कि इन्होंने महात्मा गाँधी अन्तरराष्ट्रीय हिन्दी विश्वविद्यालय, वर्धा की बेवसाइट हिन्दी समय डॉटकॉम का निर्माण भी किया है।

मनीषा कुलश्रेष्ठ का मानना है कि यात्राएँ उनकी विवशता हैं, और किताबें पाथेय हैं। हाल ही में वे बाण भट्ट की आत्मकथा से एक बार फिर गुज़री हैं। उनका मानना है कि इसमें द्विवेदीजी ने प्राचीन कवि बाण भट्ट के बिखरे जीवन–सूत्रों को बड़ी कलात्मकता से गूँथकर एक ऐसी कथा–भूमि निर्मित की है जो जीवन सत्यों से रसमय साक्षात्कार कराती है। कई वर्ष पहले उन्होंने मिलान कुंदेरा की किताब 'इम्मार्टेलिटी' पढ़ी थी। अतः उसी उत्साह में उनकी पहली किताब 'द जोक' एक मित्र से उधार ली और पढ़ गयीं। मनीषा के मुताबिक़ इस उपन्यास को पढ़ना हालाँकि कठिन पाठ है, क्योंकि चेक रिपब्लिक के इतिहास और सोवियत रूस द्वारा कंट्रोल्ड कम्युनिज्म से आप निहायत ही अपरिचित हैं।

यात्राओं में ही उन्होंने कमलादास की 'माई स्टोरी' का हिन्दी अनुवाद पढ़ा। दुबारा इस मलयाली विद्रोहिणी लेखिका की आत्मकथा को पढ़कर वे अभिभूत हो गयीं। 'यात्राओं ही में पाउलो कोएहो' की ओवररेटेड किताब 'द एडल्ट्री' ख़रीदकर पढ़ी जो कि औसत है। मनीषा को अनिल यादव की किताब 'वह भी कोई देस है महाराज' बेहद पसन्द आयी थी। कहानी–संग्रहों में भालचन्द्र जोशी का संग्रह 'जल में धूप' और उपन्यास में नासिरा शर्मा के 'कुइयांजान' के अलावा अखिलेश का 'निर्वासन', हरेप्रकाश का उपन्यास 'बखेड़ापुर' और नीलेश रघुवंशी का 'एक क़स्बे के नोट्स' इनको पसन्द आये।

उनका मानना है कि किताबों का चुनाव बहुत सावधानी से करना होता है। कई किताबें बीच में छोड़ी हैं पढ़ते हुए, मैत्रेयी पुष्पा की 'गुनाह बेगुनाह' उनमें से एक है। मैत्रेयी बहुत नाटकीय लेखन लिखने लगी हैं, उन्हें पढ़कर बौद्धिक ख़ुराक नहीं मिलती। संजीव की 'रह गयीं दिशाएँ इसी पार' भी उनको कमज़ोर लगी।

कला में साहित्य के ध्वजवाहक

–मनीष पुष्कले

साहित्य और कला की दुनिया में यह माना जाता है कि जो चित्रकार होता है उसके सोचने का कैनवस बहुत बड़ा होता है। वह अपनी चित्रकारी के माध्यम से जिस तरह की सम्प्रेषणीयता को अपनाता है वह उसकी प्रचलित भाषा से कई मायनों में अलग होता है। भारत में चन्द ऐसे कलाकार हुए हैं जिन्होंने कूची के अलावा अपनी क़लम से साहित्य जगत में रंग भरे हैं। एम.एफ. हुसैन ने भी कविताएँ लिखी थीं। फ़्रांसिस न्यूटन सूजा, जतिन दास ने भी कैनवस के अलावा शब्दों के माध्यम से कविता की विधा में भी रंग भरे हैं। रामकुमार की कहानियों से तो हिन्दी साहित्य का हर सजग पाठक परिचित है ही। रामकुमार ने कई बेहतरीन कहानियाँ लिखीं। दरअसल होता यह है कि एक चित्रकार जब रचना प्रक्रिया से गुज़रता है तो वह कई तरह की भावनाओं से टकराता है।

सजग लेखक कलाकारों की इसी परम्परा में है बहुत छोटी आयु में ख़ासी प्रसिद्धि अर्जित करने वाले कलाकार मनीष पुष्कले। मनीष पुष्कले ने बहुत कम समय में पेंटिंग की दुनिया में वह मुक़ाम हासिल कर लिया है जिसके लिए कलाकारों को लम्बा संघर्ष करना होता है। उनके चित्रों की प्रदर्शनी देश–विदेश में लगकर उन्हें शोहरत देती है। यहाँ यह बात चकित करती है कि मनीष चित्रकारी में औपचारिक रूप से दीक्षित नहीं हैं, बल्कि उन्होंने अपनी मेहनत और वरिष्ठ कलाकारों की कला को देखते हुए अपने लिए अलग राह चुनी। 2011 में मनीष पुष्कले की किताब 'सफ़ेद साखी' प्रकाशित हुई थी। इस किताब को पढ़ते हुए यह साफ़ दिखता है कि मनीष चित्रकार लेखक की परम्परा के ध्वजवाहक हैं। उनका गद्य बहुत मोहक है, लेकिन उनके चित्र की तरह अमूर्त नहीं। एक बानगी प्रस्तुत है–कैनवास दिगम्बरा है, चारों तरफ़

से खुली हुई–सफ़ेद, शान्त, पवित्र। उनकी न स्मृति है न इतिहास। न साखी है न विचार। उनकी इस किताब के बारे में कृष्ण बलदेव वैद लिखते हैं–इस सादा सुन्दर सार्थक किताब के आकर्षण का एक उत्स इसमें रची भाषा और भाव की प्रणय लीला में है जो किसी किताबी सौन्दर्यशास्त्र या विचारधारा या मत या मिथक से नहीं बल्कि एक होनहार और प्रतिभाशाली युवा कलाकार मनीष पुष्कले के मन और मनन से प्रेरित हुई दिखायी देती है।

मनीष पुष्कले कहते हैं कि हाल ही में अपने पढ़े हुए को कैसे समझा जाये? क्या इस 'हाल' में निहित समय के अर्थों को किसी सप्ताह, महीना या वर्ष के रूप में माना जा सकता है? मैं एक अर्थ में विचित्र पाठक रहा हूँ। कभी किसी किताब को पढ़ते–पढ़ते उसे बीच में ही छोड़ देता हूँ, तो कभी–कभी उसी किताब को कुछ समय के बाद फिर पढ़ता हूँ। किन्हीं किताबों में यह स्थगन लम्बा होता है और किन्हीं किताबों को एक बैठक में ही पढ़कर उसके समक्ष ख़ुद स्थगित हो जाता हूँ। आज तक अपने पढ़ने की विधि नहीं बना पाया हूँ और अगर मेरी अपनी कोई विधि है, तो उसे समझ भी नहीं पाया हूँ। मेरा आगमन और प्रत्यागमन किसी किताब की परिक्रमा जैसा ही है। कुछ पुस्तकें स्मृति में रहती हैं, कुछ पुस्तकें स्मरण में रहती हैं। कभी–कभी, पुरानी पढ़ी हुई कुछ किताबों को फिर पढ़ता हूँ, तो कभी–कभी पुरानी ख़रीदी कुछ किताबों को पढ़ने का यत्न करता हूँ। एक अव्यवस्थित पाठक के साथ, उसके 'हाल' में कुछ भी हो सकता है।

'हाल' ही में मैंने एक कविता–संग्रह दोबारा पढ़ा था, जिसे मैंने पिछले वर्ष बेहाली की अपनी ही एक निर्बाध बैठक में झट से पढ़ लिया था। एक ही बैठक में पढ़ी हुई कुछ पुस्तकें कमज़ोर होती हैं, और कुछ जोरदार। यह पुस्तक एक ज़ोरदार पुस्तक थी। उनकी इस पुस्तक को पढ़कर उसकी छैनी से मैं 'आधा' हो जाता हूँ। जो मेरा नहीं है, वह झरता जाता है। यह पुस्तक मुझमें स्मृतियों के झरोखे नहीं, स्मरण के वे 'आलय' बनाती है जिनमें मैं अपना 'आत्म' रख सकता हूँ। उनके 'बसाव' में आत्मीयता झलकती है। मैं, अपने आत्म में विभोर हो जाता हूँ। अगर उस 'हाल' को समझा जा सकता है तो मैंने 'हाल' ही के सप्ताह भर पहले उस ज़ोरदार पुस्तक के निर्बाध पाठ से स्वयं को एक बार फिर वैसे ही निर्बन्ध होते महसूस किया है जैसे 'हाल' ही के सालभर पहले किया था। मैं, हाल–फ़िलहाल, 'बसाव' से बहाल हुआ हूँ।

हिन्दी उपन्यासों में व्यंग्य का अभाव

–मृदुला गर्ग

मृदुला गर्ग हिन्दी पाठकों के लिए एक जाना–माना नाम है। हिन्दी साहित्य मृदुला गर्ग की छवि एक गम्भीर और संवेदनशील लेखिका की है। मृदुला गर्ग का पहला उपन्यास आपातकाल के एलान के आसपास छपा था। उस उपन्यास का नाम था–'उसके हिस्से की धूप'। अपने पहले उपन्यास में उसकी नायिका मनीषा के माध्यम से मृदुला जी ने एक ऐसा पात्र रचा जो परम्परागत मूल्यों और पारिवारिक एकरसता से आज़ादी चाहता था। उनका दूसरा उपन्यास दिल्ली की साहित्यिक धूर्तता को केन्द्र में रखकर लिखा गया था–'मैं और मैं'। उस उपन्यास की कहानी आज भी प्रासंगिक है। लेखिकाओं के शोषण के वैसे क़िस्से अब भी साहित्यिक हलकों में सुने जा सकते हैं। इसके बाद जब मृदुला गर्ग का उपन्यास 'चितकोबरा' छपकर आया तो उसने हिन्दी उपन्यास की परम्परा को ध्वस्त कर दिया। इस कृति की बोल्ड भाषा और सेक्स के प्रति असमान्य आकर्षण को लेकर लिखे गये प्रसंगों ने हिन्दी साहित्य को झकझोर कर रख दिया था। 'चितकोबरा' के बाद 'कठगुलाब' ने अपनी कथा और भाषा से एक बार फिर से हिन्दी साहित्य को झकझोरा था।

मृदुला गर्ग ने विपुल लेखन किया है। उनका लिखा यात्रा–वृतान्त भी ख़ासा चर्चित रहा है। 2013 में मृदुला गर्ग को उनके उपन्यास 'मिलजुल मन' के लिए साहित्य अकादमी पुरस्कार से सम्मानित किया गया। मृदुला गर्ग क़रीब चार दशक से सृजनकर्म में सक्रिय हैं। अस्सी के दशक में उन्होंने रविवार पत्रिका के लिए नियमित स्तम्भ लिखे जिसमें साहित्येतर विषयों पर जमकर लिखा। मृदुला गर्ग के अब तक सात उपन्यास और सौ से अधिक कहानियाँ प्रकाशित हो चुकी हैं। मृदुला गर्ग के पहले उपन्यास उसके

हिस्से की धूप को मध्य प्रदेश साहित्य परिषद् से वीरसिंह जूदेव राष्ट्रीय पुरस्कार मिला। इसके अलावा हिन्दी अकादमी का साहित्यकार सम्मान, उत्तर प्रदेश हिन्दी संस्थान से साहित्य भूषण और न्यूयॉर्क के ह्यूम नाइट्स वॉच से हैल्मन–हैमट ग्रांट भी मिला। उनके उपन्यास 'कठगुलाब' को 2004 में व्यास सम्मान से नवाज़ा गया। कुछ पहले उन्होंने कहानी–लेखन में एक अभिनव प्रयोग किया। उन्होंने एक बहुत ही लम्बी कहानी अपनी आवाज़ में रिकॉर्ड की है जिसका लिप्यान्तरण हो रहा है।

अभी हाल ही में मैंने आशीष विक्रम का उपन्यास 'द हाउस विद द ग्रीन रूफ' पढ़ा है। आशीष विक्रम के पहले उपन्यास को पढ़ते हुए मुझे इस बात का एहसास ही नही हुआ कि यह लेखक की पहली कृति है। इस उपन्यास को पढ़ने में मुझे ख़ासा मज़ा आया। अपने उपन्यास 'द हाउस विद द ग्रीन रूफ़' में आशीष विक्रम ने विट और ह्यूमर के साथ–साथ हाई वोल्टेज ड्रामा का कॉकटेल पेश किया है। पाठकों को पहली नज़र में यह उपन्यास मनोरंजक लग सकता है, लेकिन मनोरंजन के साथ–साथ यह गम्भीर पाठकों के लिए भी मानसिक ख़ुराक प्रस्तुत करता है। यहाँ मैं यह बात रेखांकित करना चाहती हूँ कि हिन्दी उपन्यासों में हास्य और व्यंग्य का इन दिनों ज़बरदस्त अभाव देखा जा सकता है। इस उपन्यास का मुख्य पात्र एक लड़की के प्यार में गिरफ़्तार हो जाता है पर यह साधारण प्यार नहीं है। यहाँ प्रेम कथा की प्रगति के साथ–साथ गहराता हुआ रहस्य भी है। रहस्य की यह दुनिया पाठकों को लगातार चौंकाती ही नहीं उन्हें रहस्य को सुलझाने की चुनौती भी देती चलती है। इस उपन्यास की ख़ास बात यह है कि इसमें आशीष विक्रम पाठकों को रहस्यमयी दुनिया में तो ले जाते हैं, लेकिन उनको अपनी भाषा के वाकजाल में उलझाते नहीं हैं। बहुत ही साधारण अन्दाज़ में उपन्यासकार क़िस्सागोई करता है जो इसको अन्य उपन्यासों से अलग खड़ा कर देता है। इस उपन्यास का नायक चुटकी बजाते हुए कम्प्यूटर की जटिल–से–जटिल समस्या को तो हल कर देता है, लेकिन अपनी प्रेम कथा की मिस्ट्री को सुलझाने में उसके पसीने छूटते हैं। लेखक के कहने का अन्दाज़ और उपन्यास की विषय–वस्तु ऐसी है कि यह हर वर्ग के पाठकों को पसन्द आयेगी।

जीवन दर्शन के बग़ैर उपन्यास अधूरा

–नामवर सिंह

इस 28 जुलाई को हिन्दी के हिरामन नामवर सिंह 90 साल के हो रहे हैं। इस उम्र में भी नामवर सिंह बेहद सजग रहते हैं। साहित्य से लेकर राजनीति तक उनकी पैनी नज़र रहती है। वे हर मसले पर अपनी बेबाक राय रखते हैं। जब साहित्यिक बिरादरी के कुछ लेखक पुरस्कार वापस कर रहे थे तो उन्होंने साफ़ तौर पर कहा था कि विरोध का यह तरीक़ा उचित नहीं है। प्रधानमन्त्री नरेन्द्र मोदी के बारे में पूछे जाने पर भी वे बेहद साफ़गोई से कहते हैं कि वे मोदी को कुछ वक़्त देना चाहते हैं उसके बाद ही वे कोई राय बनायेंगे। उन्होंने चुटीले अन्दाज़ में कहा कि जैसे नरेन्द्र मोदी, ललित मोदी के बारे में मौन साधे हैं वैसे ही वे भी प्रधानमन्त्री के बारे में मौन रहना चाहते हैं। नामवर जी की यही बेबाकी और चुटीलापन उनको साहित्य की इस भीड़–भाड़ वाली दुनिया में अलग करता है। बनारस के जीयनपुर गाँव में 1926 में पैदा हुए नामवर सिंह ने 1941 में कविता से साहित्य लेखन शुरू किया। उनकी पहली कविता 'क्षत्रियमत्र' पत्रिका में प्रकाशित हुई थी। 'पृथ्वीराज रासो' की भाषा पर उन्होंने पीएच.डी. की। बी.एच.यू. से सागर विश्वविद्यालय पहुँचे। बीच में लोकसभा का चुनाव भी लड़े और हारे। साठ से पैंसठ तक उन्होंने मुफ़लिसी और बेरोज़गारी में अपने दिन गुज़ारे। उन्होंने चार दशक से ज़्यादा समय तक आलोचना पत्रिका का सम्पादन किया। नामवर सिंह ने बाद में जे.एन.यू. के भारतीय भाषा केन्द्र में हिन्दी के प्रोफ़ेसर के रूप में काम किया। नामवर सिंह को उनकी पुस्तक 'कविता के नये प्रतिमान' पर साहित्य अकादमी का पुरस्कार मिला। उनको मिले सम्मानों और पुरस्कारों की फ़ेहरिश्त इतनी लम्बी है कि उसको गिनाने का कोई अर्थ नहीं है। वे महात्मा गाँधी अन्तरराष्ट्रीय विश्वविद्यालय के कुलाधिपति भी रह चुके हैं।

नामवर सिंह का मानना है कि बड़े सृजन के लिए बड़े विज़न का होना ज़रूरी है, चाहे उसे किसी वाद की संज्ञा दी जाये या नहीं। इस सिलसिले में वे रॉल्फ फॉक्स को उद्धृत करते हैं–बिना जीवन दर्शन के उपन्यास नहीं लिखा जा सकता है। नामवर सिंह साफ़ तौर पर कहते हैं कि लेखक जीवन का सीधे सामना करें इस पर कोई आपत्ति नहीं होनी चाहिए, लेकिन वे यह भी जोड़ना नहीं भूलते हैं कि उस जीवन को गहराई में जाकर समझने के लिए लेखकों के पास एक जीवन–दृष्टि तो होनी चाहिए, भले ही लेखक इस जीवन–दृष्टि को कहीं से लेकर आये या उसका ख़ुद निर्माण करे। वे सवालिया लहजे में कहते हैं कि 'वॉर एंड पीस' जैसा उपन्यास क्या बग़ैर किसी जीवन–दर्शन के लिखा जा सकता है। वे कहते हैं कि जब तक लेखक के पास अनुभव और दृष्टि दोनों न हो तब तक सार्थक सृजन सम्भव नहीं है। वे कहते हैं कि समकालीन साहित्य में पिछले काफ़ी वक़्त से अनुभववाद प्रबल हो गया है। वे कहते हैं कि हमारे रचनाकारों को इस पर गम्भीरता से विचार करना चाहिए कि ऐसा क्यों हुआ। नामवर सिंह से कहानी पर उनकी ख़ामोशी के बारे में पूछने पर वे स्वीकार करते हैं कि कहानी की दुनिया में वे अनिच्छा से आये थे। वे कहते हैं कि उनके शुरुआती लेखों में एक ख़ास तरह की हिचक दिखायी देती है, लेकिन वे यह भी कहते हैं कि कहानी पर बात करके वे कविता तक सीमित आलोचना का दायरा बढ़ाना चाहते थे लिहाज़ा उन्होंने कहानी पर लिखना शुरू किया था। नामवर जी अपने अब तक के कामों को याद करते हुए मुक्तिबोध को याद करते हैं–अब तक क्या किया, जीवन क्या जिया, लिया बहुत–बहुत ज़्यादा, दिया बहुत–बहुत कम। कविता छोड़कर आलोचना की दुनिया में आने की वजह पूछने पर नामवर जी पण्डित किशोरी दास वाजपेयी का स्मरण करते हैं–सोचा मैंने उषाकाल में माँ के भजर सजाऊँ, अभिनव अर्थ उपार्जित करके अपनी भेंट चढ़ाऊँ, किन्तु भक्त पद प्रक्षेपों से धूल यहाँ भर आयी, रहा बुहार उसी को तबसे यों सब उम्र गँवायी।

साहित्य में कुछ भी अप्रत्याशित नहीं

–नन्द भारद्वाज

नन्द भारद्वाज हिन्दी और राजस्थानी में कई दशकों से सक्रिय हैं। कवि, कथाकार, समीक्षक और संस्कृतिकर्मी के रूप में सुपरिचित नन्द भारद्वाज ने हिन्दी और राजस्थानी में विपुल लेखन किया है। 'अंधार पख' और 'आगै अंधारौ' उनके कविता संग्रह हैं। 'साम्ही खुलतौ मारग' उनका उपन्यास और 'बदलती सरगम' कहानी संग्रह हैं जो राजस्थानी में प्रकाशित है। 'झील पर हावी रात', 'हरी दूब का सपना' और 'आदिम बस्तियों के बीच' हिन्दी में प्रकाशित उनका कविता संग्रह है। इसके अलावा उनके कहानी संग्रह और मीडिया पर केन्द्रित पुस्तकें भी प्रकाशित हैं। नन्द भारद्वाज को राजस्थानी भाषा साहित्य एवं संस्कृति अकादमी, बीकानेर द्वारा गद्य पुरस्कार, मारवाड़ी सम्मेलन, मुम्बई द्वारा सर्वोत्तम साहित्य पुरस्कार, केन्द्रीय साहित्य अकादमी पुरस्कार, दूरदर्शन विशिष्ट सेवा पुरस्कार, के.के. बिड़ला फ़ाउंडेशन का बिहारी पुरस्कार और सूचना एवं प्रसारण मन्त्रालय के भारतेन्दु हरिश्चन्द्र पुरस्कार तथा राजस्थानी भाषा साहित्य और संस्कृति अकादमी के सूर्यमल्ल मीसण शिखर पुरस्कार से सम्मानित किया जा चुका है।

नन्द भारद्वाज साहित्य के वर्तमान परिदृश्य को साहित्य की व्यापक परम्परा के विस्तार और उसकी निरन्तरता के रूप में देखते हैं जहाँ उनको कुछ भी अनपेक्षित, अटपटा या अप्रत्याशित नहीं लगता। साहित्य की विभिन्न विधाओं में अब तक जो कुछ नया रचा गया है, उसी क्रम और निरन्तरता में पहले से सक्रिय लेखक और नये रचनाकार अपनी नयी सृजनात्मक अभिव्यक्ति के साथ सामने आते रहे हैं। उनके सृजन की अन्तःवस्तु और रचना–शिल्प में निश्चय ही नयापन आया है, लेकिन यह नयापन अपनी

परम्परा से असम्बद्ध या अविच्छिन्न नहीं है। जीवन के वस्तुगत हालात में परिवर्तन के साथ रचनाकार की जीवन–शैली, सोच और सरोकारों में परिवर्तन आना स्वाभाविक है और यह परिवर्तन प्रकारान्तर से उनके लेखन में भी अवश्य प्रतिबिम्बित हुआ है। नन्द भारद्वाज का मानना है कि जिस तरह से राजनीति में गिरावट आयी है और बाज़ार का ज़ोर बढ़ा है उसने साहित्य के वर्तमान परिदृश्य को गहराई तक प्रभावित किया है। वे कहते हैं कि नये साहित्य–सृजन में एक ओर जहाँ अमूर्तन की प्रक्रिया और अयथार्थवादी शिल्प का चलन फिर से बढ़ा है, वहीं बाज़ार और मीडिया में प्रदर्शनप्रियता ओर उत्सवीकरण को बढ़ावा मिला है। साहित्य की सभी विधाओं की अन्तवस्तु और शैली–शिल्प में बाज़ार के दबाव का यह संकट विभिन्न स्तरों पर देखा जा सकता है।

कविता साहित्य का ऐसा रूप है जिससे हर व्यक्ति का किसी–न–किसी रूप में सम्बन्ध अवश्य रहा है। ऐसे में अगर कविता के क्षेत्र में आज किसी को छह–सात पीढ़ियाँ सक्रिय दिखायी दे रही हैं तो यह आश्चर्य की बात नहीं है और उनकी कविताएँ भी इस सोशल मीडिया के ज़रिये बेरोक–टोक लोगों तक पहुँच रही हैं तो इसे सहज और सकारात्मक रूप में ही लिया जाना चाहिए। मैं इसे कविता विधा के लिए किसी ख़तरे के रूप में नहीं देखता, बल्कि यह अच्छा ही है कि लोगों के बीच यह साहित्य रूप अपनी पहचान और लोकप्रियता बरक़रार रखे हुए है। उनके मुताबिक़ जहाँ तक अच्छी कविता और उसके दूरगामी प्रभाव का सवाल है, इस प्रक्रिया में अपनी अलग पहचान और अपेक्षित प्रभाव वही कविता बरक़रार रख पायेगी, जिसमें गहरी संवेदनात्मक अभिव्यक्ति होगी, जो अपने काव्य–रूप में नवीनता और अछूतापन बनाये रख सकेगी, साथ ही जो अपने को अनुकरण और दोहराव से भी बचाकर रख सकेगी। कवियों या कविताओं के बृहद् परिमाण को मैं कविता के लिए किसी ख़तरे की तरह नहीं देखता।

नन्द भारद्वाज के मुताबिक़ सोशल मीडिया के विस्तार ने निश्चय ही सार्वजनिक अभिव्यक्ति की अपार सम्भावनाएँ उजागर कर दी हैं। फ़ेसबुक, ट्विटर, गूगल प्लस, ब्लॉग्स आदि ने हर व्यक्ति को यह विकल्प उपलब्ध करा दिया है और वह अपनी अभिव्यक्ति के लिए अब प्रकाशन–प्रसारण के किसी अन्य माध्यम का मोहताज नहीं रह गया है। साहित्य और कला रूपों के लिए भी यह सोशल मीडिया एक कारगर माध्यम के रूप में उभर

रहा है, सोशल साइट्स, ब्लॉग्स, वेब–पत्रिकाओं और ऑनलाइन बुक्स के ज़रिये दुनियाभर की भाषाओं का साहित्य और कलात्मक गतिविधियाँ लोगों को सहज सुलभ होने लगी हैं। लेखक और कलाकार आज इस मीडिया की अकूत सम्भावनाओं और क्षमताओं के प्रति सचेत और अभ्यस्त बेशक न हों, लेकिन आने वाला समय उन्हें इसका अभ्यस्त अवश्य बना लेगा।

बुरी कविता नहीं ढँक सकती अच्छी कविता को

–नन्दकिशोर आचार्य

नन्दकिशोर आचार्य हिन्दी के उन कवियों में से हैं जिनकी कविताएँ अज्ञेय ने अपने सम्पादन में प्रकाशित 'चौथा सप्तक' में संकलित की थीं। कविता के अलावा नन्दकिशोर आचार्य नाट्य–लेखन और आलोचना–लेखन में भी सक्रिय हैं। अब तक उनकी दर्जनों किताबें प्रकाशित हो चुकी हैं। उनके कविता–संग्रहों में 'जल है जहाँ', 'शब्द भूले हुए', 'वह एक समुद्र था', 'आती है जैसे मृत्यु', 'कविता में नहीं है जो', 'चाँद आकाश गाता है', 'उड़ना सम्भव करता आकाश' आदि प्रमुख हैं। उनके नाटक संग्रह–'देहान्तर', 'पागलघर', 'गुलाम बादशाह' भी काफ़ी मशहूर हुए हैं। 'रचना का सच', 'सर्जक का मन', 'अनुभव का भव', अज्ञेय की 'काव्या–तिर्तीर्ष', 'साहित्य का स्वभाव' तथा 'साहित्य का अध्यात्म' उनकी आलोचनात्मक कृति है। उन्होंने जापानी कवि रियोकान की कविताओं का अनुवाद के अलावा जोसेफ़ ब्रॉदस्कीम, व्लादिमिर होली, लोर्का तथा आधुनिक अरबी कविताओं का भी हिन्दी में अनुवाद किया है। नन्दकिशोर आचार्य को अब तक कई पुरस्कार और सम्मान मिल चुके हैं जिनमें मीरा पुरस्कार, बिहारी पुरस्कार, भुवनेश्वर पुरस्कार, राजस्थान संगीत नाटक अकादमी पुरस्कार आदि हैं।

नन्दकिशोर आचार्य साहित्य के वर्तमान परिदृश्य से ख़ासे सन्तुष्ट हैं। उनके मुताबिक़ इस वक़्त लिखे जा रहे साहित्य में जितना वैविध्य है उतना पहले कभी नहीं रहा है। इस वक़्त एक साथ दलित–विमर्श, स्त्री–विमर्श को केन्द्र में रखकर रचनाएँ लिखी जा रही हैं। प्रकृति को केन्द्र में रखकर भी कई लेखक लगातार लिख रहे हैं। नन्दकिशोर आचार्य कहते हैं कि इस वक़्त अध्यात्म पर भी बेहतर लेखन हो रहा है। राजनीतिक प्रतिरोध की कविताएँ लगातार लिखी जा रही हैं। कविताओं के अलावा उपन्यास

और कहानियाँ भी अच्छी लिखी जा रही हैं और साहित्यिक परिदृश्य क़तई निराशाजनक नहीं है। ज़्यादा कविताएँ लिखे जाने को लेकर भी वे परेशान नहीं हैं बल्कि कहते हैं कि अगर कविता के इतिहास पर नज़र डाली जाये तो हमेशा से कविता अन्य विधा से ज़्यादा संख्या में लिखी जाती रही हैं। नन्दकिशोर आचार्य कविताओं की भावनाओं को प्रकट करने का आसान तरीक़ा मानते हैं। वे कहते हैं कि पहले भी स्कूलों में, कॉलेजों में और यहाँ तक कि मोहल्लों में कविताएँ लिखी जाती थीं। संचार माध्यमों के फैलाव नहीं होने की वजह से वे स्थानीय होकर रह जाते थे। अब कविताएँ हर जगह पहुँच रही हैं। वे इस बात को भी नहीं मानते हैं कि बुरी कविताओं ने अच्छी कविता को ढँक लिया है, बल्कि वे कहते हैं कि अगर बुरी कविताएँ ज़्यादा लिखी जा रही हैं तो अच्छी कविता और प्रमुखता के साथ उभरकर सामने आयेंगी। वे कहते हैं कि अगर साहित्य की मुख्यधारा को देखें तो वहाँ कविता प्रमुखता के साथ मौजूद है। बल्कि ज़्यादा कविता लिखे जाने से एक साहित्यिक वातावरण का निर्माण होता है जिसकी वजह से साहित्य को लेकर लोगों के मन में अनुराग पैदा हो सकता है। साहित्य की मुख्यधारा भी फैल सकती है।

सोशल मीडिया के विस्तार को नन्दकिशोर आचार्य साहित्य की चौहद्दी से बाहर ले जाकर कहते हैं कि ये अभिव्यक्ति की स्वतन्त्रता का ही एक रूप है। सोशल मीडिया के विस्तार की वजह से न सिर्फ़ कविता कहानी को विस्तार का अनन्त आकाश मिला है, बल्कि वहाँ जिस तरह से समसामयिक मुद्दों पर ब्लॉगिंग हो रही है या फिर जिस तरह से लोग अपनी ओपनियन को सामने रख रहे हैं तो वह कहीं–न–कहीं अभिव्यक्ति की आज़ादी से ही जुड़ता है। हालाँकि वे यह भी कहते हैं कि सोशल मीडिया से साहित्य पर कोई ख़ास प्रभाव नहीं पड़ता है। इस सन्दर्भ में वे ख़ुद का उदाहरण देते हुए कहते हैं कि आज तक उनको सोशल मीडिया या फ़ेसबुक आदि पर जाने की ज़रूरत महसूस नहीं हुई, न ही कोई रुचि है। सोशल मीडिया की अराजकता को भी वे अभिव्यक्ति की आज़ादी से जोड़कर ही देखते हैं। इतना अवश्य मानते हैं कि जिन लोगों को अपनी रचना के प्रकाशन में दिक़्क़त थी उनको सोशल मीडिया ने एक मंच दिया।

समीक्षा कोई नहीं पढ़ता

–नरेन्द्र कोहली

हिन्दी में जब पाठकों का रोना रोया जा रहा हो, गोष्ठियों में इस बात की चर्चा हो कि पाठक कम हो रहे हैं ऐसे माहौल में नरेन्द्र कोहली का सर्जनात्मक लेखन एक आश्वस्ति की तरह समकालीन हिन्दी साहित्य में उपस्थित है। कहानी, उपन्यास, नाटक और व्यंग्य सभी विधाओं में अधिकार के साथ लेखनी चलाने वाले नरेन्द्र कोहली अब तक सौ से अधिक किताबें लिख चुके हैं। नरेन्द्र कोहली को भारतीय पारम्परिक साहित्य को पुनर्व्यख्यायित करने का श्रेय भी जाता है। रामकथा और महाभारत को केन्द्र में रखकर लिखी गयी उनकी किताबें आज हिन्दी साहित्य की थाती हैं। उन्होंने इतिहास और पुराण को आधुनिक दृष्टि से देखा और फिर उसके आधार पर अपने लेखन को समृद्ध किया। नरेन्द्र कोहली ने रामायण को केन्द्र में रखकर क़रीब तेरह सौ पृष्ठों का उपन्यास लिखा–अभ्युदय, जोकि उस वक़्त तक किसी भी भाषा में रामायण को लेकर लिखा गया पहला उपन्यास था। अपने उस उपन्यास में नरेन्द्र कोहली ने राम के चरित्र को भी आधुनिक सन्दर्भों में परखा और फिर उस पर विस्तार से लिखा। स्वामी विवेकानन्द के जीवन पर लिखा उपन्यास 'तोड़ो कारा तोड़ो' अब तक विवेकानन्द पर लिखी सर्वश्रेष्ठ किताब मानी जाती है। इसी तरह से कृष्ण के पिता वासुदेव पर नरेन्द्र कोहली ने इसी नाम से स्वतन्त्र उपन्यास लिखा। महाभारत को केन्द्र में रखकर नरेन्द्र कोहली ने 'महासमर' के नाम से एक श्रृंखला ही लिखी है जिसके अब तक नौ खण्ड प्रकाशित हो चुके हैं। उनकी रचनाएँ कई भाषाओं में अनूदित भी हो चुकी हैं। लम्बे समय तक दिल्ली विश्वविद्यालय में अध्यापन करने के बाद नरेन्द्र कोहली इस वक़्त पूरी तरह से लेखन को समर्पित हैं। नरेन्द्र कोहली जी को कई सम्मान मिल चुके

हैं जिनमें से व्यास सम्मान, हिन्दी अकादमी दिल्ली का शलाका सम्मान, उत्तर प्रदेश और बिहार सरकार द्वारा दिये गये सम्मान प्रमुख हैं।

समकालीन हिन्दी साहित्य में कोलाहल के वातावरण पर नरेन्द्र कोहली कहते हैं कि कोलाहल संसार का धर्म है, साहित्य हो या नोटबन्दी कोलाहल तो होना ही है। साहित्य को लेकर आशा–निराशा के सवाल को वे व्यक्तिगत मानते हुए कहते हैं कि हमेशा से निराशा और आशा दोनों का वातावरण रहा है। वे कहते हैं कि आँखें कमज़ोर होने की वजह से ज़्यादा पढ़ तो नहीं पाते हैं पर नागार्जुन के शब्द में अपने भावों को व्यक्त करते हैं–सूँघकर छोड़ देता हूँ। कोहली जी के मुताबिक़ साहित्य ख़राब हो रहा है, साहित्य ख़त्म हो जायेगा जैसी बातें हमेशा से की जाती रही हैं, लेकिन डर किस बात का है। वे अपने अनुभवों की बात करते हैं। पिछले साठ सालों से उन्होंने कई उतार–चढ़ाव देखे हैं। कोहली जी बताते हैं कि जब नयी कहानी का दौर आया तो ऐसा लगा कि जैसे सब बेकार साहित्य सिर्फ़ नयी कहानी ही है। फिर मोहन राकेश के नाटक आये तो कहा जाने लगा कि इसके आगे कुछ है नहीं। उनके मुताबिक़ साहित्य में गुट बनते और टूटते रहते हैं, राग–द्वेष की वजह से लेखक पास और दूर आते–जाते रहते हैं, लेकिन निराशा का कोई माहौल स्थायी होता नहीं है। रवीन्द्रनाथ टैगोर को उद्धृत करते हुए कोहली जी कहते हैं–जब भी कोई बच्चा जन्म लेता है तो वह ईश्वर का सन्देश लेकर आता है कि वह निराश नहीं हुआ है। वे कहते हैं कि इतिहास में कई ऐसे मौक़े आये जैसे तुलसीदास आये तो वही, कालिदास आये तो वही, लेकिन उसके बाद भी दुनिया बनती रही। मानवताओं की सम्भावनाओं से निराश होने की ज़रूरत नहीं है। उन्होंने बताया कि साहित्य में कितना बदलाव हुआ शिल्प बदले–पहले श्रुति परम्परा थी, फिर ताल–पत्र, फिर भोज–पत्र, फिर काग़ज़ और अब ई–बुक्स। तमाम बदलाव के बीच यह भी सत्य की तरह अटल रहा कि साहित्यकार और शब्द रहेंगे।

साहित्यिक आलोचना के हालात पर कोहली बेहद तल्ख़ टिप्पणी करते हैं। उनका मानना है कि आलोचना पर एक ही विचारधारा के लोगों ने क़ब्ज़ा जमा लिया है। उनकी पसन्द या उनकी विचारधारा की आलोचना समीक्षा होती है, लेकिन नरेन्द्र कोहली का मानना है कि आलोचना या समीक्षा सृजनात्मक लेखन के बीच से निकालना चाहिए। अगर प्रेमचन्द की कसौटी पर जैनेन्द्र को कस दिया जाये तो वह ग़लत होगा। वे कहते हैं कि

जब स्वतन्त्र विचारधारा वाले लोग समीक्षा के क्षेत्र में सक्रिय होंगे तो तस्वीर बदलेगी। हालाँकि वे साफ़ तौर पर कहते हैं कि समीक्षा कोई पढ़ता नहीं है इन दिनों। कोहली जी का मानना है कि सृजनात्मक लेखक के अन्दर जो लेखन का ज्वार उठता है वह तमाम आलोचनाओं को, उपेक्षाओं को दरकिनार कर लिखता है। वह उस बात की परवाह नहीं करता है कि कोई पढ़ेगा या नहीं पढ़ेगा, कोई छापेगा या नहीं छापेगा। वह लिखता रहता है। उनका साफ़ तौर पर कहना है कि पाठक सृजनात्मक लेखन की महत्ता को जानता है और वह यह भी जानता है कि लेखन से ही आलोचना को उत्साह मिलता है।

अंग्रेज़ी के सामने हिन्दी बेबस

–नरेश सक्सेना

नरेश सक्सेना हिन्दी के वरिष्ठ कवि हैं। पेशे से इंजीनियर रहे नरेश सक्सेना ने कविता के साथ–साथ टेलीविज़न और रंगमंच के लिए भी जमकर लेखन किया है। नरेश सक्सेना की कविताएँ देश के सात राज्यों में आठवीं से लेकर एम.ए. तक के छात्रों को पढ़ाई जाती हैं। स्कूल और कॉलेज के पाठ्यक्रमों में उनकी कविताएँ पढ़ाई जाती हैं। नरेश सक्सेना को शॉर्ट फ़िल्म निर्देशन के लिए 1992 में राष्ट्रीय फ़िल्म पुरस्कार मिला है। नरेश सक्सेना को पहल सम्मान भी मिल चुका है। उनके अब तक चार संग्रह प्रकाशित हैं जिनमें 'समुद्र पर हो रही बारिश' और 'सुनो चारुशीला' प्रमुख हैं।

समकालीन परिदृश्य के बारे में नरेश सक्सेना काफ़ी बेबाक राय रखते हैं। उनका मानना है कि चूँकि अंग्रेज़ी के सामने भारतीय भाषाएँ गुलाम भाषा के तौर पर हैं लिहाज़ा स्थिति बेहद निराशाजनक है। वे कहते हैं कि जैसे–जैसे देश में मध्यवर्ग बढ़ा वैसे–वैसे इंग्लिश माध्यम के स्कूलों की संख्या बढ़ती चली गयी। वे ज़ोर देकर कहते हैं कि इंग्लिश, शासन, प्रशासन, योग्यता, लर्निंग आदि की भाषा मानी जाती है। इसलिए आई.ए.एस. हो या आई.आई.टी. सब जगह अंग्रेज़ी वाले चाहिए। भारतीय भाषाओं में तो सिर्फ़ चपरासी और ड्राइवर चाहिए। ज़्यादा–से–ज़्यादा क्लर्क हो सकते हैं। वे क्षोभ के साथ कहते हैं कि अंग्रेज़ी में पढ़ाई के लिए भारतीय मेधा को कुचलकर मिट्टी में मिला दिया गया। वे कहते हैं कि जब पूरी दुनिया के सौ विश्वविद्यालयों की सूची बनती है तो उसमें कोई भी भारतीय विश्वविद्यालय नहीं होता। ढाई सौ शिक्षण संस्थानों में से कोई भारतीय संस्थान नहीं होता। वे साफ़ तौर पर कहते हैं कि क़रीब सौ सालों से

किसी भारतीय भाषा के लेखक को नोबल पुरस्कार नहीं मिल पाया। वे इस बात से कुपित नज़र आते हैं कि भारत की हुकूमत इस बारे में उदासीन है। हालाँकि नरेश सक्सेना यह भी कहते हैं कि अंग्रेज़ी एक महान भाषा है, लेकिन भारत में वह मूल ज्ञान की भाषा नहीं हो सकती है, अतिरिक्त ज्ञान की भाषा अवश्य हो सकती है। अंग्रेज़ी के इस आतंक की वजह से हिन्दी साहित्य के नुकसान की बात भी नरेश सक्सेना कहते हैं। उनके मुताबिक़ हिन्दी के पाठक इस वजह से कम होते जा रहे हैं। यह कहने वालों की संख्या बढ़ती जा रही है कि हिन्दी दोयम दर्जे की भाषा है, हिन्दी बेहद कठिन है, हिन्दी के अखबार और पत्रिकाएँ मत पढ़ो, अंग्रेज़ी के पढ़ो, आदि। वे साफ़गोई से कहते हैं कि हिन्दीभाषा तो बेपढ़े–लिखे लोगों की वजह से बची हुई है। साठ करोड़ हिन्दी भाषी के देश में छह सौ से लेकर तीन सौ प्रतियों का संस्करण होना दुख की बात है। साठ करोड़ का एक फ़ीसदी साठ लाख होता है, लेकिन यहाँ सबसे ज़्यादा बिकने वाली साहित्यिक पत्रिका दस हज़ार तक बिकती है।

नरेश सक्सेना कहते हैं कि हिन्दी कविता को लेकर एक तरीक़े का भ्रम व्याप्त है। उनके मुताबिक़ वामपन्थी आलोचकों ने इस भ्रम को बढ़ावा दिया। वामपन्थी आलोचकों ने इस बात पर ज़ोर दिया कि कथ्य महत्त्वपूर्ण है और शिल्प पर बात करना रूपवाद है। नरेश सक्सेना कहते हैं कि कथ्य तो कच्चा माल होता है और शिल्प के बिना कविता हो नहीं सकती। इन दिनों कविता का शिल्प छोटी–बड़ी पंक्तियाँ हो गयी हैं। नरेश सक्सेना के मुताबिक़ इन दिनों ख़राब कविताओं की भरमार है। वे साफ़ तौर पर कहते हैं कि बग़ैर शिल्प के कोई कला हो ही नहीं सकती है। सौन्दर्य का भी एक शिल्प होता है। नरेश सक्सेना कहते हैं कि सोशल मीडिया बेहद ताक़तवर है और तकनीक के विस्तार को कोई रोक नहीं सकता है। हाँ; इतना अवश्य है कि उससे सावधान रहने की भी ज़रूरत है। इंटरनेट और सोशल मीडिया में कोई सम्पादक नहीं होता, वहाँ तो उपयोग करने वाले स्वयं प्रकाशक होते हैं। प्रकाशन की इस सहूलियत और लोगों के लाइक की वजह से लिखने वाला भ्रम का शिकार हो जाता है। नरेश सक्सेना कहते हैं कि सोशल मीडिया पर कोई ऐसा मंच नहीं होता है जो दूध का दूध और पानी का पानी कर सके। वहाँ तो दस बीस पचास लोगों का एक क्लब बन जाता है जिससे सावधान रहने की ज़रूरत है।

समय सबसे बड़ा समीक्षक

–नीरजा माधव

नीरजा माधव हिन्दी की जानीमानी कथाकार और उपन्यासकार हैं। नीरजा माधव के नौ उपन्यास, सात कहानी संग्रह और चार कविता संग्रह प्रकाशित हो चुके हैं। उनके निबन्धों के कई संकलन भी प्रकाशित हैं। इस लिहाज़ से देखें तो नीरजा माधव अपने समकालीन लेखकों से थोड़ी अलग दिखती हैं, क्योंकि साहित्य की अमूमन सभी विधाओं में उन्होंने हाथ आज़माये हैं। 2002 में प्रकाशित उनका उपन्यास 'यमदीप' बेहद चर्चित रहा था और उसके अब तक कई संस्करण हो चुके हैं। 'यमदीप' में नीरजा माधव ने किन्नरों के आन्तरिक जीवन को अपने उपन्यास का विषय बनाया था। उस वक़्त यह विषय लगभग अछूता था, बाद में कई लेखकों ने इस विषय को केन्द्र में रखकर अलग–अलग दृष्टि से उस पर रचनात्मक लेखन किया। इसके अलावा नीरजा माधव रचित उपन्यास 'गेशे जम्पा', 'अनुपमेय शंकर', 'ईहामृग' की भी ख़ासी चर्चा रही। उनके कहानी–संग्रहों में 'चिटके आकाश का सूरज', 'अभी ठहरो अन्धी सदी', 'आदिम गन्ध' और अन्य कहानियाँ और 'वाया पाण्डेपुर' चौराहा प्रमुख है। प्रथम छन्द से 'स्वप्न' और 'लिखते हुए शोकगीत' नामक कविता–संग्रह को भी पाठकों का ख़ूब प्यार मिला। नीरजा माधव को सृजना पुरस्कार, यशपाल पुरस्कार, मध्य प्रदेश साहित्य अकादमी पुरस्कार, शंकराचार्य पुरस्कार, शैलेश मटियानी कथा सम्मान से सम्मानित हो चुकी हैं। उनकी रचनाओं का कई अन्य भाषाओं में अनुवाद भी हो चुका है।

नीरजा माधव को साहित्य का वर्तमान परिदृश्य काफ़ी गहमा–गहमी वाला लगता है और वह मानती हैं कि पिछले दो दशकों में साहित्य लिखने में लोगों की रुचि कुछ अधिक ही बढ़ी है। उनके मुताबिक़ पहले साहित्य सृजन विशेष क्षेत्र में काम करने वाले लोग ही किया करते थे, किन्तु

धीरे–धीरे सभी क्षेत्रों में कार्य करने वाले लोग लेखन की ओर प्रवृत्त हुए। नीरजा माधव का मानना है कि साहित्य की दीर्घकालिकता और सामाजिक प्रतिष्ठा दूसरे क्षेत्रों के लोगों को लेखन की ओर खींच लायी है। उनके मुताबिक़ साहित्य के क्षेत्र में इस तरह की बढ़ी हुई सक्रियता कुछ अर्थों में अच्छी है तो कुछ अर्थों में बुरी भी। नीरजा के मुताबिक़ साहित्यकार बनने का लोभ बहुत से अनर्गल साहित्य को जन्म देने लगा है जो समाज और भावी पीढ़ियों को दिग्भ्रमित करने का कार्य करता है। नीरजा के मुताबिक़ जिस तरह से अपने जीवन के कच्चे और आदिम स्त्री पुरुष सम्बन्धों को ही साहित्य बनाकर प्रस्तुत करने की होड़–सी लग गयी है, वह साहित्य सृजन के लिए घातक है। वे खिन्न होकर कहती हैं कि आज का अधिकांश साहित्य देहवाद, भोगवाद, विवाहेतर सम्बन्ध आदि के इर्द–गिर्द ही घूमता है और एक अलग क़िस्म का संजाल बुनता है। नीरजा के मुताबिक़ सार्थक साहित्य कहीं कोने–अन्तरे में पड़ा रहता है। नीरजा कहती हैं कि देश के सामने अनेक समस्याएँ हैं, चुनौतियाँ हैं, उन पर भी बहुत से रचनाकार लिख रहे हैं, लेकिन देह के इर्द–गिर्द रची गयी कृतियों को ही हाईलाइट किया जा रहा है जो दुखद है। नीरजा माधव पुरस्कारों की जोड़तोड़ की राजनीति को लेकर भी क्षुब्ध नज़र आती हैं और उनका मानना है कि पुरस्कारों की होड़ ने ही इस तरह के देहवादी साहित्य को बढ़ावा दिया। वे कहती हैं कि साहित्यकारों के शिष्टमण्डल में अधिकांश वैसे लेखक विदेश जाते हैं जिन्हें अपनी संस्कृति या भारतीय मूल्यों से कुछ लेना–देना नहीं है। ऐसे लेखक वैश्विक मंच पर जो छवि प्रस्तुत करके आयेंगे उसी के आधार पर भारतीय समाज का आकलन होता है।

नीरजा मानती हैं कि हिन्दी में ग़ज़लों की स्थिति कविता और कहानी से बेहतर है क्योंकि उसे लिखने वालों की संख्या कम है। इसकी वजह विधा का अनुशासन है जो तुक, लय, मीटर के ज्ञान की अपेक्षा करता है। नीरजा माधव मानती हैं कि सोशल मीडिया प्रचार का एक अच्छा माध्यम है पर वह दीर्घकालिक नहीं है। वह कहती हैं कि सोशल मीडिया पर भीड़ बहुत है पर एकाग्रता नहीं है। साहित्य एकान्त में मनन की चीज़ है इसीलिए साहित्य साधना है, विज्ञापन नहीं। वे कहती हैं कि समय सबसे बड़ा समीक्षक है और वही तय करेगा कि कौन–सा साहित्य आगे तक जायेगा?

बदल रहा है साहित्यिक परिदृश्य

–निर्मला भुराड़िया

निर्मला भुराड़िया हिन्दी साहित्य के उन लेखकों में हैं जिन्होंने साहित्य की लगभग हर विधा में अपनी लेखनी के माध्यम से सार्थक हस्तक्षेप किया। निर्मला भुराड़िया की छह पुस्तकें प्रकाशित हो चुकी हैं। निर्मला का उपन्यास 'ऑब्जेक्शन मी लॉर्ड' ख़ासा चर्चित रहा था। उनका उपन्यास गुलाम मण्डी मानव तस्करी, देह व्यापार और किन्नरों की समस्याओं को केन्द्र में रखकर लिखा गया है। देह और उसके कारोबार से जुड़ा होने के बावजूद निर्मला के इस उपन्यास का जो कथ्य है वह पाठकों को एक नयी दुनिया में ले जाता है और उपन्यासकार का कहने का अन्दाज़ उनको बाँध लेता है। इन दो उपन्यासों के अलावा निर्मला के दो कहानी संग्रह–'एक ही कैनवास पर बार–बार' और 'मत हँसो पद्मावती' प्रकाशित हैं। निर्मला भुराड़िया का एक कविता–संग्रह 'विश्वसुन्दरी' भी प्रकाशित होकर चर्चित हो चुका है। इसके अलावा इनकी एक और किताब 'ख़ुशी का विज्ञान' भी पाठकों को ख़ूब भाया था। निर्मला भुराड़िया को मध्य प्रदेश साहित्य परिषद् और मध्य प्रदेश साहित्य सम्मेलन के पुरस्कार मिल चुके हैं। निर्मला भुराड़िया विश्वविद्यालय अनुदान आयोग और भारतीय अन्तरिक्ष अनुसन्धान संगठन के टेलीविज़न कार्यक्रमों के लिए स्क्रिप्ट लेखन भी करती हैं।

निर्मला भुराड़िया का मानना है कि हिन्दी साहित्य का परिदृश्य बिल्कुल बदल गया है। काफ़ी संख्या में साहित्यिक पत्रिकाएँ निकल रही हैं जिनमें से ज़्यादातर अच्छी हैं। कहानी के वर्तमान परिदृश्य को लेकर निर्मला उत्साहित नज़र आती हैं जब वह कहती हैं कि कहानीकारों की नयी पौध बेहतर कहानियाँ दे रही है, वहीं पुराने लेखक भी अपने अनुभवों का निचोड़ सुन्दरता से पेश कर रहे हैं। निर्मला का मानना है कि शोध और

कल्पनाशीलता का अच्छा मेल इन दिनों रचनाओं में दिखायी पड़ता है। उपन्यास भी धड़ाधड़ लिखे जा रहे हैं, लेकिन यहाँ वे यह सवाल उठाती हैं कि आम पाठक कहाँ है? उनका कहना है कि ज़्यादातर साहित्यकार ही एक–दूसरे को पढ़ रहे हैं। मुख्यधारा की पत्र–पत्रिकाओं में हिन्दी साहित्य के लिए जो कोना है वह लगातार सिकुड़ता जा रहा है। उनका कहना है कि हिन्दी साहित्य को अच्छे प्रचार–प्रसार और बृहद पाठक वर्ग से जुड़ने की सख़्त ज़रूरत है। इसके लिए वे मीडिया और प्रकाशकों का सहयोग आवश्यक मानती हैं। वे यह भी कहती हैं कि लेखकों को भी अपने मन से यह विचार निकाल देना चाहिए कि पुस्तक का प्रचार कोई दोयम दर्जे का काम है। अधिक–से–अधिक पाठकों तक पहुँचे बिना लिखना सार्थक नहीं होता। हिन्दी में एक कठिनाई और आती है। कोई भी लेखक यहाँ सिर्फ़ लेखनकर्म से आजीविका नहीं चला सकता। शोधपरक लेखन के लिए समय, संसाधन और पैसा जुटाना भी हिन्दी लेखक के लिए कठिन ही नहीं, लगभग असम्भव है। इन सब कठिनाइयों के बावजूद, आज का हिन्दी लेखक लिख रहा है और ख़ूब अच्छा लिख रहा है। यह एक सराहनीय बात है।

निर्मला इस बात को स्वीकार करती हैं कि इन दिनों हर तीसरा लेखक कवि है। तुकबन्दी के दिनों में हर नुक्कड़ पर कोई तुक्कड़ था और आज अतुकान्त के दिनों में बग़ैर तुक–तान की चीज़ों को ही कविता समझकर कई लोग लिखे जा रहे हैं। मगर इस खरपतवार के बीच असली फ़सल भी है। कुछ लोग सचमुच अच्छी कविताएँ लिख रहे हैं, लेकिन निर्मला इस बात को लेकर चिन्तित हैं कि कविताओं की यह बाढ़ कहीं अपने साथ अच्छी कविता को भी न बहा ले जाये। साहित्य के लिए सोशल मीडिया को भुराड़िया वरदान मानती हैं। अभिव्यक्ति का एक ऐसा खुला मंच, जिसका कोई स्वामी नहीं, जो रचनात्मकता को गुलाम बना ले और फिर समय और मौक़ा आते ही उसका गला घोंट दे। यह एक ऐसा मंच है जहाँ स्वयं के जोखिम पर आप जो चाहे लिख सकते हैं। यहाँ न तो स्पेस का संकट है और न ही विधा का कोई तय फॉर्मेट, बस खुला आसमान है। सोशल मीडिया का विस्तार साहित्य के लिए शुभ ही होगा। वैसे चाकू वाली पुरानी कहावत तो है ही कि आप इससे फल काटते हैं या आदमी का सीना चीरते हैं, यह तो आख़िर आप पर यानी इस्तेमाल करने वाले पर निर्भर करता है।

विराट है साहित्यिक परिदृश्य

–ओम निश्चल

सुपरिचित कवि, गीतकार, आलोचक ओम निश्चल बैंक की नौकरी करते हुए अपनी सृजनात्मकता से समकालीन साहित्यिक पदिृश्य में सार्थक हस्तक्षेप कर रहे हैं। संस्कृतनिष्ठ तत्सम शब्दों का उपयोग करने वाले हिन्दी के चन्द लोगों में उनका भी नाम शुमार है। उनका कविता संग्रह 'शब्द सक्रिय हैं' के अलावा 'शब्दों से गपशप' उनकी चर्चित कृति है। भाषा और कारोबार सम्बन्धी पाँच खण्डों की 'बैंकिंग वाङ्मय सीरीज' का भी उन्होंने लेखन किया है। अज्ञेय, केदारनाथ अग्रवाल, अशोक वाजपेयी की प्रेम कविताओं के चयन और मलय तथा लीलाधर मण्डलोई की प्रतिनिधि रचनाओं का सम्पादन भी ओम निश्चल ने किया है। ओम निश्चल को हिन्दी अकादमी के नवोदित लेखक पुरस्कार एवं उनकी आलोचनात्मक कृति शब्दों से गपशप के लिए आचार्य रामचन्द्र शुक्ल पुरस्कार से पुरस्कृत किया गया है।

ओम निश्चल के मुताबिक़ साहित्य का वर्तमान परिदृश्य बहुत विराट है और विधाओं का उत्तरोत्तर विस्तार हो रहा है। कल तक जो विधाएँ हाशिये में मानी जाती थीं, उनमें पाठकों की दिलचस्पी बढ़ रही है, जैसे– डायरी, संस्मरण, आत्मकथा। उनके मुताबिक़ कविता, कहानी, उपन्यास जैसी पारम्परिक विधाओं में आज भी प्रभूत लेखन हो रहा है, पर इन सबका जो सामूहिक प्रतिबिम्ब हमारे समय और समाज पर पड़ना चाहिए था, वह नहीं पड़ रहा है। लोगों को किताबें पढ़ने की फ़ुरसत नहीं है। लिहाज़ा 100–200 प्रतियों वाले संस्करणों की किताबें छप रही हैं।

हिन्दी में थोक के भाव से लिखी जा रही कविताओं के बारे में पूछे जाने पर ओम निश्चल कहते हैं कि कविता हमारी आदि विधा है। इसी विधा में हमारी आख्यायिकाएँ लिखी गयीं। रामायण लिखी गयी। महाभारत

लिखा गया। छन्द में जैसे सारा जीवन उपनिबद्ध था, आख्यान के लिए कविता और छन्द की विधा अपनायी हमारे आर्ष कवियों और गाथाकारों ने। इसलिए आज सात–आठ पीढ़ियाँ कविता में सक्रिय हैं तो यह स्वाभाविक ही है। भारतीय समाज में कविता की जगह इसीलिए है कि बात–बात पर लोग तुलसी को, सूर को, कबीर को, नानक को, रैदास को, मीरा को उद्धृत करते हैं। वे कहते हैं कि आख़िर कविता में यह बात कोई कुँवर नारायण ही कह सकता है–कोई दुख मनुष्य के साहस से बड़ा नहीं। वही हारा जो लड़ा नहीं। आज हिन्दी में सैकड़ों कवि है। सरस्वती के मन्दिर में सब धूप दीप नैवेद्य लेकर खड़े हैं। साधनारत हैं। यह अच्छा परिदृश्य है। कालजयी होने की चिन्ता से मुक्त हर व्यक्ति अपनी–अपनी अभिव्यक्ति का उद्भावक है।

सोशल मीडिया को ओम निश्चल सम्प्रेषण का एक महत्त्वपूर्ण माध्यम मानते हैं। वे कहते हैं कि कभी 'मुक्तिबोध' ने कहा था, अभिव्यक्ति के ख़तरे उठाने ही होंगे। तोड़ने होंगे मठ और गढ़ सब। आज अभिव्यक्ति के कितने आधुनिक संसाधन उपलब्ध हैं। मायकोवस्की ने भी कहा था, कवियों के पास हवाई जहाज़ होना चाहिए ताकि वे अपनी रचनाएँ विश्व–भर में बिखेर सकें। काश आज वे होते तो रचनात्मकता के प्रसार के लिए सोशल मीडिया के इस विस्तार को देखकर बेहद ख़ुश होते। यदि हम एक विवेकी नागरिक हैं तो हम सोशल मीडिया का बेहतर उपयोग कर सकते हैं। पर यदि हम इसे घृणा और हिंसा के प्रसार का ज़रिया बना लें तो यह समाज के लिए घातक है। सोशल मीडिया के मंच पर आज देश के कोने–कोने में लिख रही महिलाओं की आवाज़ बुलन्द हो रही है जो अन्यथा अभिव्यक्ति के अवसर न पातीं। यह सोशल मीडिया ही है जिस पर किसी की भी सहायता के लिए लिखे गये एक स्टेटस से लाखों मददगार हाथ सामने आ सकते हैं। आज देश के रिमोट एरिया में रहने वाला शख़्स भी इंटरनेट से जुड़कर विपुल साहित्य सृजन से जुड़ सकता है। हमारे समय के अनेक प्रतिष्ठित लेखकों को पढ़ सकता है, यह सोशल माध्यम और इंटरनेट ने ही सम्भव किया है। हज़ारों वेबसाइट्स और ब्लॉग आज इन्हीं माध्यमों की बदौलत साहित्य को पूरे विश्वभर में सम्प्रेषित कर पा रहे हैं। इसलिए निश्चय ही साहित्य के लिए इंटरनेट व सोशल मीडिया का विस्तार स्तुत्य है।

लेखकों के सामने बढ़ी चुनौतियाँ

–पंकज दुबे

पंकज दुबे हिन्दी के उन युवा लेखकों में से हैं जिन्हें बाज़ार से दुश्मनी नहीं है। वे बाज़ार को अपने पक्ष में करने की कला में माहिर हैं। उनका मानना है कि बाज़ार से दुश्मनी करके साहित्य की दुनिया में अपनी रचनाओं को बेस्टसेलर बनाना मुमकिन नहीं है। इस वजह से पंकज दुबे अपने उपन्यासों को पाठकों के बीच लेकर जाने का उपक्रम ख़ुद करते हैं। पंकज दुबे को भाषा की ताक़त का अन्दाज़ा है लिहाज़ा उन्होंने जब अपना पहला उपन्यास 'लूज़र कहीं का' लिखा तो उसको हिन्दी और अंग्रेज़ी दोनों भाषाओं में लिखा, अनुवाद नहीं किया। पाठकों ने पंकज के उस उपन्यास को ख़ूब पसन्द किया और मुम्बई में आयोजित के लिट ओ फ़ेस्ट में उनके इस उपन्यास को पुरस्कृत किया गया। इसके पहले पंकज दुबे 2010 में पूर्व राष्ट्रपति ए.पी.जे. अब्दुल कलाम के हाथों कर्नाटक में यूथ आइकन अवॉर्ड से भी सम्मानित हो चुके हैं। पंकज दुबे को उनकी कहानी 'मुखौटा' के लिए हिन्दी अकादमी दिल्ली ने नवोदित लेखक सम्मान से भी सम्मानित किया है। पंकज दुबे का दूसरा उपन्यास 'इश्कियापा' है जो पाठकों को ख़ूब भा रहा है।

पंकज दुबे को साहित्य का वर्तमान परिदृश्य बेहद उत्साहजनक लगता है। पंकज को लगता है कि साहित्य का स्वरूप बदला है और अब वे मुट्ठीभर लोगों की ख़्वाहिशों की गुलामी में नहीं है। उनका मानना है कि साहित्य का लोकतान्त्रिकरण हुआ और यहाँ जमकर प्रयोग हो रहे हैं। वे कहते हैं कि पाठकों के परिपक्व होते जाने से लेखकों और कवियों की चुनौतियाँ काफ़ी बढ़ गयी हैं। आज पाठकों के पास चयन की आज़ादी तो है ही ढेर सारे विकल्प भी मौजूद हैं। वे उत्तर आधुनिक भाषा में

कहते हैं कि अगर लेखक की की बोर्ड में दम नहीं है तो उसको हैंग होने में ज़्यादा वक़्त नहीं लगेगा। वे लेखकों को नसीहत देते हुए कहते हैं कि लेखकों को अपने नज़रिये में बदलाव करना होगा क्योंकि अगर किसी तरह के जुगाड़ से वे पाठ्यक्रम में जगह बना लेते हैं तो यह आवश्यक नहीं है कि छात्र उनको पढ़ें ही क्योंकि प्रश्न–पत्रों में भी दस में से छह सवालों के ही जवाब देने होते हैं। इस वक़्त हिन्दी में क़रीब दस हज़ार कवियों के रचनारत होने के बावत पूछे गये सवाल के जवाब में पंकज कहते हैं कि यह उनके लिए एक दिलचस्प जानकारी है। वे कहते हैं कि अब वैसे कवियों के लिए ख़तरा पैदा हो गया है जो अपने विज़िटिंग कार्ड पर अपने नाम के नीचे कवि लिखकर शेख़ी बधारते रहते थे। उनका कहना है कि अगर आप भारत का मानचित्र बेहतर बना देते हैं तो उसके नीचे हिन्दुस्तान लिखने की ज़रूरत ही नहीं होती है। इसी तरह से कविता में अगर सुनने और पढ़ने वाले के लिए रस होगा तो कविताएँ अपनी चिन्ता ख़ुद कर लेंगी। हिन्दी फ़िल्मों के जो कुछ अच्छे गीतकार हैं वे पहले बहुत अच्छे कवि हैं। वे कहते हैं कि सम्भव है कुछ ऐसे गीतकारों का कोई कविता संग्रह छपा नहीं हो, लेकिन दुनियाभर में उनकी कविताओं के मुरीद हैं।

पंकज दुबे सोशल मीडिया को साहित्य के लिए उस घोड़े की तरह मानते हैं जो सपाट ज़मीन पर सरपट दौड़ सकता हो। वे कहते हैं कि सोशल मीडिया की वजह से तेज़ भागने की सहूलियत तो मिली है, लेकिन साथ ही अपनी प्रकृति के अनुरूप यह कई बार बेलगाम भी हो जाता है। बावजूद इसके इस बात से इन्कार नहीं किया जा सकता है कि सोशल मीडिया ने नये लेखकों के लिए अवसर के अनेक द्वार खोले हैं। आज हर उस शख़्स के पास अवसर है जो कुछ लिखना चाहता है, वह ब्लॉग लिख सकता है और अगर उसका लेखन दिलचस्प होगा तो उसको पाठक के साथ–साथ प्रकाशक भी मिल सकते हैं। पंकज के मुताबिक़ सोशल मीडिया ने जहाँ हर किसी को लिखने की आज़ादी दी है वहीं सबको नहीं पढ़ने की स्वतन्त्रता भी दी है। अगर आपको अमुक लेखक पसन्द नहीं है तो आप उसको ब्लॉक कर सकते हैं। सोशल मीडिया को कई लोग अवारा मीडिया भी कहते हैं, लेकिन इसको स्वच्छन्दता कहना ज़्यादा उपयुक्त होगा।

रचनाकारों की महत्त्वाकांक्षाएँ निराशाजनक

–पवन करण

समकालीन हिन्दी कविता में पवन करण बड़ा नाम है। पवन करण साहित्य की दुनिया के शोरगुल से दूर ग्वालियर में रहते हुए कविताकर्म में लगे हैं। पवन करण के अब तक पाँच कविता–संग्रह प्रकाशित होकर चर्चित हो चुके हैं। 2000 में उनका पहला संग्रह 'इस तरह मैं' प्रकाशित हुआ था। उसके बाद 'स्त्री मेरे भीतर', 'अस्पताल के बाहर टेलीफ़ोन', 'कहना नहीं आता' और 'कोट के बाजू पर बटन' नाम से कविता–संग्रह प्रकाशित हो चुके हैं। इनकी कविताओं का अंग्रेज़ी, रूसी, नेपाली, उर्दू समेत कई अन्य भारतीय भाषाओं में अनुवाद हो चुका है। कविता–संग्रह 'स्त्री मेरे भीतर' का मराठी अनुवाद 'स्त्री माझ्या आत' तो नांदेड़ विश्वविद्यालय के स्नातकोत्तर के पाठ्यक्रम में भी शामिल है। पवन करण गहरे जनसरोकार वाले कवि के तौर पर जाने जाते हैं। उनको अब तक कई सम्मान और पुरस्कार भी मिल चुके हैं जिनमें रामविलास शर्मा पुरस्कार, रज़ा पुरस्कार, वागीश्वरी सम्मान, पुश्किन सम्मान, शीला सिद्धान्तकार स्मृति सम्मान, परम्परा ऋतुराज सम्मान और केदार सम्मान प्रमुख हैं।

पवन करण को साहित्य का वर्तमान परिदृश्य पूरी तरह से निराशाजनक तो नहीं लगता मगर उनको इस दौर के रचनाकारों की महत्त्वाकांक्षाएँ निराश करती हैं। बल्कि वह तो कहते हैं कि लेखकों की अतिमहत्त्वाकांक्षा उनको खीज़ से भर देती हैं। पवन करण का कहना है कि महत्त्वाकांक्षा ने सृजन से पूर्व ही लेखकों की चेतना में अपनी जगह बना ली है। स्वयं संचालित, सम्पादित और निर्देशित माध्यमों ने उसमें कण्डे पर मिट्टी के तेल का काम किया है। प्रतीक्षा से उपजती पीड़ा के चलते परिपक्व होने की प्रक्रिया से वर्तमान परिदृश्य में अपनी उपस्थिति दर्ज कराने को बेताब

सृजनकारों का परिचय कम ही है। इसके बावजूद स्वीकृति पा चुकी रचनाएँ और पके हुए रचनाकार अपनी मौजूदगी से वर्तमान परिदृश्य को गम्भीर और नुकीला बनाये हुए हैं, इसे सँभाले हुए हैं, तो यह सन्तोष की बात है। पवन का कहना है कि ऐसे समय में जब हिन्दी के कुछ वरिष्ठ कवि और सम्पादक, हिन्दी लेखक–पाठक समाज को दो हज़ार की संख्या तक सीमित मानने के लिए ज़ोर डाल रहे हों और प्रकाशक के द्वारा कविता संग्रह की पाँच सौ प्रतियाँ तथा कहानी–संग्रहों और उपन्यासों की तीन सौ प्रतियाँ प्रकाशित करने की बात सामने आ रही हो। ऐसे में दस हज़ार कवियों के सृजनरत रहने की बात आश्चर्य में डाल रही है। अगर यह सख्या सही है तो गह सचगुच डराने वाली है। साहित्य सृजन के क्षेत्र में भीड़ के लिए कहीं और कभी जगह नहीं रही। बेहतर हो कि संख्या में बढ़ोतरी पाठकों की हो। लेखक दिखना जितना आसान होता है। लेखक होना उतना ही कठिन होता है। बाक़ी जन्म देने–लेने, खाने–पीने, पहनने–ओढ़ने और रहने–कहने के लिए तो हम स्वतन्त्र हैं ही। लेखन एक महत्त्वपूर्ण और ज़िम्मेदार कर्म है।

पवन करण का कहना है कि सोशल मीडिया साहित्य के लिए कितना फ़ायदेमन्द है इसका फ़ैसला होना अभी शेष है, पवन कहते हैं कि स्वयंशासित यह माध्यम अभी बहुत पुराना नहीं हुआ है। वे बेबाकी से कहते हैं कि उनको यह याद नहीं कि इस माध्यम से अभी तक कोई बड़ी रचना या रचनाकार सामने आया हो। कि उनकी उत्सुकता इस बात को जानने में भी है कि इस पर लगातार लोड किये जाते हमारे कालजयी साहित्य को कितने लोग पढ़ते हैं। हाँ, वे इतना अवश्य मानते हैं कि सोशल मीडिया पर दिखायी देते कुछ नये लेखक भविष्य में अपने बेहतर होने के संकेत देते हैं। हालाँकि उनका कहना है कि ऐसा जब सोशल मीडिया नहीं था, तब भी दिखायी देता था। विनम्रता और विवेक का स्थायी भाव यदि ऐसे लेखकों का गुण होता रहा है तो हो सकता सोशल मीडिया पर भविष्य की उम्मीद बँधाते लेखकों के भीतर भी इसकी हरियाली बनी रहेगी। हम यह उम्मीद कर सकते हैं। देखिए ऐसा हो भी पाता है अथवा नहीं।

युवा कथा पीढ़ी ज़िम्मेदार

–प्रदीप जिलवाने

हिन्दी के जिन युवा लेखकों ने अपनी रचनाओं से समकालीन हिन्दी साहित्य का ध्यान अपनी ओर आकर्षित किया उनमें प्रदीप जिलवाने का नाम प्रमुखता से लिया जा सकता है। प्रदीप समान अधिकार से कविता, कहानी और उपन्यास लेखन करते हैं। उनका एक कविता–संग्रह 'जहाँ भी हो ज़रा–सी सम्भावना' भारतीय ज्ञानपीठ से प्रकाशित है। इनका एक उपन्यास 'आठवाँ रंग/पहाड़–गाथा' भी प्रकाशित है। इनको इनके कविता संग्रह की पाण्डुलिपि पर भारतीय ज्ञानपीठ का नवलेखन पुरस्कार मिल चुका है। साथ ही मध्य प्रदेश हिन्दी साहित्य सम्मेलन का प्रतिष्ठित वागीश्वरी सम्मान मिल चुका है। अखिल भारतीय क़लमकार कहानी प्रतियोगिता में इनकी कहानी 'बानवे के बाद' को पुरस्कृत किया गया था।

प्रदीप जिलावने का मानना है कि हिन्दी कथा साहित्य में इस समय जितना कोलाहल सुनाई देता है, वैसा इतिहास में कभी सुनाई नहीं दिया। नयी कहानी आन्दोलन के समय में भी नहीं। रचनाकारों की तीन से चार पीढ़ियाँ एक साथ सक्रिय हैं, शायद इसीलिए भी इस दौर के कहानी लेखन को किसी एक साँचे या ढर्रे में रखकर देखा/परखा/जाना नहीं जा रहा है। उनका साफ़ तौर पर यह कहना है कि यह किसी तय दिशा में जाता–सा नज़र नहीं आ रहा। साथ ही वे यह भी जोड़ते हैं कि समकालीन कहानी के इस भूमण्डलोत्तर समय को सिर्फ़ इसी एक आशंका के आधार पर आँका नहीं जा सकता, क्योंकि भले ही कथा में किसी एक धारा का प्रतिनिधित्व नज़र नहीं आ रहा हो, लेकिन समकालीन कहानी और उसके निरन्तर विकास की अनुगूँज साफ़ दिखायी देती है। प्रदीप के मुताबिक़ तकनीकी विकास और सांस्कृतिक, भाषायी परिवर्तन,

ग्लोबल होती दुनिया और उसके मुद्दे वर्तमान कहानी में विषय और विमर्श की मूल कथावस्तु हैं या उससे प्रभावित हैं। बाज़ार की बढ़ती दस्तक, पारिवारिक एवं सामाजिक जीवन में आये बदलाव, बिखराव, विचलन और व्यावसायिक सोच, आधुनिक शिक्षा पद्धति, आभासी दुनिया के वर्चस्व ने हमारे आसपास की चीज़ों और स्थितियों में जिस प्रकार की उथल–पुथल मचा रखी है, उससे समकालीन कहानी भी अछूती नहीं है। यक़ीनन ऐसे समय में कथा में परिवर्तन सामान्य भी है, अपेक्षित भी है, और ज़रूरी भी है। और चूँकि नयी कथा पीढ़ी के अनुभव का संसार भले ही बहुत व्यापक न हो, परन्तु नया है और साथ–ही–साथ एक भरे–पूरे इतिहास का अनुभव भी इनके पास है।

प्रदीप जिलवाने का मानना है कि वर्तमान कथा परिदृश्य में युवा कथा पीढ़ी ज़िम्मेदारी भरी भूमिका में नज़र आती है। विशेषकर ऐसे समय में जब तमाम तरह की मुश्किलें और सहूलियतें साथ–साथ हासिल हैं। वे सवाल उठाते हैं कि क्या यह इस पीढ़ी का संस्कार और सरोकार नहीं है कि वह अपने समय के बड़े सवालों से बाहरी और भीतरी दोनों स्तरों पर न केवल जूझ रही है बल्कि सारे दबावों, लालचों और तनावों के बावजूद क़ायम है।

प्रदीप जिलवाने को हिन्दी कहानी और उपन्यास की बनावट और बुनावट में भी व्यापक अन्तर नज़र आता है। समाज में आधुनिक और तकनीकी एवं विज्ञान आधारित शिक्षा का प्रसार होना, विशेषकर महिला शिक्षा और रोज़गार में तेज़ी से बढ़ोतरी, बाज़ारवाद और उपभोक्तावाद की संस्कृति का फैलना, इंटरनेट और संचार क्रान्ति, रंग–धर्म–लिंग–जाति के आधार पर फैली जड़ताओं का धीरे–धीरे टूटना और भी तमाम तरह के कारण हैं, जिनका हमारे समय और समाज पर असर हुआ है और यही साहित्य में भी नज़र आ रहा है। फिर एक दूसरी और ज़रूरी बात कि साहित्य हमेशा प्रतिरोध की स्थिति में रहा है, लेकिन यह प्रतिरोध की स्थिति आख़िरकार मनुष्यता के समर्थन में ही तो होती है।

प्रदीप जिलवाने सोशल मीडिया के विस्तार और उसकी भूमिका को नकारते नहीं हैं। साहित्य के प्रचार–प्रसार के लिए सोशल साइट्स एक बड़ा माध्यम हो सकती है, और हैं भी, बशर्ते स्तरीयता के साथ चीज़ें परोसी जायें, क्योंकि इस डिजिटल दुनिया में अकल्पनीय और अथाह कूड़ा फैला हुआ है।

सोशल मीडिया से रचनात्मकता को विस्तार

–रजनी मोरवाल

हिन्दी कहानी में रजनी मोरवाल ने कम समय में अपना एक स्थान बनाया, चर्चित हुई। पत्र–पत्रिकाओं से लेकर सोशल मीडिया तक उनकी कहानियों पर बातें हुईं। रजनी मोरवाल की कहानियों का संकलन 'कुछ तो बाक़ी है' में प्रकाशित है। इसके पहले उनके तीन नवगीत संग्रह और एक सतसई प्रकाशित हो चुके हैं जिनमें 'सेमल के गाँव से' संग्रह 'धूप उतर आयी है' और 'अंजुरी भर प्रीत' शामिल हैं। रजनी मोरवाल को गुजरात साहित्य अकादमी और गुजरात साहित्य परिषद् का पुरस्कार मिल चुका है। इसके अलावा उनको वाग्देवी पुरस्कार, रामचेत वर्मा गौरव पुरस्कार और अस्मिता साहित्य सम्मान मिल चुके हैं।

रजनी मोरवाल को साहित्य का वर्तमान परिदृश्य अत्यन्त विस्तृत फ़लक वाला नज़र आता है। वो बताती हैं कि लगभग कुछ वर्ष पूर्व क्षेत्रीय, राजकीय, राष्ट्रीय व अन्तरराष्ट्रीय स्तर पर साहित्यिक गतिविधियाँ ज़ोरों पर थी। यह बात अलग है कि इनमें से कितनी गोष्ठियाँ, चर्चाएँ, सेमिनार और अकादमिक सत्र अपने असल मक़सद में कामयाब रहे अथवा अपना हक़ीक़ी अर्थ तलाश पाये? यह प्रश्न बारबार झकझोरते हैं; वे कहती हैं कि में दिल्ली में हुए विश्व पुस्तक मेले में हर दिन नयी–नयी किताबों के लोकार्पणों व विमोचनों की ख़बरों ने साहित्य जगत में खलबली मचाये रखी थी और नोटबन्दी के बावजूद मेले में लोगों के हुजूम ने सबको ये भी सोचने पर मजबूर कर दिया कि हिन्दी साहित्य का पाठक वर्ग अभी भी चैतन्य अवस्था में है। रजनी मोरवाल के मुताबिक़ इधर कविता के क्षेत्र में अचानक कवियों की बाढ़–सी आ गयी है ख़ासकर अतुकान्त कवियों की एक नयी पीढ़ी सामने आ रही है। इनमें से कुछ प्रकाशकों

के बनाये व उकसाये कवि भी हैं जिन्हें सोशल मीडिया की देन भी कहा जा सकता है। वे कहती हैं कि सम्भव है कि उनकी बात का लोगों को बुरा लगे लेकिन कुछ लोगों को इकट्ठा करके साझा संग्रह निकाले जा रहे हैं, मान लीजिए 100 कवियों का एक संग्रह है और हर कवि सौ–सौ प्रतियाँ भी ख़रीदता है तो प्रकाशक की हज़ार प्रति बिक जाती है इससे फ़ायदा किसका है? शायद लेखक व प्रकाशक दोनों का भी हो सकता है, हाँ, मगर इन साझा संकलनों में से कुछ बेहतरीन कवि भी सामने आ ही जाते हैं। रजनी के मुताबिक़ अन्ततः तो शुद्ध व ख़ालिस सोना ही चमकता है नकली पॉलिश यदि समय से उतरे तो ठीक वरना अधिक समय तक आकर्षित तो कदाचित् नहीं ही करती है; रजनी मोरवाल नवोदित लेखकों को सलाह देती हैं कि उन्हें अपने से वरिष्ठ कवियों को पढ़ना चाहिए। उनके लिखे पर कम–से–कम अपने स्तर पर एक शोध करना चाहिए। ज़रूरी नहीं कि शोध सिर्फ़ किसी विश्वविद्यालय से डिग्री पाने के लिए ही किया जाये। अपने निजी ज्ञान को विस्तृत व समृद्ध करने के लिए भी किया जाना चाहिए।

वर्तमान समय में सात या आठ पीढ़ी के एक साथ कविताकर्म में लगे होने को वे ख़ुशनुमा मानती हैं। उनका कहना है कि जिस सदी में नयी पीढ़ी मोबाइल पर मैसेज भी रोमन लिपि में लिखती हो उस समय यह स्थिति आश्वस्त करने वाली है कि हिन्दी लेखकों की एक नयी खेप भी तैयार हो रही है, जो अपने प्रिय व वरिष्ठ कवियों को पढ़कर अपने उद्‌गार प्रकट करने की कोशिश कर रही है, प्रेरणा स्वरूप ही सही हिन्दी का प्रयोग तो बढ़ा ही है। इसमें सोशल मीडिया की अहम भूमिका है जिसने घर–घर में लोगों के बीच साहित्य को पहुँचाने का कार्य किया है। सोशल मीडिया से घर बैठे लेखकों की कृतियों का प्रचार व प्रसार हो रहा है, वहीं एक बड़ा व समझदार पाठक वर्ग भी खड़ा हो रहा है जो इस प्रचार व प्रसार के बीच में से अच्छी रचनाओं की परख करना सीख गया है। इसीलिए उन्हीं लेखकों की किताबें चर्चित होती हैं व पढ़ी जाती हैं जो पाठकों की कसौटी पर खरी उतरती हैं। कुल मिलाकर सोशल मीडिया के विस्तार से फ़ायदा ही हुआ है। कुछ बेहतरीन लेखकों तक पाठकों की सहज पहुँच बनी है तो लेखकों को भी एक बड़ा पाठक वर्ग मुहैया हुआ है।

साहित्य में अच्छे बुरे का फ़र्क़ ख़त्म

–राजेन्द्र कुमार

हिन्दी में कुछ ही लेखक ऐसे हैं जो साहित्यिक कोलाहल और दन्द–फन्द से दूर रहकर साहित्य सृजन में लगे रहते हैं। ऐसे ही लेखक हैं वरिष्ठ कवि, कहानीकार और आलोचक राजेन्द्र कुमार। साहित्यिक नगरी इलाहाबाद में रहकर सृजनात्मकता को साध रहे राजेन्द्र कुमार की कई कृतियाँ प्रकाशित हो चुकी हैं। 'ऋण गुणा ऋण' उनका कविता संग्रह है जो ख़ासा चर्चित रहा है। उनकी अन्य कृतियाँ हैं–कहानी संग्रह 'अनन्तर औ' अन्य कहानियाँ', आलोचनात्मक कृति साहित्य में सृजन के आयाम और विज्ञानवादी दृष्टि। अभी हाल में भी उनकी कुछ किताबें प्रकाशित हुई हैं जिनमें 'प्रतिबद्धता के बावजूद', 'शब्दघड़ी में समय', 'कथार्थ और यथार्थ' और 'कविता का समय असमय' शामिल है। राजेन्द्र कुमार ने कई किताबों का सम्पादन भी किया है जिनमें 'साही के बहाने समकालीन रचनाशीलता पर एक बहस', 'स्वाधीनता की अवधारणा और निराला', 'आलोचना का विवेक' आदि प्रमुख हैं। उसके अलावा वे साहित्यिक पत्रिका 'अभिप्राय' का 1981 से सम्पादन कर रहे हैं। इलाहाबाद विश्वविद्यालय में हिन्दी के प्रोफ़ेसर राजेन्द्र कुमार को मीरा स्मृति पुरस्कार और उत्तर प्रदेश हिन्दी संस्थान का सम्मान भी मिल चुका है ।

साहित्य की मौजूदा स्थिति को लेकर वे बहुत सन्तुष्ट तो नहीं नज़र आते हैं, लेकिन उनको उम्मीद है। उनके मुताबिक़ इस वक़्त रचनात्मक शक्तियाँ थोड़ी कमज़ोर हो गयी हैं। राजेन्द्र कुमार यह भी मानते हैं कि अच्छा लिखा जा रहा है, लेकिन वह पाठकों तक पहुँच नहीं पा रहा है। अच्छे और बुरे के बीच का फ़र्क़ ख़त्म–सा होता जा रहा है। दरअसल राजेन्द्र कुमार को लगता है कि जो भी साहित्य लिखा जा रहा है वह

प्रबुद्ध पाठकों तक ही पहुँच पाता है। राजेन्द्र कुमार कहते हैं कि अगर आप लिटरेचर फ़ेस्टिवल या पुस्तक मेलों में देखें तो प्रबुद्ध पाठक ही वहाँ पहुँच पाते हैं। ज़रूरत इस बात की है कि सामान्य पाठकों को साहित्य से जोड़ा जाये। मौजूदा दौर का लेखन सामान्य पाठकों तक नहीं पहुँच पाने को वे साहित्य के लिए गम्भीर संकट मानते हैं। वे कहते हैं कि इस वक़्त रचनात्मकता के अनुकूल समय नहीं है। अख़बारों और टेलीविज़न के दौर में साहित्य की जगह सिकुड़ती जा रही है। राजेन्द्र कुमार यह भी कहते हैं कि साहित्य के पाठक हैं, लेकिन उनको अच्छा साहित्य मिलता नहीं है और ख़राब पढ़कर वे निराश हो जाते हैं। दूसरा पुस्तकों के दाम इतने ज़्यादा होते हैं कि वे आम पाठकों की पहुँच से बाहर होने लगे हैं। जो आलोचक भी लिख रहे हैं वे रचनाकारों के लिए ही लिख रहे हैं। समाज से साहित्य का सीधा संवाद बाधित हो रहा है। ज़रूरत इस बात की है कि सृजनात्मक साहित्य का ऐसा मूल्यांकन हो जो आम जनता तक पहुँच सके और उनकी एक समझ विकसित हो सके। राजेन्द्र कुमार का मानना है कि यह काम हिन्दी विभागों के शिक्षकों को करना चाहिए और वे ही इसको बेहतर कर सकते हैं। वे इस बात से क्षुब्ध नज़र आते हैं कि हिन्दी विभागों के शिक्षक इस काम को कर नहीं पा रहे हैं। उनका मानना है कि कॉलेजों और विश्वविद्यालयों के शिक्षक अच्छी और बुरी रचना के बीच फ़र्क़ की समझ विकसित कर सकते हैं। राजेन्द्र कुमार कहते हैं कि अगर मात्रा की दृष्टि से देखें तो लिखा बहुत जा रहा है, लेकिन सारा पढ़ पाना मुश्किल होता है लिहाज़ा बहुत कुछ अच्छा छूट जाता है।

राजेन्द्र कुमार का मानना है कि कविता भी बहुत लिखी जा रही है, लेकिन पढ़ी कम जा रही है। वे साफ़ तौर पर इसको स्वीकार करते हैं कि इन दिनों ज़्यादातर कवि ही कविताएँ पढ़ते हैं। उनका मानना है कि कविता का एक अनुशासन होता था जिसमें छन्द, अलंकार, लय आदि होते थे लेकिन जब से यह अनुशासन ख़त्म हुआ है एवं कविता और गद्य का फ़र्क़ मिट गया है तब से कविता को आम पाठकों को समझने में दिक़्क़त होने लगी है और वह इससे दूर होने लगा है। हालाँकि वे यह मानते हैं कि गद्यात्मक कविता में भी लय होती है जिसको मुक्तिबोध की कविताओं में देखा जा सकता है।

लम्बी लकीर खींचनी होगी

-रजनी गुप्त

रजनी गुप्त हिन्दी कथा परिदृश्य का एक ऐसा नाम है जो साहित्य के हो–हल्ले से दूर रचनाकर्म में गम्भीरता से जुटी रहती हैं। बुन्देलखण्ड की धरती पर पैदा हुई रजनी गुप्त ने दिल्ली के जवाहरलाल विश्वविद्यालय से एम.फिल. और पीएच.डी किया है। माना जाता है कि जे.एन.यू. से निकलकर साहित्य की दुनिया में आने वाला लेखक एक ख़ास विचारधारा के खूँटे से बँधा होता है, लेकिन रजनी गुप्त ने किसी वाद या धारा के साथ बहने से बेहतर अपनी लकीर खींचने में ध्यान लगाया। अब तक उनके चार उपन्यास प्रकाशित हो चुके हैं। उनका उपन्यास 'यह आम रास्ता नहीं है' अपनी विषयगत नवीनता की वजह से ख़ास चर्चित हुआ था। रजनी गुप्त ने अपने इस उपन्यास में सरकारी तन्त्र की विद्रूपता के अलावा राजनीति में स्त्री–शोषण के एक अन्य आयाम के बहाने से राजनीति के घिनौने चेहरे को उघाड़कर रख दिया था। रजनी गुप्त के दो कहानी संग्रह भी प्रकाशित हो चुके हैं। इसके अलावा रजनी गुप्त ने स्त्री की समस्याओं पर भी विपुल लेखन किया है जो किताब की शक्ल में भी उपलब्ध है। उन्हें उत्तर प्रदेश हिन्दी संस्थान के अलावा कई अन्य पुरस्कार मिल चुके हैं। उनको 'क़लमकार कहानी सम्मान' से नवाज़ा गया है। उनकी कहानी ने क़लमकार अखिल भारतीय कहानी प्रतियोगिता में दूसरा स्थान प्राप्त किया था। वे साहित्यिक पत्रिका 'कथाक्रम' के सम्पादन से पिछले दस सालों से जुड़ी हैं।

समकालीन साहित्य को उलटने–पुलटने लगती तो फिर वही अपनी प्रिय विधा कथा–साहित्य पर ही निगाहें टिक जातीं जहाँ देर तक थमकर एक बड़े जीवन को बृहद् परिप्रेक्ष्य में देखा जा सके। यूँ तो इस साल कई उपन्यास छपे मगर जो अभी तक स्मृति में स्थिर हैं, उनमें से कुछ

ख़ास हैं, 'जया जादवानी को मिठो पान खारो पाणी', उषा प्रियंवदा का 'नदी', मैत्रेयी पुष्पा का 'फ़रिश्ते निकले,' अखिलेश का निर्वासन, हरेप्रकाश उपाध्याय का 'बखेड़ापुर' और अल्पना मिश्र का 'अन्हियारे तलछट पर चमका'। दरअसल वे कृतियाँ देर तक टिकती हैं जिनमें कुछ स्थायी महत्त्व के सार्थक जीवन मूल्य हों, किसी ओट में रह गयी सच्चाई से पाठकों को अवगत कराया गया हो। जया के उपन्यास 'मितो पाणी खारो पाणी', जहाँ आज के सन्दर्भों में बदलते गाँवों के निःसंगता का चित्रण करता है वहीं हरेप्रकाश उपाध्याय का 'बखेड़ापुर' हो, जहाँ समय के बदलते दौर में नये सन्दर्भों को जोड़ने की पुरज़ोर कोशिश की गयी हो। अखिलेश के उपन्यास 'निर्वासन' में वृत्तान्तों की प्रचुरता से कथारस बाधित होता है। इसी तरह से उषा प्रियवदा ने विदेश में रहती स्त्री की आधुनिक चेतना से जोड़कर नये सिरे से खोलने की कोशिश की गयी है। जैसे 'नदी' उपन्यास में कथाकार उषा जी ने किया है।

कहानियाँ इधर ख़ूब लिखी जा रही हैं और नये हस्ताक्षर आश्वस्त भी करते हैं। पंकज सुबीर और विवेक मिश्र की कहानी पठनीय है और आधुनिक जीवन की विडम्बनाओं पर प्रश्नचिह्न भी लगाते हैं। मगर लेखिकाओं की कोई यादगार कहानी 'मेरी स्मृति में पता नहीं' क्यों नहीं है। कितनी कहानियाँ पढ़ती रहतीं मगर एक भी याद क्यों नहीं आ रही, यह सवाल सोचने पर विवश करता है कि मात्र लिखना व छपना ज़रूरी नहीं होता, ज़रूरी होता है, कुछ ऐसा नायाब लिखना जो पाठकों को सोचने पर विवश करे और देर तक किरदार यादों में ज़िन्दा रह सके। सचमुच यह स्थिति चिन्ताजनक है। प्रेम भारद्वाज की 'हाशिए पर हर्फ़' के लेख आश्वस्त करते हैं। आज के दौर में जो चिन्ताजनक हालात हैं वे नुकीले तरीक़े से उन पर बेधड़क निशाना साधने से नहीं चूकते। मैनेजर पाण्डेय की 'संवाद परिसंवाद' किताब में आधुनिक साहित्य की कई विधाओं पर उन्होंने बेबाकी से अपना मत व्यक्त किया है।

कथा साहित्य में परम्परा का विकास नहीं

–रामधारी सिंह दिवाकर

लगभग आधे दशक से साहित्य की दुनिया में सक्रिय रामधारी सिंह दिवाकर ने विपुल लेखन किया है। 1971 में जब इनकी कहानी साहित्यिक पत्रिका 'नयी कहानियाँ' में छपी तो आलोचकों का ध्यान इनकी ओर गया। रामधारी सिंह दिवाकर ने कहानी के अलावा उपन्यास लेखन भी किया है। मिथिला विश्वविद्यालय में हिन्दी के शिक्षक रहे रामधारी सिंह दिवाकर लम्बे समय तक बिहार राष्ट्रभाषा परिषद् के अध्यक्ष रहे। उनके अब तक तेरह कहानी संग्रह और सात उपन्यास प्रकाशित हो चुके हैं। उनके चर्चित कहानी संग्रहों में 'माटी–पानी', 'वर्णाश्रम', 'हड़ताली मोड़', 'बीच से टूटा हुआ' आदि प्रमुख हैं। उनका उपन्यास 'दाख़िल ख़ारिज' भी पाठकों के बीच काफ़ी लोकप्रिय रहा था। इसके अलावा उनकी चर्चित कृतियाँ हैं–'अकाल सन्ध्या', 'आग पानी', 'अकाश', 'पंचमी तत्पुरुष' आदि। उनको अब तक कई पुरस्कार मिले भी हैं जिनमें बिहार राष्ट्रभाषा पुरस्कार, दिल्ली हिन्दी अकादमी का पुरस्कार और बनारसी प्रसाद भोजपुरी सम्मान प्रमुख हैं।

रामधारी सिंह दिवाकर को सबसे बड़ी शिकायत कविता से है क्योंकि उनका मानना है कि इन दिनों कविता जन से कटती जा रही है और उसकी सामाजिक सम्बद्धता भी लुप्त होती जा रही है। कविता की दुनिया में नज़र डालने पर यह साफ़ तौर पर दिखायी पड़ता है कि कविता किसके लिए लिखी जा रही है। उनके मुताबिक़ इन दिनों कवि बनना बड़ा आसान हो गया है क्योंकि कवियों को लय की चिन्ता तो करनी नहीं पड़ती है। लयात्मकता और जनपक्ष की चिन्ता के बग़ैर कविता पाठकों से दूर होती जा रही है जो बेहद चिन्ता की बात है। वे खिन्न होकर कहते हैं कि अगर कविता को गद्य में ही लिखा जाना है तो फिर लय की चिन्ता क्यों।

वे यहाँ ज़ोर देकर कहते हैं कि लय से उनका अभिप्राय छन्द नहीं है। वे यह सवाल भी उठाते हैं कि इन दिनों कवियों को अपनी कविताएँ कागज़ देखकर क्यों पढ़नी पड़ती हैं? क्यों नहीं उनकी ख़ुद की कविताएँ उनकी जिह्वा पर विराजमान हो पाती हैं। इसकी वजह रामधारी सिंह दिवाकर लयात्मकता का न होना मानते हैं। वे कहते हैं कि आज के जो भी सगावृत कवि हैं उनके आदर्श नागार्जुन, त्रिलोचन और शमशेर हैं, लेकिन नये कवियों ने अपना आदर्श या तो राजकमल को बना लिया है या गिंसबर्ग को। इस सन्दर्भ में वे मैनेजर पाण्डे की एक उक्ति दोहराते हैं–कविता तिरस्कृत हो रही है और कवि पुरस्कृत हो रहे हैं।

रामधारी सिंह दिवाकर साफ़गोई से कहते हैं कि कहानी और उपन्यास, साहित्य की इन दो विधाओं ने पाठकों को जोड़े रखा है। उनके मुताबिक़ कहानी अपना निज धर्म अब तक बचाये हुए है लेकिन यहाँ भी वे यह जोड़ना नहीं भूलते हैं कि पुरानी पीढ़ी के ही कहानीकार इस धर्म को बचाकर चल रहे हैं। रामधारी सिंह दिवाकर ज़ोर देकर कहते हैं कि अभी भी कथारस का प्रवाह आपको पुरानी पीढ़ी के कथाकारों में ही दिखायी देगा। उनके मुताबिक़ जो नयी पीढ़ी के कथाकार आ रहे हैं उनमें यथार्थ और जीवन बोध ज़रा कम है। रामधारी सिंह दिवाकर कहते हैं कि नयी पीढ़ी के कथाकार और उपन्यासकार अपनी रचनात्मकता में जीवनबोध का कम तकनीक का ज़्यादा उपयोग करते हैं, लिहाज़ा अगर देखें तो युवा लेखकों की कहानियों में तकनीक का बोलबाला नज़र आता है। दिवाकर जी का मानना है कि अगर साहित्य समाज से रू–ब–रू नहीं है या बदलती दुनिया के महीन यथार्थ को अपनी कृतियों में पकड़कर पेश नहीं कर पाते हैं तो वह बहुत काम की चीज़ नहीं बन पाती है। वे कहते हैं कि साहित्यिक पत्रिकाओं के विशेषांक निकाल देने से और उसमें कहानियों के छप जाने से कहानीकार के रूप में स्वीकार्यता मिल जाये, यह ज़रूरी नहीं है। वे नये कथाकारों की रचनाओं में प्रेमचन्द की परम्परा का विकास नहीं देखते हैं। वह इस बात से भी चिन्तित नज़र आते हैं कि इन दिनों कहानी या उपन्यास में लोकजीवन में प्रचलित उक्तियाँ कम होती जा रही हैं और वे एक सिरे से ग़ायब ही नज़र आता है।

सैद्धान्तिक साहित्य को पाठकों ने नकारा

–रत्नेश्वर

रत्नेश्वर हिन्दी कथा जगत का जाना–माना नाम है। उनकी कहानी 'लेफ्टिनेंट हडसन' में पाठकों को एक अलग तरह का स्वाद मिला था। पत्रकारिता के अलावा रत्नेश्वर संस्कृतिकर्म से भी जुड़े हुए हैं। मशहूर पटना पुस्तक मेले में उनकी बड़ी भूमिका रहती है। पटना पुस्तक मेले को बिहार के सांस्कृतिक उत्सव में तब्दील करने में रत्नेश्वर का अहम योगदान है। रत्नेश्वर की अब तक कुल सत्रह किताबें प्रकाशित हो चुकी हैं। इनमें दो कहानी–संग्रह 'लेफ्टिनेंट हडसन' और 'सिम्मड़ सफ़ेद' महत्त्वपूर्ण है। व्यक्तित्व विकास पर लिखी उनकी किताब 'जीत का जादू' हिन्दी की बेस्ट सेलर है। रत्नेश्वर ने अपना पहला उपन्यास 'रेखना मेरी जान' लिखकर ख़त्म किया है। रेखना के नाम से उनकी एक कहानी भी है। पिछले साल उनकी किताब 'मीडिया लाइव' की भी ख़ूब चर्चा रही थी। रत्नेश्वर को सूचना एवं प्रसारण मन्त्रालय का 'भारतेन्दु हरिश्चन्द्र पुरस्कार' मिल चुका है। साहित्य से गहरे जुड़े रत्नेश्वर का मानना है कि साहित्य का वर्तमान परिदृश्य ख़ुद में उलझा हुआ–सा है। उनके मुताबिक़ लेखकों को ख़ुद पता नहीं है कि वे किसके लिए लिख रहे हैं और उनका पाठक वर्ग कौन–सा है, न ही उन्होंने ऐसा कोई प्रयास किया है कि उनका एक ख़ास पाठक वर्ग तैयार हो और न ही उनका लेखन ही ऐसा है जो एक ख़ास वर्ग को लक्षित करता हो। उनका कहना है कि पहले के लेखक इन्हीं बातों को ध्यान में रखते हुए विविध लेखन और बाल साहित्य लिखते थे।

हज़ारों की संख्या में सैद्धान्तिक और चर्चित साहित्यिक मूर्ति हमारे बीच पहले से उपस्थित हैं और उनकी बिक्री आज भी हो रही है।

रत्नेश्वर का मानना है कि सैद्धान्तिक साहित्य को पाठक पूरी तरह

नकार रहे हैं क्योंकि उनमें कहानी से ज़्यादा विचार प्रबल होते हैं। वे कहते हैं कि आजकल मोटे–मोटे उपन्यासों का लेखन भी ख़ूब हो रहा है।...पर अधिकांश उपन्यास विवरणात्मक शैली में लिखे जा रहे हैं। उनका मानना है कि उपन्यास या कहानी क़िस्सागोई की चासनी में ऐसे लिपटे हो कि पाठक अन्त तक बहता चला जाये। आज के अधिकांश उपन्यासों और कहानियों के विवरण शैली को पाठक झेल ही नहीं पाते और उनमें ऊब पैदा होती है। मतलब साफ़ है–शायद आज के साहित्यकार का टारगेट आलोचक और पुरस्कार होते हैं! जो साहित्य उनके लिए लिखा नहीं गया, ऐसे में भला पाठक आपको क्यों तरजीह देने लगे?

वे इस बात पर चिन्ता प्रकट करते हैं कि हिन्दी पढने–जानने वालों की संख्या क़रीब साठ–सत्तर करोड़ है। तो क्या हमारा लक्ष्य उनमें से कम–से–कम सात लाख हिन्दी प्रेमियों को पाठक बनाने का नहीं होना चाहिए? उनका मानना है कि लेखक का दायित्व अच्छा साहित्य लिखना तो है ही उसे पाठकों तक पहुँचाना भी है। अन्यथा जंगल में मोर नाचा किसने देखा!

रत्नेश्वर के मुताबिक़ एक पीढ़ी पन्द्रह से बीस साल की मानी जानी चाहिए, लिहाज़ा यह कहा जा सकता है कि तीन–से–चार पीढ़ियाँ इस समय एक साथ काम कर रही हैं। वे कहते हैं कि तुलसीदास के समय में पन्द्रह सौ कवि एक साथ रचनाकर्म में लगे हुए थे। कहा जाता है कि जब एक साथ अनेक लोग एक ही क्षेत्र में काम कर रहे हों तो उस क्षेत्र का विस्तार होता है, उसमें पैनापन और निखार आता है। घने वन में विशाल वृक्ष के नीचे छोटे–छोटे पौधों का उगना प्रकृति का सिद्धान्त है। कविता चाहे जिस स्तर पर लिखी जा रही हो उससे समाज में आध्यात्मिकता का संचार होता है। इसलिए इतनी संख्या में कवियों का होना चिन्ता की बात नहीं यह तो कविता का विस्तार है। देखना तो यह है कि प्राथमिक गुरुत्वाकर्षण को भेदकर कौन कवि पाठकों की कक्षा में शामिल हो पाता है और अपनी कविता को काल के गाल से कब तक सुरक्षित रख पाता है ।

रत्नेश्वर साहित्य के लिए सोशल मीडिया का विस्तार बहुत ही लाभकारी मानते हैं। उनके मुताबिक़ आज के कई सचेत लेखकों ने सोशल मीडिया को अपने साहित्य के बाज़ार का प्लेटफ़ॉर्म बनाया। वे इसको सुखद मानते हुए कहते हैं कि लेखक अब प्रकाशकों के बाज़ार तन्त्र से बाहर निकलकर अपना लोहा मनवा रहे हैं और पाठकों तक सीधा पहुँच रहे हैं। न ही उन्हें

साहित्यिक मठाधीशों के फ़तवेबाज़ी की ज़रूरत है और न ही प्रकाशकों के कूप बाज़ार तन्त्र की।

सोशल मीडिया के माध्यम से लेखक अपने विचारों से अवगत कराता रहता है। इससे लेखक के चरित्र–व्यक्तित्व को समझने में पाठकों को आसानी होती है और पाठकों का बौद्धिक विस्तार भी होता है। सोशल मीडिया एक ऐसा माधयम है जो लेखक को समाज का हीरो होने का एहसास दिलाता है। यहाँ पाठक लेखक द्वारा निर्मित पात्र बनने का सपना पालने लगता है। यही लेखक की सफलता है।

न्यूज़ चैनलों के सामने साख का संकट

–रवीन्द्र कालिया

रवीन्द्र कालिया हिन्दी के उन वरिष्ठ कथाकारों में शामिल हैं जिन्होंने अपनी लेखनी के माध्यम से हिन्दी साहित्य को समृद्ध किया। अपने सम्पादन कौशल से हिन्दी में युवा लेखकों की एक पूरी पीढ़ी तैयार कर दी। रवीन्द्र कालिया के लिखे संस्मरण इस विधा के लिए थाती हैं। उनकी पच्चीस से अधिक पुस्तकें प्रकाशित हो चुकी हैं। रवीन्द्र कालिया के सम्पादन में 'वर्तमान साहित्य' का कहानी महाविशेषांक किसी भी साहित्यिक पत्रिका का इतना बड़ा आयोजन था जिसे दो दशक बीत जाने के बाद भी कोई छू नहीं सका है। दो खण्डों में प्रकाशित उस पत्रिका की अनुगूँज अब भी साहित्य जगत में सुनाई दे रही है। हिन्दी के न्यूज़ चैनल महाबहस, महाकवरेज़ जैसे शब्द इस्तेमाल करते हैं जिसको कालिया जी ने नब्बे के दशक की शुरुआत में इस्तेमाल किया था। 'नौ साल छोटी पत्नी', 'चकैया नीम', 'ज़रा–सी रोशनी', 'गली कूचे' आदि उनके प्रमुख कहानी संग्रह हैं। 'ख़ुदा सही सलामत है', 'एबीसीडी' और '17 रानडे रोड' उनके चर्चित उपन्यास हैं। कालिया जी के संस्मरण भी बेजोड़ होते हैं। 'ग़ालिब छुटी शराब' उनके संस्मरणों की वह किताब है जिसके दर्जनों एडिशन प्रकाशित हो चुके हैं। इसके अलावा भी उनकी संस्मरणों की किताब स्मृतियों की जन्मपत्री, कॉमरेड मोनालिसा। कालिया जी ने कई कहानी संकलनों का सम्पादन भी किया है। इसके अलावा रवीन्द्र कालिया धर्मयुग से भी जुड़े रहे हैं। लम्बे समय तक उन्होंने कोलकाता से निकलने वाली पत्रिका वागार्थ का भी सम्पादन किया और फिर वे भारतीय ज्ञानपीठ के निदेशक होकर दिल्ली आ गये और फिर नया ज्ञानोदय का सम्पादन सँभाला। कालिया जी के सम्पादन में नया ज्ञानोदय के कई विशेषांक निकले, जिन्होंने हिन्दी साहित्य को

झकझोर कर रख दिया था। रवीन्द्र कालिया को उत्तर प्रदेश सरकार का लोहिया अतिविशिष्ट सम्मान, साहित्य भूषण सम्मान, मध्य प्रदेश साहित्य अकादमी का पदुमलाल पुन्नालाल बख्शी सम्मान समेत कई पुरस्कार और सम्मान मिल चुके हैं। कालिया जी ने अन्तरराष्ट्रीय स्तर के कई कार्यक्रमों में हिस्सा लेने के लिए कई देशों की यात्राएँ भी की हैं।

रवीन्द्र कालिया के मुताबिक़ साहित्य का भविष्य नयी पीढ़ी के लेखकों पर ही निर्भर करता है। उनके मुताबिक़ यह इस वक़्त मौजूद सभी पीढ़ियों में से ज़्यादा पोटेंशियल पीढ़ी है। उन्होंने बताया कि उनकी पीढ़ी के बाद कई पीढ़ियाँ आयीं जो बहुत बड़े–बड़े दावा करती हैं, लेकिन उम्मीद सिर्फ़ युवा पीढ़ी ही जगाती है। रवीन्द्र कालिया साहित्य में तकनीक के इस्तेमाल के बड़े पक्षधर हैं। उनका मानना है कि बग़ैर तकनीक को समझे वर्तमान समय के यथार्थ को समझ पाना मुमकिन नहीं है। उन्होंने बताया कि उनके बाद की जो पीढ़ी थी वह कम्प्यूटर निरक्षर पीढ़ी थी। उन्हें इस बात का ताज्जुब होता है जब कोई बड़ा लेखक कहता है कि उन्हें एस.एम.एस. देखना नहीं आता है, ई–मेल करना नहीं आता है। अब ऐसे लोगों से क्या अपेक्षा की जा सकती है। रवीन्द्र कालिया के मुताबिक़ सोशल मीडिया अभिव्यक्ति का बेहतर माध्यम है। रवीन्द्र कालिया का मानना है कि सोशल मीडिया अपने आप को उद्घाटित करने का बेहतर मंच भी है। वो कहते हैं कि सोशल मीडिया ने उन लोगों को भी मंच दिया है जो कवि नहीं भी हैं, लेकिन अपनी पीड़ा और अपनी भावनाओं को साझा करना चाहते हैं। रवीन्द्र कालिया पत्रकारिता में ख़ासतौर पर इलेक्ट्रॉनिक और प्रिंट मीडिया की छीजती साख से भी चिन्तित नज़र आते हैं। उनके मुताबिक़ इलेक्ट्रॉनिक और प्रिंट मीडिया के लिए ट्विटर एक बड़ी चुनौती के तौर पर उभरा है। उनके मुताबिक़ जब वे न्यूज़ चैनलों को देखते हैं तो ऐसा लगता है कि उनको चापलूसी करनी भी नहीं आती। चापलूसी के लिए भी एक शऊर की ज़रूरत होती है। उनके मुताबिक़ अब तो हालात ये हो गये हैं कि न्यूज़ चैनल देखने की इच्छा ही नहीं होती क्योंकि सोशल साइट्स पर सारी जानकारी मिल जाती है। रवीन्द्र कालिया अपने तर्क के इस सन्दर्भ में गुलज़ार को मिले एक पुरस्कार को याद करते हैं और बताते हैं कि गुलज़ार साहब से पहले और न्यूज़ चैनलों पर आने से पहले उसका प्रसारण सोशल मीडिया पर हो गया था।

कविता का विपदकाल

–सत्य व्यास

बनारस को केन्द्र में रखकर 'बनारस टॉकीज़' के नाम से एक उपन्यास प्रकाशित हुआ था तो उसकी साहित्य जगत में जमकर चर्चा हुई थी। काशी हिन्दू विश्वविद्यालय की पृष्ठभूमि पर लिखा गया यह उपन्यास बेस्ट सेलर रहा। इस उपन्यास के लेखक हैं–सत्य व्यास। सत्य व्यास ने मैनेजमेंट और क़ानून की पढ़ाई करने के बाद रेलवे की नौकरी की। रेलवे की नौकरी के बावजूद सत्य व्यास की रुचि ब्लॉगिंग, कविता और संगीत में भी रही। बनारस टॉकीज के बाद उनका दूसरा उपन्यास 'दिल्ली दरबार' आया। सत्य व्यास की भाषा को लेकर भी हिन्दी साहित्य में ख़ूब चर्चा हुई। सत्य व्यास का मानना है कि अगर हिन्दी साहित्य को दशकों में बाँटकर देखा जाये तो उसका वर्तमान पहले की अपेक्षा ज़्यादा समावेशी, भविष्योन्मुख और विस्तृत दिखता है। सत्य कहते हैं कि अब हिन्दी और सृजनात्मक लेखन विश्वविद्यालयों और हिन्दी विभागों से लगभग आज़ाद हो चुका है और विभागों में भी इस तरह की मानसिकता व्याप्त होने लगी है कि उनके दायरे के बाहर के लेखक भी हिन्दी के लिए अस्पृश्य नहीं हैं। सत्य व्यास उपन्यास पर बात करते हुए मानते हैं कि उसकी विषय–वस्तु अब विश्वविद्यालयीय लेखन परिपाटी को चुनौती दे रही है। कमोबेश अगर देखा जाये तो उस पर भारी भी है। वे मानते हैं कि साहित्य की अन्य विधाओं से इतर उपन्यास लेखन के लिए यह अनुकूल परिवेश है।

सत्य व्यास लेखन में नयी पीढ़ी के आगमन को लेकर एक बेहद दिलचस्प तर्क देते हैं। उनके मुताबिक़ लेखन में एक नयी पौध को आना ही था क्योंकि पिछली पीढ़ी के लेखक अब उस वय में पहुँच गये हैं जहाँ ज़्यादातर लेखक आत्मकथा लिखने के मुक़ाम पर आ पहुँचे हैं। उनका मानना है कि सूचना क्रान्ति के विस्फोट ने जीवन में इतने

बदलाव ला दिये जो साफ़ तौर पर रेखांकित किये जा सकते हैं। यह प्रभाव जीवन, समाज, धारणाओं, विचारों में भी प्रत्यक्षतः दृष्टिगोचर होता है। ज़ाहिर है कि यह साहित्य में भी आये। सत्य के मुताबिक़ नये लेखक चूँकि अलग–अलग सामाजिक, वैचारिक और अकादमिक स्तर से आ रहे हैं, इसलिए उनके लेखन में एक अलहदापन, एक ताज़गी एक अनाघ्रातता है।

सत्य व्यास से जब हिन्दी में हज़ारों कवियों के सृजनरत होने के बारे में सवाल पूछा गया तो वे कहते हैं कि इस वक़्त को वे कविता का विपदकाल कहते हैं। उनके मुताबिक अगर कविता, ग़ज़ल और नज़्मों को अलग रखकर न देखा जाये तो यह कहना अतिश्योक्ति नहीं होगी कि पाठकों का पहला साहित्यिक प्रेम अमूमन कविता ही होती है। वे मानते हैं कि वे भी इसके अपवाद नहीं हैं, लेकिन कविता की दुर्दशा से वे खिन्न नज़र आते हैं। वे साफ़गोई से कहते हैं कि यहाँ बहानों की कमी भी नहीं है। किसी को कविता के अवयव बतायें तो वह फ़ौरन अकविता की आड़ में कमियाँ छुपा लेता है। किसी को बहर की महत्ता बताये तो वह ग़ज़ल से गणित निकालने की नसीहत दे देता है। कविताओं का लिखा जाना बुरा नहीं है। बुरी कविताओं का बुरा न कहा जाना सोचनीय है और उससे भी ज़्यादा सोचनीय है कविताओं को ख़राब कहे जाने पर कवि द्वारा खुद को ख़राब समझ लिए जाने की मूर्खतापूर्ण प्रवृत्ति।

अच्छी कविताएँ भी इसी दौर में लिखी जा रही हैं, मगर उन्हें कुकविताओं के भूसे के ढेर से ढूँढ़ना पड़ता है। साहित्य के लिए सोशल मीडिया के विस्तार को वे नवोन्मेष की तरह देखते हैं। उनका कहना है कि नवोन्मेष कैसा भी हो, अपने साथ लाभ और हानि लाता ही है। सोशल मीडिया भी इससे अछूता नहीं है।

साहित्य में सोशल मीडिया का सकारात्मक योगदान यह रहा कि इसने एक प्लेटफॉर्म पर पाठक उपलब्ध कराये। साहित्यिक मठाधीशी पर प्रहार किया। लेखकों के प्रकाशकों तक की दुरूह पहुँच को सुलभ किया और बहस को एक अलग विधा के रूप में स्थापित किया। दूसरी तरफ़ सोशल मीडिया ने ही पाठक की फ़ौरी प्रतिक्रिया को समीक्षा का रूप देने के ग़लत चलन को भी प्रश्रय दिया। दबी छुपी साहित्यिक गुटबाज़ियों को इस मंच ने अनचाहे रूप से उभारा ही है। लेखकों तथा साहित्यकारों पर व्यक्तिगत और अप्रिय कटाक्ष भी इसी मीडिया का एक काला पक्ष है।

मनोरंजन प्रधान कहानियों की बहुतायत

–शैवाल

कथाकार शैवाल को फ़िल्म और साहित्य के बीच की कड़ी माना जाता है। उनकी कहानियों पर कई फ़िल्में बन चुकी हैं। मशहूर निर्देशक प्रकाश झा ने उनकी कहानी 'दामुल' और 'मृत्युदण्ड' पर इसी नाम से फ़िल्म बनाई थी जो काफ़ी सफल रही थी। हाल ही में उनकी कहानी पर भोजपुरी फ़िल्म 'बाहुबली' का निर्माण किया गया। उनके दो कविता संग्रह 'वागमती' और 'आँधिया और रघुदास' ख़ासे चर्चित रहे हैं। उनके कहानी–संग्रहों में से 'समुद्रगन्धा', 'मरुयात्रा' और 'दामुल' और अन्य कहानियाँ ने हिन्दी साहित्य में सार्थक हस्तक्षेप किया था। शैवाल ने कई उपन्यास भी लिखे हैं जिनमें 'दामुल', 'काला कहवा' और 'शैम्पेन के बीच का सफ़र', 'कजलाहट और महायात्रा' प्रमुख हैं। शैवाल की एक कविता पर अस्सी के दशक में प्रकाश झा ने एक डॉक्यूमेंट्री बनाई थी जोकि बिहारशरीफ़ के दंगों पर केन्द्रित थी।

शैवाल का मानना है कि इस वक़्त साहित्य महानगरों तक सीमित होता जा रहा है और उसमें गाँव अनुपस्थित होता जा रहा है। उनका कहना है कि जिस तरह से फ़िल्मों से गाँव–देहात ग़ायब होते जा रहे हैं उसी तरह से कहानियों से भी। शैवाल इस बात से क्षुब्ध नज़र आते हैं कि विचारधारा वाली या दृष्टिसम्पन्न कहानियाँ इन दिनों नहीं लिखी जा रही हैं। उनका मानना है कि इस तरह की कहानियों की जगह अब मनोरंजन प्रधान कहानियों ने ले ली है। उनके मुताबिक़ ग्लोबलाइजेशन के बढ़ते ज़ोर से रचनात्मकता में भी फ़र्क़ आया है। समाज में अलग ही क़िस्म की अन्धी दौड़ देखने को मिल रही है और यही फ़र्क़ साहित्य में भी दिखायी देता है। आज हालात यह है कि किसी के पास समय ही नहीं है और हर कोई अन्धी दौड़ में शामिल हो गया है। आज के पाठक

भी मनोरंजन चाहते हैं और सामाजिक समस्याओं से कतराने का उनका इरादा साफ़ तौर पर रेखांकित किया जा सकता है। यही फ़िल्मों का भी हाल है। दरअसल अंग्रेज़ी माध्यम के स्कूलों से पढ़ाई करने वाले अब चेतन भगत जैसे लेखकों को पढ़ने लगे हैं। शैवाल का मानना है कि इंटरनेट के विस्तार ने मनोरंजन की इस भूख को बढ़ाया है। वे साफ़ तौर पर कहते हैं कि सोशल मीडिया के फैलाव से साहित्य का नुक़सान हो रहा है। अब लेखक सिर्फ़ अपनी रचनाएँ पढ़वाना चाहते हैं, सोशल मीडिया पर पोस्ट की गयी रचनाओं को दूसरे लोग कितना पढ़ते हैं यह ज्ञात नहीं हो पाता है। वहाँ अगर देखें तो स्तरीय वैचारिक साहित्य पढ़ने को नहीं मिलता है या बहुत ही कम मिलता है। हालात यह है कि चलते–फिरते जो दिख जाये या मिल जाये उस पर पाठक नज़र डाल लेते हैं।

कविता लेखन को शैवाल आसान मानते हैं लिहाज़ा कवियों की ज़्यादा संख्या में मौजूदगी से उनको आश्चर्य नहीं होता है। उनका मानना है कि कविता लिखने में कहानी या उपन्यास की अपेक्षा कम वक़्त और मेहनत लगता है लिहाज़ा ज़्यादा लेखक उस ओर आकर्षित हो जाते हैं। कविता लिखने में सुगम है इसलिए आप देखेंगे कि ज़्यादातर लेखक अपने लेखन की शुरुआत कविता से करते हैं। वे सवाल उठाते हैं कि आज कोई धूमिल जैसा कवि क्यों नहीं दिखायी देता है। बेहद तल्ख़ अन्दाज़ में कहते हैं कि क्या आज सोशल मीडिया में यह ताक़त है कि वह अरुण कमल या फिर आलोक धन्वा जैसा कवि पैदा कर सके। वे बताते हैं कि उनके पास भी व्हाट्सएप पर कविताएँ आती हैं जिनमें से ज़्यादातर चुटकुले जैसे होते हैं। शैवाल कहते हैं कि कविता हो, कहानी हो या फिर कोई अन्य विधा इन दिनों गम्भीर पाठकों का भी नितान्त आभाव नज़र आता है। अब साहित्य भी वीकएंड की चीज़ हो गयी है। वहाँ भी चाहत मनोरंजन की होती है। पहले तो होता यह था कि पाठक तय करते थे कि उर्दू की, बांग्ला की, मराठी की या फिर हिन्दी की अमुक रचना पढ़नी है। क्या आज ऐसा हो रहा है। उनके मुताबिक़ यह सब सुसंगत विचारधारा के अभाव में हो रहा है।

ग्रीस की गलियों का चित्रण

–शिखा वार्ष्णेय

संस्मरण हिन्दी में अपेक्षाकृत नयी विधा है जिसका आरम्भ द्विवेदी युग से माना जाता है। इस विधा का असली विकास छायावादी युग में हुआ। इस काल में सरस्वती, सुधा, माधुरी, विशाल भारत आदि साहित्यकार पत्रिकाओं में कई उल्लेखनीय संस्मरण प्रकाशित हुए। आगे चलकर छायावादोत्तर काल में तो यह विधा पूरी तरह से एक स्वतन्त्र विधा के रूप में स्थापित हुई। संस्मरण साहित्य की सबसे अनमोल निधि वे पत्र–पत्रिकाएँ हैं जिनमें संस्मरणात्मक लेख नियमित रूप से प्रकाशित हुए या होते रहे। न सिर्फ़ हिन्दी के लेखकों ने इस बेहतरीन संस्मरण को लिखकर इस विधा को स्थापित किया बल्कि कुछ विदेशी विद्वानों ने भी हिन्दी में अच्छे संस्मरण लिखे। प्रसिद्ध रूसी विद्वान 'ये पे चोली सेव' का संस्मरण 'निराला : जीवन और संघर्ष के मूर्तिमान' आज भी हिन्दी पाठकों की स्मृति में जीवन्त है। भारत के बाहर रहने वाले चन्द भारतीय गम्भीरता के साथ अपनी मातृभाषा में न केवल लेखन कर रहे हैं बल्कि अपनी भाषा को लेकर सजग भी हैं। मूलतः उत्तराखण्ड के रानीखेत की और अब लन्दन में रह रही पत्रकार और लेखक शिखा वार्ष्णेय कविताओं के अलावा संस्मरण और यात्रा वृतान्त जैसी हिन्दी की ग़ायब होती विधा को अपनी लेखनी के माध्यम से जिलाये रखने की कोशिश में हैं। उनकी कृति 'स्मृतियों में रूस' को पाठकों ने ख़ासा सराहा। मास्को स्टेट यूनिवर्सिटी से टीवी पत्रकारिता के स्नातकोत्तर में गोल्ड मेडल हासिल करने वाली शिखा वार्ष्णेय को आचार्य हजारी प्रसाद द्विवेदी पत्रकारिता सम्मान से नवाज़ा गया है। ये पुरस्कार लन्दन स्थित उच्चायोग हर साल देता है।

शिखा ने बताया कि हाल ही में मैंने विक्टोरिया हिस्लॉप के कहानी–संग्रह

को पढ़ा। इसके चुनाव की एक वजह यह थी कि यह पुस्तक यूनान के उस जीवन और रहन–सहन से परिचित कराती है जो भारतीय संस्कृति से बहुत मिलती–जुलती है। ग्रीस के पर्यटन के मुख्य केन्द्र के रूप में स्थापित छवि से पूर्णतः अलग है। 'दि लास्ट डांस एंड अदर स्टोरीज' में अंग्रेज़ी की लेखिका विक्टोरिया हिस्लोप अपनी दस कहानियों के माध्यम से पाठकों को ग्रीक जीवन से रू–ब–रू कराती हैं। लेखिका अपनी पच्चीस वर्षों की ग्रीस यात्रा के दौरान वहाँ के ग्रामीण, छोटे और पर्यटन की दृष्टि से अछूते स्थलों को अपनी कहानियों में शामिल करती हैं, जहाँ ग्रीस की प्राचीन संस्कृति और परम्पराएँ साँसें लेती हैं। अपनी इन यात्राओं के दौरान देखे गये असली स्थानों के इर्द–गिर्द लेखिका अपनी कहानी का ताना–बाना बुनती हैं। इसलिए सभी कहानियों के दृश्य, परिवेश और चरित्र बेहद यथार्थपूर्ण प्रतीत होते हैं। इस वजह से इसको पढ़ते हुए यात्रा–वृतान्त का आनन्द मिलता है। अपनी कहानियों के माध्यम से लेखिका ग्रीक जीवन के सभी पहलू समेटती है चाहे वह किसी गाँव का अकेला जवान, सुन्दर पादरी हो, दो भाइयों का आपसी द्वन्द्व हो, गाँवों में शिक्षा और शिक्षक का स्वरूप हो, विवाह, त्योहार आदि के रस्मों–रिवाज हो या सन् 2008 में हुए दुखद प्रदर्शन हो। वह बड़ी ही सरलता और उत्कृष्टता से न केवल हर पहलू पर पूरी दृष्टि डालती हैं, बल्कि ग्रीक नागरिकों की मनोदशा और मानसिकता की भी गहरी समझ का प्रदर्शन करती हैं। एक ओर जहाँ उनकी कहानियों में कैफ़े, बेकरी, शादी के आयोजन जैसे सामाजिक पहलू उजागर होते हैं, वहीं दूसरी ओर ग्रीक समाज में व्याप्त विश्वास और धारणाओं पर भी प्रकाश डालती है। एक कहानी में एक पादरी द्वारा शहद और पानी से बीमारों का इलाज करना हो या गाँव की विधवाओं का पादरी के प्रति आकर्षण की चर्चा हो। इसका निर्वाह लेखिका ने बेहतर तरीक़े से किया है। इन कहानियों में बाहर से आये हुए लोगों के प्रति स्थानीय लोगों का रवैया, युद्ध के बाद के राजनीतिक कारणों से आपसी द्वेष, प्रेम, जुदाई, त्याग, बुजुर्गों के जीवन और रहन–सहन जैसे बिन्दुओं को ग्रीक नागरिकों के मनोविज्ञान और सामाजिक परिवेश के अनुसार लेखिका ने बेहद सूक्ष्मता से निभाया है। कहानीकार के कहने की शैली बेहद रोचक है जो पाठकों को अन्त तक बाँधे रखती है और उन्हें ग्रीस की गलियों से गुज़रने का रोमांच दिलाती है।

साहित्य पर भौतिक संस्कृति हावी

-सुभाष शर्मा

हिन्दी साहित्य में बहुधा कुछ आलोचक अफ़सर साहित्यकारों की उपस्थिति पर सवाल खड़े करते रहते हैं। इस सवाल को उठाने के पीछे की मंशा साफ़ नहीं हो पाती है। यह भी सत्य है कि साहित्य में इन दिनों कुछ मीडीओकर क़िस्म के साहित्यकार अफ़सर सक्रिय हैं जो अपने पद का सुविधानुसार उपभोग करते हुए साहित्य के सारे आकाश को घेरने की जुगत में हैं, लेकिन यह कोई नयी बात नहीं है। पहले भी उच्च पदों पर विराजमान अफ़सर साहित्य में दख़ल देने की कोशिश करते रहे है, लेकिन अशोक वाजपेयी, विभूति नारायण राय, गोविन्द मिश्र, पंकज राग के अलावा चन्द ही ऐसे अफ़सर रहे हैं जो अपनी कृतियों की वजह से साहित्य में लम्बी पारी खेल पा रहे हैं। ऐसे ही एक अफ़सर हैं सुभाष शर्मा। उत्तर प्रदेश के सुल्तानपुर के रहने वाले सुभाष शर्मा प्रशासनिक सेवा में हैं और बिहार में तैनात हैं। सुभाष शर्मा लेखन में लगातार सक्रिय रहते हैं। उनकी एक दर्जन से अधिक किताबें प्रकाशित हो चुकी हैं। कहानी के अलावा सुभाष शर्मा सामाजिक विषयों में भी सार्थक हस्तक्षेप करते हैं। 'बजुबान' तथा 'भूख' और अन्य कहानियाँ उनके दो कहानी–संग्रह हैं। इसके अलावा 'अंगारे' और 'हम भारत के लोग' दो कविता–संग्रह भी प्रकाशित हो चुके हैं। सुभाष शर्मा को राष्ट्रीय मानवाधिकार पुरस्कार और बिहार राष्ट्रभाषा परिषद् के सम्मान से सम्मानित किया जा चुका है।

सुभाष शर्मा का मानना है कि वास्तव में साहित्य एक सामाजिक सांस्कृतिक कर्म है जो अपनी कलात्मकता के कारण प्रतिरोध को भी आकर्षक, स्वीकार योग्य और स्थायी बना देता है। सच्चे साहित्य में सदैव सहित का भाव यानी समूह, समुदाय और समाज का सरोकार होना स्वाभाविक है। किन्तु

आजकल हिन्दी साहित्य की स्थिति सन्तोषजनक नहीं कही जा सकती है, क्योंकि भौतिक संस्कृति का चरम उपभोक्तावाद के रूप में साहित्यिक विधाओं में भी नंगा नाच कर रहा है। कुछ साहित्यकारों ने विचारधारा को कविता के कण–कण में इतना ज़्यादा भर दिया है कि वह उसके बोझ से असहाय महसूस करती है जैसे कोई दाल और नमक की बराबर मात्रा मिलाकर भोजन तैयार करे। ऐसे में कलात्मकता का नामोनिशान नहीं होता और सपाटबयानी से शुष्कता का प्राबल्य होता है, दूसरे, कुछ साहित्यकार बिना सम्यक जीवन दृष्टि के शब्दों के साथ बाज़ीगिरी जो क्षणिक रूप से रोमांचकारी और आकर्षक होते हैं किन्तु सभी चमकने वाली चीज़े सोना नहीं होती। अतः रोचकता के अभाव में एक बार पढ़ने के बाद ऐसी रचना दुबारा नहीं पढ़ी जा सकती यानी यह दूर तक या देर तक नहीं चल सकती। तीसरे स्त्री–विमर्श के नाम पर कामुकता और खुली देह का गणित हावी रहता है और स्त्री पुरुष की अन्तःनिर्भरता तथा पूरकता का तथ्य और तर्क सिरे से नकार दिया जाता है। चौथे दलित–विमर्श के नाम पर सिर्फ़ दलितों द्वारा, दलितों के लिए, दलितों का ही दलित साहित्य माना जाता है, शेष को कूड़ेदान में फेंक दिया जाता है, सहानुभूति की जगह स्वानुभूति के नाम पर। मगर लोग यह भूल जाते हैं कि ग़ैर–दलितों ने भी दलितों के पक्ष में श्रेष्ठ रचनाएँ दी हैं, जैसे–प्रेमचन्द, पाण्डेय बेचन शर्मा 'उग्र' और नागार्जुन आदि। समकालीन कविता के परिदृश्य को याद करते हुए सुभाष शर्मा, आचार्य हजारी प्रसाद द्विवेदी को याद करते हैं और कहते हैं कि द्विवेदी जी कहा करते थे कि कविता लिखते समय कवि के सामने एक उच्च उद्देश्य अवश्य रहना चाहिए। केवल कविता के लिए कविता करना एक तमाशा है।' उनका मानना है कि त्वरित गति से सफलता का शिखर चूमने की कोशिश कुछ समय के लिए नाम, कला और दाम दिला सकती है मगर न तो यह स्थायी होगी न अन्ततः सार्थक भी होगी।

सुभाष शर्मा का मानना है कि सोशल मीडिया दुधारी तलवार की तरह है। इसकी तात्कालिकता और सतहीपन इसकी ख़ास कमियाँ हैं। कभी–कभी यह आन्दोलन के लिए कम समय में ज़्यादा लोगों को इकट्ठा कर लेता है, मगर दूसरी ओर मनगढंत और काल्पनिक भ्रम, अफ़वाह, विकृति और विद्रूपता फैलाने में भी इसकी नकारात्मक भूमिका उजागर होती है।

कविता किटी पार्टी आइटम हो गयी है

–सूरज प्रकाश

सूरज प्रकाश हिन्दी के उन बिरले लेखकों में से एक हैं जो रचनात्मक लेखन के साथ–साथ अनुवाद जैसा अहम काम भी निरन्तर कर रहे हैं। सूरज प्रकाश ने देर से हिन्दी साहित्य में क़दम रखा, लेकिन अब तक उन्होंने चालीस कहानियाँ लिखी हैं और उनके पाँच कहानी संग्रह और दो उपन्यास प्रकाशित हो चुके हैं। उनके कहानी संग्रहों में 'अधूरी तस्वीर', 'छूटे हुए घर', 'खो जाते हैं घर' प्रमुख हैं। उनके दो उपन्यास 'हादसों के बीच' और 'देस बिराना' भी ख़ासे चर्चित रहे हैं। इन्होंने जॉर्ज ऑरवेल, मार्खेज और चार्ली चैपलिन की किताबों का अनुवाद भी किया है। सूरज प्रकाश की कहानियाँ गुजराती में भी प्रकाशित हैं। इसके अलावा उन्होंने व्यंग्य–लेखन भी किया है।

सूरज प्रकाश कहते हैं कि अच्छी कविता अब तक थोड़ी बहुत कोर्स की किताबों में, पत्रिकाओं में दो पन्नों पर और उससे भी कम कविता संग्रहों में बची थी। मंचों से तो वह कब की विदा हो चुकी थी, लेकिन अब जहाँ देखो कविता–ही–कविता है। बेसिर–पैर की कविता। अर्थशास्त्र का वह नियम यहाँ पूरी तरह से लागू हो रहा है कि बुरी मुद्रा अच्छी मुद्रा को चलन से बाहर कर देती है। वे ज़ोर देकर कहते हैं कि ख़राब कविता ने अच्छी कविता को बेदख़ल कर दिया है। वे तंज कसते हुए यह भी कहते हैं कि भला हो सोशल मीडिया का, व्हाट्सएप का, ट्विटर का और अलां का और फलां का कि वहाँ पर मौजूद हर दूसरा व्यक्ति कवि है। बल्कि वह वहाँ पर उपस्थित ही इसलिए है कि वह कवि है। सूरज प्रकाश के मुताबिक़ अगर कोई सर्वेक्षण कराये तो यह पता चलेगा कि देश के इतिहास में एक साथ इतने कवि कभी भी नहीं हुए थे। कविता अब डायरी

के पन्नों से निकलकर मोबाइल में, नोटबुक में और लैपटॉप की स्क्रीन में प्रवेश कर गयी है। अब कविता पहले की तुलना में कई हज़ार गुना ज़्यादा लिखी जाने लगी है, लेकिन यह कविता ख़राब कविता है। बल्कि कविता ही नहीं है। वह टीआरपी फंडा है। सोशल मीडिया को वे ख़राब कविता के लिए ज़िम्मेदार मानते हैं जब वे कहते हैं कि हर कवि ने फ़ेसबुक पर घेर घार कर ये जो 5000 दोस्त बना रखे हैं या व्हाट्सएप पर बीसियों ग्रुप्स में घुसे बैठे हैं कविता के लिए ही तो। न कविता के मर्म की ज़रूरत न वर्तनी की परवाह और न ही कविता में कवितापन की आस की बात। सूरज प्रकाश बेहद मज़ाक़िया अन्दाज़ में कहते हैं कि अब कविता की किटी पार्टियों के दिन आ गये हैं। व्हाट्सएप आजकल कविता की किटी पार्टी करने के लिए सबसे मुफ़ीद जगह बन गयी है। एक ग्रुप बनाइये, एडमिन बन जाइये और जोड़ लीजिए आसपास और दूर–दराज़ के सब कवियों को। शुरू हो गयी कविता की किटी पार्टी। न पूछने की ज़रूरत और न ही सहमति लेने की। जोड़ते जाइये।

बाज़ार का हाल और भी बुरा है। ख़राब कविता से भरा पड़ा है। सारे मंच इन कवियों ने हथिया लिए हैं और प्रकाशक आयोजक और सम्पादक अपने क़ब्जे में कर लिए हैं। दस–बीस कवि जुटाओ 1500 रुपये की नक़द राशि के साथ दस–दस कविताएँ माँगो और बन जाओ सम्पादक। फिर सीधे–सीधे कविता की किताब छपवाने की बात करो। एक बार किताब छप जाये तो लोकार्पण, गोष्ठी, सम्मान और साहित्य शिरोमणि की उपाधि दिलाने चल निकलते हैं। कविता और कविता की किताब पैकेज डील की आइटम हो गयी है। कुछ शूरवीर तो उनसे भी आगे ग्लोबल हो गये हैं। वे हाँका करके चुग्गा डालकर दुनिया के मानचित्र पर उपलब्ध किसी भी देश में आपके लिए कविता की किटी पार्टी कराने की कूवत रखते हैं। ये कविता टूरिज़्म के नये राजदूत हैं। आज अच्छी कविता ढूँढ़नी पड़ती है। बेशक लिखी जाती है, पढ़ी भी जाती है, लेकिन वह बुरी कविता की भीड़ में खो गयी लगती है। रज़िया चारों तरफ़ से गुण्डों से घिरी हुई है और कोई समालोचक, सम्पादक या गुणीजन उसकी इस हालत पर कुछ नहीं कह रहा। यही हाल रहा तो अच्छे कविता–संग्रहालय की शै हो जायेगी।

विचारधारा लेखन का प्रेरक तत्त्व

–तेजिन्दर गगन

हिन्दी में जिन चन्द लेखकों को आलोचकों और पाठकों से समान रूप से स्वीकृति मिली है उनमें तेजिन्दर का नाम प्रमुख है। तेजिन्दर का उपन्यास 'काला पादरी' बेहद लोकप्रिय और चर्चित हुआ और उनको हिन्दी जगत में इस उपन्यास ने बहुत प्रतिष्ठा दिलायी। हालाँकि इसके पहले प्रकाशित उनका उपन्यास 'वह मेरा चेहरा' भी ख़ासा चर्चित रहा था। इस उपन्यास में एक सिख नवयुवक की पीड़ा और संत्रास को विषय बनाया गया है जबकि 'काला पादरी' में लेखक ने आदिवासी इलाकों में धर्मान्तरण को अपना विषय बनाया था। इनके तीसरे उपन्यास 'सीढ़ियों पर चीता' में श्रीलंका में बसे तमिलों के जीवन को विषय बनाया गया है। इन विषयों से यह अन्दाज़ लगाना मुश्किल नहीं है कि तेजिन्दर उन औपन्यासिक विषयों में प्रवेश करते हैं जिन पर हिन्दी में लेखन कम हुआ है। इसके अलावा तेजिन्दर के दो और उपन्यास 'हैलो सुजीत' और 'काला अजार' प्रकाशित हैं। तेजिन्दर उपन्यास के अलावा कहानियाँ और कविताएँ भी लिखते हैं। इनकी कहानियाँ 'घोड़ा बादल' नामक संग्रह गें हैं तो कविता संग्रह का नाम है 'बच्चे अलाव ताप रहे हैं'। इसके अलावा तेजिन्दर ने कई बेहतरीन संस्मरण भी लिखे हैं। तेजिन्दर को मध्य प्रदेश साहित्य अकादमी सम्मान, वागीश्वरी सम्मान, कथाक्रम सम्मान और लीला स्मृति सम्मान मिल चुके हैं।

वर्तमान साहित्यिक परिदृश्य में युवा कथाकारों की बड़ी संख्या में मौजूदगी को तेजिन्दर सकारात्मकता के साथ देखते हैं। वे ज़ोर देकर कहते हैं कि हम जिस तरह के समय में रह रहे हैं उसमें उतनी बड़ी संख्या में युवाओं का कथा–लेखन की ओर आकर्षण सन्तुष्टि प्रदान करने वाला है। उनका मानना है कि कई लेखकों में एक कच्चापन है, लेकिन वे

इन्तज़ार करना चाहते हैं क्योंकि उनके मुताबिक़ इनमें से ही छनकर बेहतर कथाकार सामने आयेंगे और जो श्रेष्ठ होंगे वे दूर तक जायेंगे। वे समीक्षकों से उम्मीद करते हैं कि इन युवा कथाकारों की रचनाओं पर गम्भीरता से बात करेंगे। साथ ही वे उम्मीद जताते हैं कि जल्द ही कोहरा छँटेगा और समर्थ कथाकारों की नयी पीढ़ी निकलकर सामने आयेगी। तेजिन्दर लेखन में विचारधारा के महत्त्व को रेखांकित करते हैं। वे साफ़ तौर पर कहते हैं कि ऐसा लेखन जिसमें विचारधारा और प्रतिबद्धता नहीं होती है वह सिर्फ़ मनोरंजन और मानसिक अय्याशी के लिए लिखी जा सकती है। उदाहरण के तौर पर, वे काशीनाथ सिंह, ज्ञानरंजन और दूधनाथ सिंह का उदाहरण देते हैं और बताते हैं कि इनकी रचनाएँ अगर अभी भी महत्त्वपूर्ण बनी हुई हैं, तो उसके पीछे इन लेखकों की विचारधारा की प्रतिबद्धता है। तेजिन्दर साफ़ तौर पर कहते हैं कि विचारधारा उनके लिए लेखन का सबसे बड़ा प्रेरक तत्त्व है। लेकिन वे साथ ही सावधान करते हुए भी चलते हैं जब कहते हैं कि विचारधारा का इस्तेमाल डण्डे की तरह न होकर रचना में सृजनात्मकता के एक तत्त्व की तरह समाहित होनी चाहिए। वे किसी भी रचना में विचारधारा को विज्ञापित करने के भी ख़िलाफ़ हैं क्योंकि उनका मानना है कि इससे रचना कमज़ोर होती है।

तेजिन्दर कथा आलोचना पर टिप्पणी करते हुए इस बात को रेखांकित करते हैं कि आलोचना का रूढ़ हो जाना ही उसकी सबसे बड़ी समस्या है। उनके मुताबिक़ आलोचना को विश्वविद्यालयों के परिसरों से निकलकर उस समाज का हिस्सा बनना पड़ेगा, जिसमें लेखक रहते हैं, आलोचकों को भी रचना में गहरा धँसना होगा और किसी भी रचना में सृजनशील लेखक की तरह ही डुबकी लगाकर बाहर निकलना होगा और वैज्ञानिक और सामाजिक दृष्टि से उसकी मीमांसा करनी होगी। वे इस बात की भी अपेक्षा करते हैं कि आलोचना को ईमानदार होना चाहिए क्योंकि तेजिन्दर के मुताबिक़ बेहतर आलोचना की यह बुनियादी शर्त है। वे आलोचना के पुराने पड़ गये औज़ारों की बातों से इत्तेफ़ाक़ नहीं रखते हैं, बल्कि ये मानते हैं कि अगर आलोचक की दृष्टि साफ़ है, तो वह स्वतः अकादमिक आलोचना को छोड़कर रचनात्मक आलोचना की ओर मुड़ जायेगा।

फ़ेसबुक कविता की क़ब्रगाह

–तेजेन्द्र शर्मा

आज़ादी के क़रीब पाँच साल बाद पंजाब के जगराँव में जन्मे तेजेन्द्र शर्मा हिन्दी के उन कथाकारों में हैं, जो भारत से बाहर रहते हुए भी समकालीन साहित्य जगत में ख़ुद को प्रासंगिक बनाये हुए हैं। इंग्लैंड में रहते हुए वे हर साल कथा यूके के माध्यम से इन्दु शर्मा कथा सम्मान देते हैं। तेजेन्द्र शर्मा के अब तक आठ कहानी संग्रह प्रकाशित हो चुके हैं, जिनमें 'काला सागर', 'देह की क़ीमत', 'क़ब्र का मुनाफ़ा' 'बेघर आँखें' प्रमुख हैं। हाल ही में उनका नया कहानी संग्रह 'सपने मरते नहीं' प्रकाशित हुआ है। हिन्दी के अलावा तजेन्द्र शर्मा अंग्रेज़ी में भी लिखते हैं। उनकी रचनाएँ उर्दू, पंजाबी और नेपाली में अनूदित हो चुकी हैं। उन्होंने दूरदर्शन के लिए सीरियल 'शान्ति' का लेखन भी किया। उन्हें अब तक महाराष्ट्र साहित्य अकादमी पुरस्कार, पुपथगा पुरस्कार, हरिवंश राय बच्चन सम्मान समेत कई पुरस्कार और सम्मान मिल चुके हैं। अगर मानें तो हिन्दी का जो प्रवासी कथा साहित्य है उसमें तेजेन्द्र शर्मा एक अहम हस्ताक्षर हैं।

तजेन्द्र शर्मा समकालीन कथा साहित्य के परिदृश्य से सन्तुष्ट नज़र आते हैं, बल्कि वे तो यहाँ तक कहते हैं कि इस क्षेत्र में बेहतरीन काम हो रहा है। लगभग पाँच पीढ़ियाँ एक साथ कहानियाँ एवं उपन्यास लिख रहे हैं। एक लम्बे अर्से के बाद किसी विचारधारा के दबाव से बाहर आकर कहानियाँ लिखी जा रही हैं। उनका मानना है कि आज न तो कोई नामवर आलोचक है जिसे ख़ुश करना है और न ही राजनीतिक दबाव। इसलिए साहित्य बेहतरी की ओर उन्मुख है। कुछ ऐसा भी काम हो रहा है जहाँ शोध करके लिखा जा रहा है। हिन्दी के लिए यह भी सुखद समाचार है। वे युवा लेखकों को लेकर ख़ासे उत्साहित नज़र आते हैं, जब कहते

हैं कि युवा पीढ़ी ने लेखन के लिए अपनी एक भाषा विकसित की है। यह भी सच है कि बोल्डनेस के नाम पर कुछ अतिरिक्त मांसलता कथा साहित्य में आयी है, मगर यह कुछ कथाकारों या कहानियों तक सीमित है। आज की कहानी का आम आदमी शहर का आम आदमी है...छोटे शहर का और महानगर का।

कविता को लेकर तेजेन्द्र शर्मा की राय बहुत उत्साहजनक नहीं है। उनका कहना है कि जब से अतुकान्त कविता की शुरुआत हुई हिन्दी में कविता का पतन शुरू हो गया। कवि उस आधारभूत बात को भुला बैठा कि छन्द वही तोड़ सकता है जिसे छन्द का ज्ञान हो। आज की कविता बहुत निजी हो गयी है जो एकालाप सरीखा लगता है। अतुकान्त कविता का भी एक मीटर होता है। अंग्रेज़ी में शेक्सपियर ने 400 साल पहले आइएम्बिक पैंटामीटर का इस्तेमाल करते हुए अतुकान्त कविता का इस्तेमाल किया था। उर्दू की नज़्म में भी बहर का ख़याल रखा जाता है, मगर होती अतुकान्त है। शर्मा बेहद तल्ख़ी से कहते हैं कि आज हिन्दी में हर ऐरा ग़ैरा नत्थु खैरा कवि बन गया है। कविता के जितने अनुशासित रूप हैं वे सब ख़त्म होते जा रहे हैं। गीत की जगह नवगीत आ गया है। वे एक प्रसंग बताते हैं—मैंने एक बार मंगलेश डबराल से पूछा कि हिन्दी कविता में गद्य क्यों घुसता जा रहा है। उन्होंने पलटकर मुझसे सवाल किया, 'कविता में प्रोज क्यों न हो?' मेरा जवाब आज भी वही है कि कविता को कविता रहने दिया जाये। एक ज़माना था जब महान कवि मंच से अपनी कविता सुनाते थे तो हज़ारों लोग उसे सुनने के लिए एकत्रित हो जाते थे। मगर आज की कविता ड्राइंग—रूम कविता है। लिखे मूसा समझे ख़ुदा।

तजेन्द्र शर्मा ख़ुद ही सोशल मीडिया पर काफ़ी सक्रिय रहते हैं। उनका कहना है कि किसी भी औज़ार का इस्तेमाल उसे अच्छा या बुरा साबित करता है। जैसे दहेज...एक अच्छे विचार से शुरू हुआ था। लड़की के माँ—बाप दहेज देते थे और लड़के के माँ—बाप वरी देते थे (पंजाब की बात कर रहा हूँ)...दोनों ओर से वधु और वर को नया जीवन शुरू करने के लिए आवश्यक सामान। मगर दहेज एक अभिशाप बन गया सोशल मीडिया का भी कुछ ऐसा ही हाल है। सोशल मीडिया को लेकर उनकी अपनी कुछ आशंकाएँ हैं। वे कहते हैं कि अभी हिन्दी में यह शैशवकाल में है और लगभग अराजक काल से गुज़र रहा है। यहाँ कोई नियन्त्रण नहीं कोई क़ायदा—क़ानून नहीं। अपना—अपना ब्लॉग खोलो और छाप दो।

फ़ेसबुक हिन्दी कविता की क़ब्रगाह बन गयी है। कविता यहाँ दफ़न होने वाली है। मज़ेदार बात यह है कि हिन्दी प्रकाशक अब फ़ेसबुक कविताओं के संकलन प्रकाशित कर रहे हैं। फ़ेसबुक लिखने और छपने का सन्तोष तो देती ही है, साथ–ही–साथ मित्रों की वाहवाही यह ग़लतफ़हमी भी पैदा कर देती है कि हम महान लेखक हो चुके हैं। लगातार अभ्यास और मेहनत से बनने वाले लेखकों की कमी महसूस होने लगी है।

विधाओं के बन्धन टूट रहे हैं

–उषा किरण ख़ान

उषा किरण ख़ान हिन्दी और मैथिली साहित्य का एक जाना–माना नाम है। बिहार की राजधानी पटना के एक कॉलेज में अध्यापन करते हुए उषा किरण ख़ान ने हिन्दी साहित्य में भी अपने को मज़बूती के साथ स्थापित किया। उषा किरण ख़ान ने हिन्दी और मैथिली में उपन्यास, कहानी, नाटक, बाल साहित्य लिखा। 'अगन हिंडोला', 'पानी की लकीर', 'फागुन के बाद', 'सीमान्त कथा', 'रतनारे नयन' उनके प्रमुख उपन्यास हैं। 'गीली पॉक', 'कासवन', 'दूबधान', 'घर से घर तक' समेत कई कहानी संग्रह भी प्रकाशित हैं। उषा किरण ख़ान कृत नाटक 'कहाँ गए मोरे उगना' और 'हीरा डोम' ख़ासे चर्चित रहे हैं। उनका बच्चों के लिए लिखा उपन्यास 'लड़ाकू जनमेजय' भी ख़ासा लोकप्रिय रहा है। उषा किरण ख़ान को ढेरों पुरस्कार मिल चुके हैं जिनमें बिहार सरकार के राजभाषा विभाग का हिन्दी सेवी सम्मान, बिहार राजभाषा विभाग का महादेवी वर्मा सम्मान, दिनकर राष्ट्रीय पुरस्कार, कुसुमांजलि पुरस्कार, विद्यानिवास मिश्र पुरस्कार प्रमुख हैं। मैथिली के लिए उनको साहित्य अकादमी पुरस्कार से भी सम्मानित किया जा चुका है। हाल ही में उनको साहित्य के लिए पद्मश्री पुरस्कार से भी सम्मानित किया गया है।

उषा किरण ख़ान का मानना है कि साहित्य के वर्तमान परिदृश्य में विधाओं के बन्धन टूट रहे हैं वे अब एक मानक में बँधे नहीं हैं। पहले कविता, कहानी, उपन्यास, नाटक, निबन्ध, कथा समीक्षा विधाएँ थीं। उनका कहना है कि उनके देखते–देखते कथा रिपोर्ताज नामक विधा का हिन्दी में उदय हुआ, विकास हुआ तथा पत्रकारिता को वह साहित्य की मुख्यधारा में लाने में सक्षम हुई है। उनका कहना है कि इधर उसका विलोप–सा हो गया है।

उषा किरण ख़ान का कहना है कि इस समय काफ़ी लोग कविता लिख रहे हैं, लेकिन वे किसी के बूते की बात नहीं है कि उसको याद रखा जाये। लेकिन वे यह भी मानती हैं कि कुछ कवियों की कविताएँ याद रहती हैं। वे लगातार यह बात सोचती रहती हैं कि आज के कवियों की कविताएँ किसी को याद क्यों नहीं रहती हैं। अभी भी नागार्जुन, केदारनाथ अग्रवाल, अज्ञेय, गिरिजा कुमार माथुर, रघुवीर सहाय, भवानी प्रसाद मिश्र, दुष्यन्त कुमार की कविताएँ क्यों याद रह जाती हैं। ज़ाहिर है कि आज की ज़्यादातर कविताएँ अपना प्रभाव नहीं छोड़ पाती हैं। उषा किरण ख़ान कहती हैं कि कहानी और लघुकथा में भी कमोबेश यही स्थिति है। कई पीढ़ियाँ लिख रही हैं, गुणवत्ता का बिना ध्यान रखे, भाषा बिना जाने, वाक्य तक ठीक से नहीं बनता। वे साफ़ तौर पर कहती हैं कि कहानी या कविता भावनाओं के आधार पर गढ़ लिए जा सकते हैं, परन्तु क़िस्सागोई तो हो। अनेक लेखकों में उसका आभाव देखा जा सकता है। लेखक बहुधा हड़बड़ी में होते हैं। कथा का परिपाक ठीक से नहीं हो पाता और हम बस लिख देते हैं।

उषा किरण ख़ान के मुताबिक़ साहित्य पर सूचनापरक कथोपकथन सोशल मीडिया पर बख़ूबी हो सकता है, थोड़े बहुत विचार विनिमय हो सकते हैं, बहुत गम्भीर न तो बहसें हो सकती हैं न ही विमर्श। सोशल मीडिया का इस्तेमाल करने वाले थोड़े लोग साहित्य की समझ रखते हैं बाक़ी लोग यूँ ही बहती गंगा में हाथ धोने चले आते हैं। वे कहती हैं कि शायद हम इतने परिपक्व नहीं हैं कि अभी इसका उचित उपयोग कर सकें। फिर भी सूचनापरक होना कारगर हो सकता है। वे मानती हैं कि सोशल मीडिया का विस्तार क़तई बुरा नहीं है। उनको लगता है कि यह एक ग्लोबल चौपाल है। किसी भी चौपाल में कभी कोई गम्भीर साहित्यिक चर्चा नहीं होती। परस्पर कई पीढ़ियाँ एक–दूसरे को समझने की कोशिश करती हैं। वे इस मंच को सृजन धर्म के मिलन का स्थल मानती हैं और यही उसकी अहमियत भी है।

कम अनुभव के बग़ैर लेखन ख़तरनाक

–वन्दना शुक्ल

कहानीकार वन्दना शुक्ल लेखन के अलावा रंगमंच की दुनिया में भी सक्रिय हैं। उन्होंने प्रेमचन्द की तीन कहानियों का नाट्य रूपान्तरण और निर्देशन भी किया है। रंगमंच के अलावा वे कहानी और उपन्यास लेखन में भी सक्रिय हैं। अब तक उनके तीन कहानी संग्रह और एक उपन्यास प्रकाशित हो चुके हैं। 'उड़ानों के सारांश,' 'क़ाफ़िला साथ' और 'सफ़र तनहा' वन्दना शुक्ल के 'कहानी संग्रह हैं तथा 'मगहर की सुबह' के नाम से उनका उपन्यास प्रकाशित है। वन्दना शुक्ल को कमलेश्वर स्मृति कहानी लेखन सम्मान, शब्द निष्ठा सम्मान के अलावा कादम्बिनी कथा लेखन पुरस्कार मिल चुका है ।

वन्दना शुक्ल को साहित्य का वर्तमान परिदृश्य उत्साहवर्द्धक और संख्यात्मक रूप से बेहतर प्रतीत होता है। वे कहती हैं कि लेखक अभूतपूर्व रूप से लिख–छप रहे हैं प्रशंसित, पुरस्कृत, सम्मानित हो रहे हैं। उनका मानना है कि सोशल मीडिया और इंटरनेट ने लेखन को जहाँ अप्रत्याशित रूप से सुलभ बनाया है वहीं एक प्रतिद्वन्द्विता का माहौल भी बना है। वे कहती हैं कि छपने के लोभ में कुछ लोग बग़ैर अनुभव के पढ़ कम, लिख ज़्यादा रहे हैं। प्रत्यक्ष अनुभवों को नज़रन्दाज़ कर अदेखे, अजाने गाँव और विदेशों जैसे विषयों पर लिख रहे हैं जिसके आँकड़ों व ब्योरों के लिए वे खुलकर इंटरनेट और गूगल का इस्तेमाल कर रहे हैं। उनका कहना है कि प्रचार माध्यमों की सुलभता और ग़ैर–ज़रूरी अति प्रचार ने 'अछे बुरे' के भेद को भी क्षीण कर दिया है। वन्दना शुक्ल के मुताबिक़ इस स्थिति ने हिन्दी के पाठकों के सामने अविश्वसनीयता और अस्वाभाविकता का संकट पैदा कर दिया है। उनका मानना है कि एक प्रकार के 'मैज़िक

रियेलिज़्म' का उदय हुआ है। यद्यपि अच्छा और बहुत अच्छा भी लिखा जा रहा है, लेकिन बेहतर लेखन, महत्त्वाकांक्षी प्रचारित साहित्य के पीछे अक्सर धकेल दिया जाता है। साहित्य को क्रान्तिकारी, पक्षधर, आशावादी और भविष्योन्मुख होना होगा। वे अरुण कमल की कविता उद्धृत करती हैं यह चुप बैठने का समय नहीं/सँभालो अपने बिखरे औज़ार/हमारे हथियार कमज़ोर हैं/पर पक्ष मज़बूत।

वन्दना शुक्ल का मानना है कि ज़्यादा लिखे जाने और सार्थक लिखे जाने में फ़र्क़ है। तीन चार पीढ़ियों के कवियों के एक वक़्त पर सृजनरत रहने को वे बेहतर मानती हैं और कहती हैं कि जब कविताएँ समय सीमाओं को अतिक्रमित कर एक–दूसरे में आवाजाही करती हैं तो एक अनोखा प्रतिदृश्य उत्पन्न होता है जिसमें इतिहास बोध है, सामाजिक प्रासंगिकता है, विस्तार है, पिछली सदी की स्मृतियाँ हैं और नयी सदी के ख़्वाब हैं। कविता दायरों में यक़ीन नहीं करती न ही कवि को बाँधती है बल्कि वह ख़ुद को मुक्त करती है। वन्दना शुक्ल ज़ोर देकर कहती हैं कि अतिवादिता और अतिशय महत्त्वाकांक्षाओं के इस दौर में हिन्दी में एक ऐसा लेखक वर्ग भी है जो कविता की सार्थकता को एक नयी दिशा दे रहा है। ये वही वर्ग है जिसके सामने कविता, कहानी, नाटकों आदि की मृत्यु की घोषणाएँ हमेशा ही पराजित होती रही हैं। नयी पीढ़ी के कवियों के लिए अपनी 'विशिष्टताओं' को निर्धारित करते/बचाते हुए पिछली पीढ़ी के इन कवियों की विषयगत प्राथमिकताओं का अनुकरण श्रेयस्कर होगा।

उनके मुताबिक़ सोशल मीडिया ने सूचना क्रान्ति में निस्सन्देह एक ज़बरदस्त और महत्त्वपूर्ण हस्तक्षेप किया है। साहित्य को भी विस्तृत किया है। विशेष तौर पर स्त्री–लेखन को एक नयी दिशा और सोद्देश्यता मिली है जो घर–गृहस्थी में रहकर लेखन की कल्पना तो करती थीं, लेकिन उसका कोई एक्सपोजर नहीं था। ऐसी छिपी हुई कई प्रतिभाओं को सोशल मीडिया ने सीमित ही सही एक पुख़्ता प्लेटफॉर्म दिया, लेकिन प्रकाशकों, लेखकों, आदि ने अति प्रचार के द्वारा सोशल मीडिया की सुलभता का अवांछित दोहन किया है यह भी सच है। इसे बाज़ारवादी प्रवृत्ति से ही जोड़कर देखा जाना चाहिए। कार्ल मार्क्स ने दशकों पहले यह कह दिया था कि 'पूँजीवादी उत्पादन कला तथा काव्य से शत्रुता रखता है।'

साहित्यिक परिवेश बेहतर

-वर्तिका नन्दा

पंजाब की धरती पर पली–बढ़ी वर्तिका नन्दा एक जाना–पहचाना नाम है। पहले अपराध की रिपोर्टिंग, फिर एंकरिंग और उसके बाद अब शिक्षण कार्य से जुड़ी वर्तिका नन्दा कवि भी हैं। उनके कई कविता–संग्रह प्रकाशित हो चुके हैं। अभी हाल ही में उनका नया कविता–संग्रह 'रानियाँ सब जानती हैं' प्रकाशित हुआ है। इसके पहले तिहाड़ जेल की महिला क़ैदियों की कविताओं के संग्रह–'तिनका–तिनका तिहाड़' का सम्पादन और उसके पहले 'थी हूँ रहूँगी' के नाम से घरेलू हिंसा पर केन्द्रित कविता–संग्रह प्रकाशित हो चुका है। वर्तिका को स्त्री शक्ति पुरस्कार के अलावा, लाडली मीडिया अवार्ड, यूथ आइकन अवार्ड, ऋतुराज सम्मान, डॉ. राधाकृष्ण मीडिया अवार्ड समेत कई पुरस्कार मिल चुके हैं। इन दिनों वो जेल सुधार को लेकर गम्भीरता से काम कर रही हैं।

वर्तिका नन्दा को इस वक़्त का साहित्यिक परिवेश बहुत उत्साही लगता है जैसे साहित्यिक मंच पर कोई उत्सव चल रहा हो। वे बताती हैं कि उनको कैसे पंजाब से दिल्ली आने पर रेलवे स्टेशन की वे तमाम दुकानें बेहतर लगती थीं जहाँ साहित्यिक पत्रिकाएँ मिला करती थीं। वे यह बात मानती हैं कि छोटे शहरों में रहते हुए साहित्य के बारे में जानने या उससे ख़ुद को जोड़ पाने के पुल काफ़ी कम होते थे। उनको अपने शहर फ़िरोज़पुर का छोटा–सा पुस्तकालय या फिर पठानकोट के स्कूल की लाइब्रेरी याद है जो उनके लिए बाहर की दुनिया की खिड़की को खोलती थी। वर्तिका कहती हैं कि अब सब कुछ पहले से ज़्यादा मुखर और आसानी से सुलभ है। उनके मुताबिक़ साहित्य की उपलब्धता की नज़र से यह दौर सुनहरा है। अब साहित्य की तलाश में कहीं जाना नहीं

पड़ता है, लेकिन उनका यह भी मानना है कि साहित्य का स्तर उतना उत्साहजनक नहीं है। वे इस बात को लेकर ख़ुश हैं कि अब साहित्य गिने–चुने लोगों की बपौती नहीं रहा। उसका विस्तार हो गया है और उससे साक्षात्कार या परिचय करना असम्भव नहीं। भले ही साहित्यिक मंचों पर राजनीति पहले की ही तरह क़ायम है, लेकिन इसके बावजूद जो राजनीति से पहले सिर्फ़ साहित्य का रस भोगना चाहते हैं, उनके लिए बन्दिशों की दीवारें टूट गयी हैं।

वर्तिका के मुताबिक़ कविता लिखना सबका अधिकार है, ठीक वैसे ही जैसे कविता को सुनना या पढ़ना। एक ही किताब को अलग–अलग पाठक अलग–अलग कोणों से देख सकते हैं और उसका विश्लेषण कर सकते हैं। लेकिन यह मान लेना कि बड़ी तादाद में लोग कविता लिख रहे हैं, इसलिए कविता समृद्ध हो रही है–यह कविता के मूल के साथ अन्याय होगा। इस दौर में कविता सोशल मीडिया का स्वर बन रही है। वह तमाम विधाओं में घुल चुकी है। संसद के कई सत्रों में राजनेता तक कविता करते सुनाई देते हैं। कविता रेडियो पर भी है और चौपाल पर भी। जब कविता हवा में है तो उसका असर तो दिखेगा ही। ये कविता के फैलाव के गुलाबी लक्षण हैं, लेकिन हर हाथ में कविता दिखने का यह मतलब भी नहीं है कि कविता की सेहत भी सुधरी है। कविता का विस्तार होना और उसका स्तरीय होना–दो अलग बातें हैं। वर्तिका सोशल मीडिया के फैलाव को सकारात्मकता के साथ देखती हैं। उनके मुताबिक़ सोशल मीडिया ने साहित्य को राग–दरबारियों के चंगुल से बाहर लाकर जनमानस में साँस लेने की भरपूर आज़ादी दी है। सबसे ज़्यादा युवाओं के इस देश में अंग्रेज़ियत के हावी होने के बावजूद सोशल मीडिया ने साहित्य को एक खुली जगह दे दी है। यहाँ सभी कवि हैं, लेखक हैं, कहानीकार हैं, चिन्तक हैं, आलोचक हैं, स्थापित हैं, उत्कृष्ट हैं। सोशल मीडिया नये लेखक को स्फूर्ति देती है, क्योंकि उसे छपने के लिए अब सम्पादक के चक्कर नहीं काटने पड़ते या अपनी कृति के प्रकाशित होने के लिए महीनों इन्तज़ार नहीं करना पड़ता। सोशल मीडिया की दी इस मनचाही आज़ादी ने सपनों को ख़ूब हवा दी है। साथ ही तीखी आलोचनाओं के मौक़े भी खोले हैं। कविता पसन्द न आने पर अपने ही साथी कई बार लेखकीय क्षमताओं पर सीधे वार भी कर सकते हैं। मुझे लगता है कि फीडबैक के इस शानदार व्यावहारिक प्रयोग की वजह से साहित्य की कई जटिलताएँ कम हो सकेंगी।

काफ़ी आगे है कथा साहित्य

-विजय बहादुर सिंह

विजय बहादुर सिंह हिन्दी के वरिष्ठ आलोचक हैं। विजय बहादुर सिंह समकालीन आलोचना में अलग रुख़ और बेबाकी के लिए जाने जाते हैं। विजय बहादुर सिंह ने कई किताबें लिखी हैं और कई रचनावलियों का सम्पादन किया है। उन्होंने आठ खण्डों में 'भवानी प्रसाद मिश्र रचनावली' का सम्पादन किया है। इसके अलावा आठ खण्डों में 'नन्ददुलारे वाजपेयी रचनावली' और 'दुष्यन्त कुमार रचनावली' का सम्पादन भी किया है। इसके अलावा 'नागार्जुन का रचना संसार', 'कविता और संवेदना' और 'महादेवी के काव्य का नेपथ्य' उनकी श्रेष्ठ आलोचनात्मक कृतियाँ हैं। इनको रामविलास शर्मा सम्मान, लोक सम्मान के अलावा केन्द्रीय हिन्दी संस्थान का सुब्रह्मण्यम भारती पुरस्कार मिल चुका है।

विजय बहादुर सिंह का मानना है कि समकालीन कथा साहित्य काफ़ी आगे जा रहा है–संवेदना में भी और दृष्टि में भी। जब वे कहते हैं कि कथा साहित्य में सामाजिक यथार्थ का चित्रण हो रहा है तो वे इस विधा की प्रगति को लेकर सन्तुष्ट नज़र आते हैं, लेकिन कविता की वर्तमान स्थिति को लेकर विजय बहादुर सिंह के मन में कई शंकाएँ नज़र आती हैं जब वे कहते हैं कि कविता में रेखांकित करने योग्य कोई काम दिखायी नहीं दे रहा है। उनके मुताबिक़ कविता पारम्परिक संरचना और ग़ैर–ज़रूरी प्रतिबद्धता के चलते आगे नहीं बढ़ पा रही है। वे इस बात से सहमति जताते हैं कि नयी पीढ़ी के कवियों में कट्टर प्रतिबद्धता जैसी चीज़ दिखायी नहीं देती है, लेकिन वे साथ ही यह भी जोड़ते हैं कि नयी पीढ़ी के लेखकों में एक अलग क़िस्म की प्रतिबद्धता दिखायी देती है जो उनकी रचनाओं में सामाजिक जीवन की नंगी हक़ीक़त के रूप में सामने आती

है। वे इस बात से खिन्न नज़र आते हैं कि कविता को अपने अनुभवों से नहीं बदल पा रहे हैं बल्कि वे तो यह कहते हैं कि सत्तर–अस्सी साल पहले कविता का जो ढाँचा था उसमें ख़ास बदलाव नहीं हो पा रहा है। विजय बहादुर सिंह के मुताबिक़ भारतीय लोकमानस सांगतिक छन्दों का है, लेकिन पिछले कई सालों से कविता में छन्द अछूत मान लिए गये हैं। जो थोड़े बहुत कवि छन्द लिखते हैं वे सिर्फ़ छन्द को साध पाते हैं और कविता उनसे छूट जाती है। इस सम्बन्ध में वे ग़ज़ल का भी उदाहरण देते हैं और कहते हैं कि कई ग़ज़ल कहने वालों ने ग़ज़ल का फॉर्मेट तो अपना लिया है, लेकिन उनसे ग़ज़ल सध नहीं पा रही है। कवियों की बहुतायत को वे प्रतिभाहीनों की भीड़ करार देते हैं। कविता की दुनिया में उनको या तो थके हुए लेखक दिखायी दे रहे हैं या फिर घिसी–पिटी लीक पर कविता लिखने वाले लोग। भारतभूषण अग्रवाल पुरस्कार के निर्णायक उदय प्रकाश के बारे में विजय बहादुर सिंह कहते हैं कि वे क्या करें। उदय को जो करना था उन्होंने कहानी में किया कविता में तो वे भी अनुगामी होकर रह गये। कविता को बदलना आसान काम नहीं है। यहाँ रचना के स्वरूप और उसकी आधारभूत अवधारणा को बदलने की ज़रूरत है। इस सम्बन्ध में वे कवि अष्टभुजा शुक्ल का उदाहरण देते हैं। विजय बहादुर सिंह कहते हैं कि इस दौर में बनने वाली फ़िल्में हिन्दी साहित्य से रचनात्मकता के स्तर पर कहीं आगे जा रही हैं। फ़िल्मों में संवेदना के उन क्षेत्रों को छुआ जा रहा है जो अब तक अछूते थे।

समकालीन आलोचना पर ठहराव के आरोप पर विजय बहादुर सिंह झटके में कहते हैं कि जब कोई बड़ी रचना सामने नहीं आ रही है तो बड़ी आलोचना कहाँ से पैदा होगी। लेकिन वे संजीदगी से आलोचना की कमियों की ओर भी ध्यान दिलाते हैं। वे कहते हैं कि असल बात तो यह है कि आधुनिक साहित्य से अपनी ज़मीन छूटती चली गयी और हम अपनी पारम्परिक दृष्टि से दूर होते चले गये। हिन्दी आलोचना की बड़ी दिक़्क़त यह रही कि वे पश्चिम की अवधारणाओं पर आधारित रह गयी। इस सम्बन्ध में वे एक उदाहरण देते हैं कि हिन्दी में कुछ दिनों पहले उत्तर आधुनिकता को लेकर ख़ूब शोर मचा था, लेकिन वे हमारे समाज के यथार्थ की उपज नहीं थी। अभी तो हमारे यहाँ ठीक से आधुनिकता भी नहीं आ पायी है। पश्चिम के उद्धरणों से भरी हिन्दी आलोचना को विजय

बहादुर सिंह सांस्कृतिक उपनिवेश की आलोचना कहते हैं। वे इस बात को भी रेखांकित करते हैं कि रामचन्द्र शुक्ल के लोकमंगलवाद के बाद किसी आलोचक ने कोई नया सिद्धान्त नहीं दिया। रामविलास शर्मा ने तो मार्क्सवादी सैद्धान्तिकी को लागू किया और नामवर सिंह कहानी को लेकर कुछ अच्छे काम किये लेकिन नया सिद्धान्त नहीं दे पाये।

विचारधारा को तोड़ता है साहित्य

–विश्वनाथ त्रिपाठी

यह हिन्दी साहित्य का सौभाग्य है कि इस वक़्त हिन्दी में अस्सी पार कई लेखक सक्रिय हैं। उनकी उपस्थिति और सक्रियता हिन्दी साहित्य को एक ख़ास क़िस्म की आश्वस्ति देती है। ऐसे ही लेखकों में से एक हैं विश्वनाथ त्रिपाठी। आचार्य हजारी प्रसाद द्विवेदी के शिष्य विश्वनाथ त्रिपाठी की कई पुस्तकें प्रकाशित हो चुकी हैं जिनमें से 'हिन्दी आलोचना', 'हिन्दी साहित्य का संक्षिप्त इतिहास', 'लोकवादी तुलसीदास', 'मीरा का काव्य', कुछ कहानियाँ, कुछ विचार के अलावा केदारनाथ अग्रवाल पर केन्द्रित किताब 'पहाड़ का हाथ' अहम हैं। उनके द्वारा लिखा स्मृति आख्यान 'नंगातलाई का गाँव' अपने मोहक गद्य की वजह से हिन्दी साहित्य में अपना अलग ही स्थान रखता है। अपने गुरु आचार्य हजारी प्रसाद द्विवेदी पर विश्वनाथ त्रिपाठी ने 'व्योमकेश दरवेश' जैसी महत्त्वपूर्ण किताब लिखी है। उनका मानना है कि आकाशधर्मा गुरु हजारी प्रसाद द्विवेदी अपने जीवनकाल में ही मिथक पुरुष बन गये थे। गुरु के पुण्य स्मरण में लिखी इस किताब ने विश्वनाथ त्रिपाठी को बहुत ख्याति दिलवायी। इसके अलावा विश्वनाथ त्रिपाठी ने कई किताबों का सम्पादन भी किया है जिनमें 'कविताएँ–1963', 'कविताएँ–1964' और 'कविताएँ–1965', 'हिन्दी के प्रहरी रामविलास शर्मा' आदि प्रमुख हैं। उनको अब तक गोकुलचन्द्र शुक्ल आलोचना पुरस्कार, डॉ. रामविलास शर्मा सम्मान, सोवियत लैंड नेहरू पुरस्कार और दिल्ली हिन्दी अकादमी का साहित्यकार पुरस्कार के अलावा यू.पी. का भारत भारती पुरस्कार, व्यास सम्मान और मूर्तिदेवी सम्मान से नवाज़ा जा चुका है।

विश्वनाथ त्रिपाठी का मानना है कि साहित्यकारों को किसी ख़ेमे में

या फिर साहित्य को किसी खाँचे में बाँटना उचित नहीं है। उनका मानना है कि अगर साहित्यकारों के नामों के साथ अमेरिकी पिट्ठू या कम्युनिस्ट जैसे शब्द जोड़े जाते हैं तो वह खेदजनक स्थिति है। उनका मानना है कि साहित्य बोध के स्तर पर विचारधारा से सहायता लेती है, लेकिन कहीं–न–कहीं तो विचारधारा को तोड़ती भी है। उदाहरण के तौर पर, वे कहते हैं कि निर्मल वर्मा का झुकाव दक्षिणपन्थ की ओर दिखायी देता है, लेकिन नामवर सिंह उनके सबसे बड़े प्रशंसक हैं। रामविलास शर्मा हिन्दी के मार्क्सवादी आलोचकों में शीर्ष पर हैं, लेकिन उनको कम्युनिस्ट भी भाजपाई कहते हैं। उनका मानना है कि साहित्य में वामपन्थ और दक्षिणपन्थ का झगड़ा लम्बा नहीं चलने वाला है। हिन्दी आलोचना के विकास पर विश्वनाथ त्रिपाठी का कहना है कि आलोचना में भावुकता नहीं होनी चाहिए। वे साफ़ तौर पर कहते हैं कि मार्क्सवादी आलोचना को समझने के लिए मार्क्सवाद को भूलने की ज़रूरत है और अपने देश को याद रखने की आवश्यकता है। उनका मानना है कि अगर मार्क्सवाद नहीं होता तो भी हिन्दी साहित्य में गाँव–किसान, ग़रीब–मज़दूर आदि की केन्द्रीय उपस्थिति होती। विश्वनाथ त्रिपाठी का मानना है कि प्रगतिशील साहित्य लिखे जाने की वजह मार्क्सवाद है ही नहीं। इसको समझने की ज़रूरत है, लेकिन साथ ही वे यह जोड़ना नहीं भूलते हैं कि आज का जो प्रगतिशील या जनवादी साहित्य है उसमें ख़ूब अच्छी कहानियाँ और कविताएँ लिखी जा रही हैं।

हाल के दिनों में देशभर के कई शहरों में जिस तरह से साहित्य उत्सवों की भरमार हो रही है उससे विश्वनाथ त्रिपाठी खिन्न नज़र आते हैं। उनका मानना है कि साहित्य उत्सव के बहाने साहित्य को प्रोडक्ट बनाया जा रहा है। वे इस प्रवृत्ति की तुलना उन मॉल्स से करते हैं जहाँ बड़ी–बड़ी दुकानों में हस्तशिल्प या हस्त उद्योग को बेचा जाता है। उनका मानना है कि ये एक तरह से हस्त उद्योग के शोषण के केन्द्र बनते जा रहे हैं। वे साफ़ तौर पर कहते हैं कि साहित्य उत्सवों के कारोबार को जिस तरह से अंग्रेज़ी मीडिया का समर्थन मिल रहा है वह भी ख़तरनाक है। वे मानते हैं कि साहित्य को सबसे बड़ा ख़तरा इन कॉरपोरेट हाउसों से है जो साहित्य और साहित्यकारों को अपने हाथ की कठपुतली बनाना चाहते हैं।

समय लिखेगा सबका इतिहास

-यतीन्द्र मिश्र

यतीन्द्र मिश्र हिन्दी के उन चन्द युवा कवियों में हैं जो संगीत पर बहुत गम्भीरता से काम कर रहे हैं। उनकी गुलज़ार की कविताओं और गीतों की दो किताबें 'यार जुलाहे' और 'मीलों से दिन' प्रकाशित हैं। संगीत के तीन मूर्धन्य स्तम्भ शास्त्रीय गायिका गिरिजा देवी, शहनाई के उस्ताद भारत रत्न बिस्मिल्ला ख़ाँ और नृत्यांगना सोनल मानसिंह पर तीन किताबें यतीन्द्र मिश्र लिख चुके हैं जिसकी ख़ासी सराहना हुई है। यतीन्द्र मिश्र के अब तक तीन कविता संग्रह प्रकाशित हो चुके हैं। उनके लेखों के संग्रह 'विस्मय का बखान' और 'शैव' कवयित्री अक्क महादेवी के वचनों का हिन्दी में यतीन्द्र ने पुनर्लेखन किया है। यतीन्द्र मिश्र ने हिन्दी के वरिष्ठ कवि कुँवर नारायण पर तीन किताबें भी सम्पादित की हैं। यतीन्द्र को अब तक रज़ा पुरस्कार, भारतभूषण अग्रवाल स्मृति पुरस्कार समेत कई पुरस्कार मिल चुके हैं। उनकी पुस्तक 'लता सुर गाथा' पर उनको राष्ट्रीय फ़िल्म पुरस्कार मिला है।

यतीन्द्र मिश्र समकालीन साहित्यिक परिदृश्य को लेकर ख़ासे उत्साहित हैं और उन्हें वर्तमान साहित्य में उत्साहजनक सम्भावना नज़र आती है। उनका मानना है कि साहित्य का परिदृश्य पहले से बेहतर हुआ है । पहले जिस तरह से सिर्फ़ कहानी, कविता, उपन्यास, आलोचना, यात्रा–वृतान्त आदि को ही साहित्य माना जाता था वह स्थिति ख़त्म हुई है। साहित्य इन सबसे बहुत आगे चला गया है। कविता या आलोचना के अलावा भी अब विधागत प्रयोग हो रहे हैं। यतीन्द्र मिश्र इस स्थिति के लिए देशभर में होने वाले साहित्यिक महोत्सव को श्रेय देते हैं। उनका कहना है कि लिटरेरी फ़ेस्टिवल से साहित्य का फैलाव हुआ है और विधागत दीवारें भी टूटी हैं।

विधाओं के बीच आवाजाही बढ़ी है और हर तरह का लिखा हुआ हमारे सामने आ रहा है।

प्रचुर मात्रा में कविता लिखे जाने को यतीन्द्र मिश्र स्वाभाविक मानते हैं। उनका मानना है कि जिसे कविता का स्वर्ण काल माना जाता है उस दौर में मनोरंजन के छोर कम थे लिहाज़ा लोगों ने कविता से वह कमी पूरी कर ली। हमेशा से कविता संग्रह कम बिकते रहे है, लेकिन उसका यह अर्थ नहीं है कि कविता की लोकप्रियता कम हो रही है। कविता का मामला शायरी की तरह होता है। जहाँ लोग दीवान भले ही न पढ़ते हों लेकिन शायरी लोगों की ज़ुबाँ पर होती है। फ़िल्म इंडस्ट्री से जुड़े लोगों को ख़ासी लोकप्रियता हासिल हुई, लेकिन इसका यह अर्थ क़तई नहीं है कि विनोद कुमार शुक्ल या मुक्तिबोध की कविता उनकी कविताओं से कमज़ोर थी। सम्भव है कि इनकी कविताएँ साहिर से लेकर जावेद अख़्तर तक से कम लोकप्रिय हों। हाँ, यह बात सही है कि इस वक़्त कम–से–कम हज़ार कवि कविताएँ लिख रहे हैं, लेकिन ऐसा ही भक्तिकाल में भी था। उस दौर में भी हर दूसरा शख़्स भक्ति काव्य रच रहा था, लेकिन समय बदला और सिर्फ़ सूर, कबीर, तुलसी, मीरा और नानक समेत ज़्यादा–से–ज़्यादा दस–बारह कवियों की कविताएँ ही कालजयी हो सकीं। दरअसल कविता गणित और सांख्यिकी के आधार पर नहीं चलती है।

इन दिनों अगर आप देखें तो जिस तरह से सोशल मीडिया और इंटरनेट के फैलाव ने अभिव्यक्ति को एक विस्तृत मंच दिया वह भी साहित्य के लिए बेहतर स्थिति है। फ़ेसबुक और इंटरनेट के फैलाव का स्वागत किया जाना चाहिए। यह एक ऐसा प्लेटफॉर्म है जहाँ आपको कबीर–सूर से लेकर अब के एकदम टटके रचनाकार की कृतियाँ एक साथ मिल जाती हैं। यतीन्द्र का मानना है कि सोशल साइट्स के फैलाव से साहित्य लिखना आसान हुआ है। अगर किसी कवि या कहानीकार की रचना किसी कारणवश नहीं छप सकती है तो उसके पास अपने पाठकों तक पहुँचने का एक वैकल्पिक मंच है। लेकिन मैं इस बात की पुरज़ोर वकालत करता हूँ कि इन मंचों पर आत्मानुशासन की सख़्त ज़रूरत है। लेखक को टिप्पणी करने के पहले ही सोचना चाहिए कि वे क्या लिख रहे हैं और उसके क्या निहितार्थ हैं।

□□